文芸社セレクション

島原リバティ

タケチ　オサム

文芸社

目次

まえがき

十六世紀後半から十七世紀前半にかけての日本。織田信長の天下布武と豊臣秀吉の惣無事令を経て、徳川家三代が安定基盤の構築を進めました。全国の百姓たちは天候不順と領主たちの搾取のもとにいました。そして時として猛威を振るう見えざる自然の強大な力にも怯えていました。季節が巡る仕組みを知ることなく、暑い夏と寒い冬、明るい時間（太陽）と暗い時間（月）を繰り返す不思議な循環に畏れをもちながら、祟りに遭わないように、罰《ばち》に当たらないように神社仏閣に必死の願をかけて日々を送っていました。しかし拝む神（神道）や仏（仏道）にこの世の理をいくら求めても教えはありませんでした。それを見抜いた宣教師たちが天文学や医学を垣間見せてキリスト教を布教しました。そのおよそ百年間を『キリシタンの世紀』と呼びます。

『全能のデウスがこの世を創った』

神が使徒を送り出して人間を救う教えは、頭脳派の武将たち（為政者）のみならず百姓たち（被統治民）にも受け入れられていました。

戦乱が収束するにつれ、統治者たちは宣教師の跳梁を懸念するようになりました。一六一三年、徳川幕府はついに彼らを国外追放し、以降キリスト教の排除を推し進めました。それから二十五年が過ぎ、その姿がほぼ消えたころになって、南島原（長崎県）の百姓たちが突如キリスト教に立ち帰って島原城に向かって一揆を起こしました。天草諸島（熊本県）でも信者が湧き出して富岡城を包囲しました。

島原（島原藩）と天草（唐津藩）は有明海を挟んだ別の国です。二国に跨る大騒乱の総大将は、どちらでもない宇土《うと》（熊本藩）の天草四郎でした。島原城で始まって天草に飛び火した百姓たちの戦いは、島原半島の原城に大集結するまでおよそ二ヶ月にわたって領主たちを翻弄しました。そのエネルギーは明らかにキリスト教信仰を糧にしていました。

この物語は、一六三七年に起こった「島原の乱（島原・天草一揆）」の考証をもとに、百姓たちの動向を想像で繋いだフィクションです。キリスト教が禁教になってから一世代が過ぎようというタイミングで起こった奇遇の組み合わせを再現できればと願う次第です。

二〇二二年　タケチオサム

ロケーション

この小説の舞台と地名

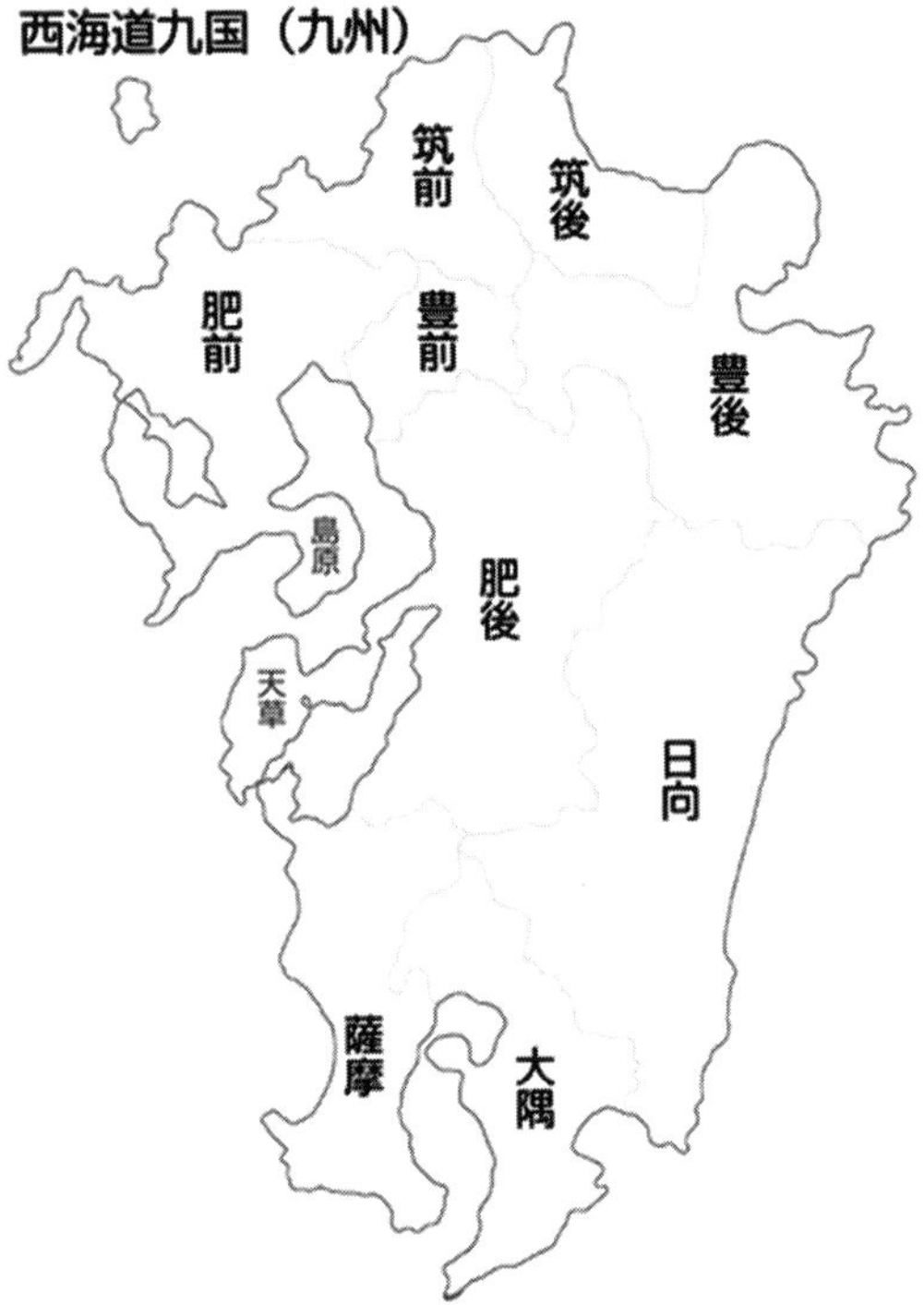

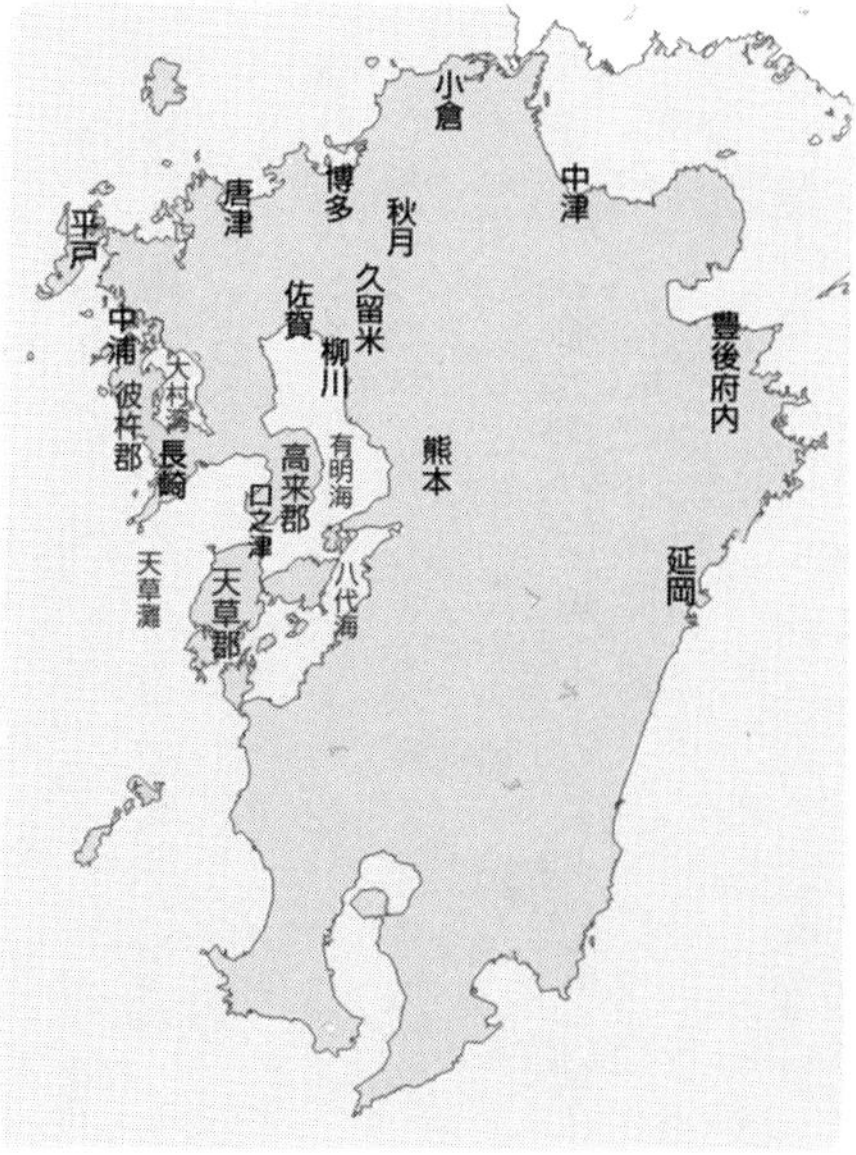
小倉
中津
博多
唐津
平戸
秋月
久留米
佐賀
中浦
豊後府内
柳川
大村湾
彼杵郡
長崎
高来郡
有明海
熊本
口之津
延岡
天草灘
天草郡
八代海

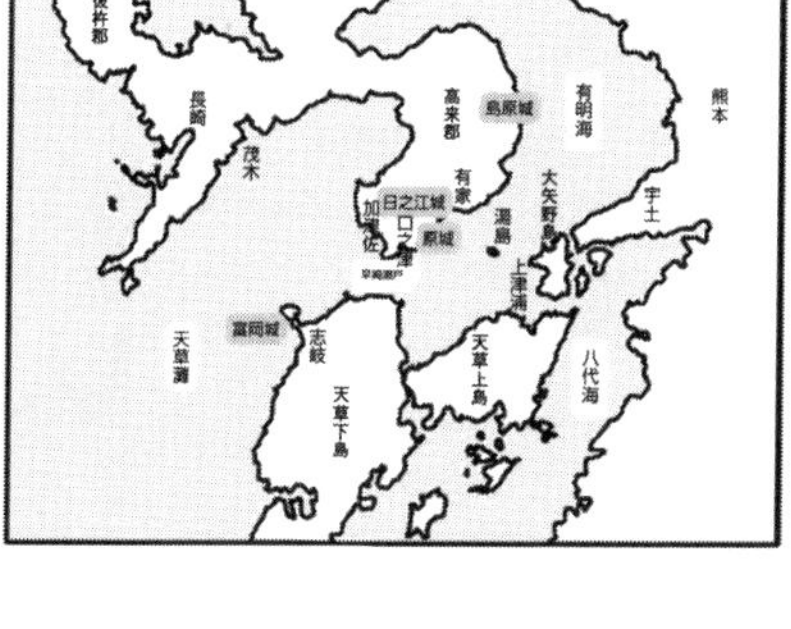
彼杵郡
長崎
茂木
高来郡
島原城
有明海
熊本
有家
日之江城
加津佐
口之津
原城
湯島
大矢野島
宇土
上津浦
富岡城
志岐
天草灘
天草上島
天草下島
八代海

登場人物

登場時年齢（一部推定）

島原一揆勢

・有家監物《ありえけんもつ》（有家村大庄屋、もと有馬家家臣）大将　六十一歳
・馬場内蔵丞《くらのじょう》（脇庄屋、監物の息子）　二十五歳
・芦塚忠兵衛（牢人、もと有馬家家臣）参謀　五十五歳
・有馬掃部《かもん》（牢人、もと有馬家家臣）軍奉行　五十三歳
・堂崎対馬（牢人、もと有馬家家臣）　五十三歳
・三宅次郎右衛門（松倉家蔵奉行）　四十八歳
・三吉と角内（北・南有馬村百姓）　三十五歳
・助右衛門（加津佐村庄屋）ミゲル　四十三歳
・五郎作（口之津村庄屋）　五十三歳

島原藩　日之江城

・有馬直純（藩主）　二十八歳

島原藩　島原城

・松倉勝家（藩主）長門守　四十一歳
・岡本新兵衛（城代家老）　五十三歳
・多賀主水《もんど》（切支丹検め担当）　四十八歳
・田中宗夫（収税担当）　四十八歳
・林兵左衛門（村代官）　五十一歳

天草一揆勢

・千束《せんぞく》善右衛門（牢人、もと小西家家臣）軍奉行　六十八歳
・渡辺伝兵衛（もと大矢野家家臣、大矢野村大庄屋）惣代　五十二歳
・渡辺小左衛門（脇庄屋、伝兵衛の養子）　三十歳
・益田甚兵衛（もと小西家家臣、小左衛門の岳父、四郎の父）　五十五歳

・益田四郎（甚兵衛の息子）天草四郎、総大将　十六歳
・大矢野松右衛門（牢人、もと小西家家臣）慈悲役　六十八歳
・森三左衛門（牢人、もと小西家家臣）宗意軒《そういけん》　軍奉行　六十六歳
・志岐《しき》丹波（牢人、もと小西家家臣）五十三歳
・本渡《ほんど》但馬《たじま》（牢人、もと小西家家臣）五十三歳
・梅尾七兵衛（上津浦村庄屋）組親　六十八歳

唐津藩　天草領富岡城

・三宅重利（富岡城代家老）藤兵衛　五十七歳
・三宅重元（島子先遣隊長、藤兵衛の息子）藤右衛門　三十五歳
・石原太郎左衛門（天草栖本代官）　六十八歳
・岡崎次郎左衛門（唐津藩援軍大将）　四十三歳
・原田嘉種《よしたね》（唐津藩援軍）伊予守　五十四歳

徳川幕府　島原の乱上使

・板倉重昌（征討軍、三河深堀藩主）内膳正　五十歳
・石谷《いしがや》貞清（征討軍目付、旗本）十蔵　四十四歳

徳川幕府　長崎奉行所

・榊原職直《もとなお》（奉行）飛騨守、鍋島藩目付　五十二歳
・荒木了伯（目明し）トマス　五十八歳
・後藤了順（目明し）ミゲル　五十九歳

徳川幕府　豊後府内目付

・牧野成純　伝蔵　五十六歳
・松平行隆　甚三郎　四十七歳

キリスト教宣教師

・グレゴリオ・デ・セステベス（イエズス会神父）　五十七歳

・伊東マンショ祐益《すけます》（イエズス会神父）天正遣欧少年使節　三十八歳
・中浦ジュリアン（イエズス会神父）天正遣欧少年使節　六十五歳
・金鍔《きんつば》トマス次兵衛《じひょうえ》（アウグスティノ修道会神父）　三十七歳
・小西マンショ（イエズス会神父）　三十八歳

〈文中の表現について〉

標準語・現代用語で記述。一部の会話文で当時の呼称を使用。
・登場人物は記録にある人物名（実在）。
・地名は現代地名（例：波太↓大矢野島、高来↓島原半島、有馬湾↓有明海、本戸↓本渡など）。
・キリスト教用語は現代用語（例：でうす↓デウス、神、ぜすきりしと↓イエス・キリスト、こんはにや↓イエズス会、ぱらいそ↓神の国）。会話文で「キリスト教↓耶蘇教」、「キリシタン↓吉利支丹・切支丹」を適宜使用した。
・年号は西暦表記。日付は旧暦（記録に準拠）。

・長さと距離の換算は江戸時代初期を基準（一間＝約二メートル、一里＝約四キロメートル・徒歩一時間）。
・武士個人名は名字と諱を基本にしつつ、代表的な呼称を使用（例：原田嘉種《よしたね》→原田伊予）。
・外国国名・地名は現代名称（例：南蛮→ポルトガル、欧羅巴→ヨーロッパ）。スペイン王フェリペ二世＝ポルトガル兼国主は影響させない。
・そのほかの名称や呼称を必要に応じて現代語に置き換え（例：物成→年貢、土民→百姓、かうれた船→ポルトガル船）。

序章

追悼式＠小倉教会

十歳になった翌日に父の影響で有馬（南島原）のセミナリオ（イエズス会の学校）に入学した。十六歳の時、「王を継ぐ身分」の「美しい」少年のひとりに選ばれて、この国の代表としてローマに派遣された。私を含む四人の少年使節は、初めて公式に彼の地を訪れた日本人となり、礼節をもった振る舞いによって、ポルトガル、スペインとローマで大歓迎を受けた。そしてローマ法王に拝謁する夢のような栄誉に浴することができた。日本人が教養ある民族として人々に受け入れられ、それが長く現地の記憶に残ったことは望外の喜びだった。

再び長い時間をかけて帰国したとき、七年前に送り出してくれた父親や藩主たちはほとんど亡くなっていた。唯一人ご健在だったロン・プロタジオ様（島原藩主有馬晴信《はるのぶ》）に、ローマ法王からお預りした黄金の十字架をお渡ししたところ、たいそうにお喜びいただき私たちの長い時間が報われた気がした。さらに天下人となられた関白様（羽柴秀吉）に接見報告する機会に恵まれた。持参した南蛮の発明品や楽器に大変興味をお持ちになった関白様から仕官のお勧めをいただいた。ありがたいことだったが、私たちは神の道をもたらすことこそ人々の幸福につながると信じていた。もしこのときお引受けしていれば違った人生を辿ったであろう。お断りしたことは与えられたこの世の役割だったと思う。

関白様はキリスト教を忌避されるようになったため、私たちは誇らしく思っていた功績と裏腹に日本を出て、キリスト教を深めるためにマカオのイエズス会神学校に入学した。倫理学や弁論学などローマの常識を身に付けた上で神学を学ぶことは並みの努力では叶わず、加えて差別にも耐えなければならなかった。一六〇四年に修道士となって帰国した私はイエズス会の博多教会に勤務となった。三十六歳だった。着任した年に、藩主だった黒田孝高《よしたか》様（黒田官兵衛、洗礼名シメオン）の葬儀が行われた。それが私、中浦ジュリアンの初仕事だった。

一六〇八年、ローマを訪れたときの正使だった伊東祐益《すけます》（マンショ）・原マルチノとともに、初めての日本人司祭に叙階された。

その年の夏、小倉（北九州）で奉職する祐益を訪ねた。相変わらず包み込むような大きな目で私を迎えてくれた。太鼓と鉦が聞こえる小倉の町の中心部に教会が建っていた。白く塗られた切妻屋根の矢切にＩＨＳ（キリスト教のシンボル）が大きく描かれ、鬼瓦の代わりに立つ十字架が青空に映えていた。

多くの人が出入りしていた。驚きが思わず口を突いた。

「小倉はこんなに盛んですか」

教会で働く人々を眺めていると、これが本当の世の中の姿だと思えた。

「去年の受洗者が五百人を超えました。小倉のおよそ一割が信者になったのは殿（小倉藩主細川忠興《ただおき》）が吉利支丹《キリシタン》に寛容なおかげです。ここも建てていただきました」

祐益は嬉しそうにそう言って、博多と違いますか、と聞いた。

「博多の町はなかなか受け入れてくれません」

羨ましさが入り混じって、いつかこうなりたいと希望が湧いた。

祐益が教会の傍の大きな樫の木に囲まれた建物を指した。

「病院です」

武士だけでなく町人や商人らしき人たちの姿があった。

「誰でも診てもらえるのですか」

「もちろんです。一人ひとり神が与えた命です。癩《らい》（ハンセン病）も診ていますから人が絶えることがありません」

癩は神の怒りに触れた祟りである。そう信じられているから誰も近寄らない。しかしここでは分け隔てなく接していた。

「嫌がられる仕事もみんなで引き受けるのですね」

「誰彼なく手伝ってくれています。神に救われる人たちです」

この世を作った神ならば人の身体を治すは容易《たやす》い。宣教師たちはそう説明して薬と手術で病を治した。それまでのお札《ふだ》を貼る咒《まじない》にかわって信頼された。

祐益がにこやかな顔を見せた。

「ちょうど殿（細川忠興《ただおき》）の亡くなられた奥方様のミサがあるけど、見ていきますか」

「え、追悼ミサですか。それはなかなかお目にかかれない」

祐益の案内で教会に入った。一番奥に祭壇が設《しつら》えてあった。祭壇の背後にある少し高い窓にビードロ（ガラス）の瓶が置かれ、午後の光が美しい彩りになって祭壇を照らしていた。中央の台が中国製の白い絹で覆われ、そこに白磁のマリア像が置かれていた。たおやかなマリア様が愛おしそうに我が子を抱く姿はいつ見ても美しい。

二人の少年が現れた。白い上掛けは慈悲の組（信者）のしるしである。先端に炎をともした長い棒を使って祭壇に並ぶ背の届かない燭台に炎を移していった。

祭壇の右側に風琴（オルガン）が置かれてあった。二十本ばかりの竹が縦に並べられている。ひとりの少年が裏側に回り込んで風を送り込む準備を始めた。かつての自分を思い出した。

「あれは懐かしい。マカオでよくやらされた」

「ああ、終わる頃には手が動かなかった」

追悼式を主催した殿（細川忠興）が先導役に手を引かれてお入りになった。眼がご不自由の様子だった。細川家の方々が続いて、祭壇の前の椅子に順番にお掛けになった。間も無くミサが始まる。

「では手伝ってきます」

祐益はそう言い残して祭壇の傍の用具部屋に消えていった。私は祭壇から一番遠い入口あたりで一人になった。

たくさんの細川家家臣が参加していた。居住まいを糺して微動だにしなかった。家中に多くの信者がいると見てとれた。演奏者が風琴の鍵盤を押した。その瞬間に教会の中が神々しい空間に変わった。日本の楽器にない美しいポリフォニー（和音の響き）が高い天井から参列者たちを神の国に誘った。私の心も洗われて穏やかな気持ちになった。

永遠の命を讃える神父の祈りの声が朗々と広がった。ポルトガルで初めて見た礼拝堂が思い出された。それはローマに向かう途中の小さな町の大きな教会だった。白い石で四方を囲まれた部屋で本物のマリア像を見た。天井まで伸びた金属製の管から奏でられた音が石の壁に反響すると荘厳な何かに吸い上げられたように感じたものだった。鼻腔にふとそのときの香りが蘇った。

静粛な雰囲気で進行したミサは、セスペデス神父の説教が行われて終了した。白い上掛けの少年たちが私の後ろの扉を開いた。外の光の中に百姓の集団が見えた。平戸から追われてきた信者と紹介された。他の貧困者たちと共に施しにあずかっていた。

「どうでした」

法衣を脱いで出てきた祐益に感想を求められた。

「すばらしいミサでした。これを毎年続けているのですか」

「関ヶ原の直前に亡くなられてから九周年です。その後に正室をお迎えにならないところは奥方様への思いが強いのだろうと思います」

「それは信心篤いことです」

「殿はこういうことを疎かにしない方です。ただし殿ご自身は信者ではないのです」

神父が信徒ではない者に儀礼を行うことは認められていない。そう聞き返すより先にマンショが説明した。

「セスペデス神父は大坂で奥方様に教えを授けたご縁があって殿に年忌の祈祷をご進言されたのです」

「奥方様のお名前は」

「細川玉子様、洗礼名ガラシャとおっしゃいます。聡明で美しい方だったと聞いています」

「細川家とイエズス会がそれほどの関係とは知りませんでした」

「殿はお若い頃からイエズス会と近かったそうです。でも信心はそれぞれというお考えです。ご嫡男（細川忠利）も信者ではありません」

「いちばん前にいた背の小さな方ですか」

「はい。そのうしろに参列されていた加賀山様はご一家で私が導いています。信心で応えていただけると、この道を続けて良かったと思えます」

散会を告げる鐘が鳴った。見上げると教会の屋根裏に取り付けられた大きな鐘がゆったり揺れていた。裾の広がった側面にうっすらと九曜紋（細川家の家紋）が伺えた。まだ新しい。祐益が誇らしそうに微笑んだ。

「殿が奥方様のために作らせたのです」

美しいと思った。すでに世を去った細川ガラシャ夫人が、祭壇に佇む白い聖母マリアに重なって見えた。この日の記憶は私の心に「幸せな世界」として刷り込まれた。

四年後、祐益から手紙が来た。

『ジュリアン、博多で元気にやっていらっしゃることと思います。昨年セスペデス神父が急死してから、殿が一転して耶蘇教を追い出すようになりました。私は越中様（嫡男細川忠利）を頼って中津に移っていました。しかしこれ以上は庇えないと言うことで追放されることになりました。これから長崎に行きます』

しばらくすると祐益が労咳《ろうがい》（肺病）で危篤と知らせが届いた。急いで長崎のコレジョ（イエズス会の学校）に駆けつけた。残念だが間に合わなかった。看取った原マルチノと、長崎サンタマリア教会で祐益の永遠の命を祈った。ぼんやり聞こえた隣の病院の鐘に、ともに過ごしたローマでの感激の日々が思い出された。それを日本に伝えようと誓い合った四人が、いまや二人になってしまった。

翌一六一三年。大御所様（徳川家康）が徳川家に従う家臣たちに耶蘇教を棄てるように求めた（慶長の禁教令）。各地の教会が閉鎖されて信者たちが居場所を失っていった。博多教会も例外ではなかった。私も仕方なく長崎サンタマリア教会に戻った。

さらに宣教師の国外追放令が出され、各地から宣教師と信仰の強いキリシタンが長崎に集められてきた。春の復活祭は賑わいを見せ、千人のキリシタンが七つの行列を作った。しかしそれは一瞬のものだった。秋になると三隻の南蛮船が桟橋に並んだ。二隻がマカオ、一隻がマニラに向かう。原マルチノは得意のラテン語を活かしたいと言って積極的に一隻目のマカオ行きに乗り込んだ。

私は迷った。幕府の命令とはいえ、このままマカオに行っていいのか。釈然としないまま原マルチノと同じマカオ行きの、しかし二隻目に並んだ。

隣に十二、三歳の瞳のきれいな少年がいた。

「どこからきたのですか」

「地元です。長崎で育ちました。マンショと申します」

「ジュリアンです。おひとりですか」

「はい、父はおりませんし、母は長崎に残るというので」

少年が明るく答えた。福寿字模様の振袖が眩しかった。自分も十六歳のとき、ここからローマに旅立った。多くの人に見送られて晴れがましい旅立ちだった。今は違う。たったひとりで日本から追われる少年を不憫に感じた。

「戻れない不安はありませんか」

「ええ、戻るつもりもありません。神が禁じられるところにいたくありません」

少年はキッパリと答えた。

「見知らぬ土地が怖くないですか」

「見守られていれば不安はありません」

疑うことのない自信に溢れた少年は、この国から出ていくことをむしろ望み、信じる道に踏み出す喜びを隠さなかった。

「神の懐に身を浸していると安心で満ち足ります」

気持ちいいほど純真だと思った。この少年はマカオの荘厳な教会に出会って法悦にむせぶことだろう。自分もかつてそうだった。それが少し羨ましかった。

しかしいまや自身の信心だけを追求するものではない。

「神に与えられた役割に背いていないか」

同胞たちの列に並んでなお結論が出ていなかった。自問を繰りかえす自分自身に苛立ちを感じた。このままずっとこの問答を反芻しながら生きるのか。

小倉の教会で見た細川ガラシャ夫人の年忌祈祷が、忘れ難い記憶として心の底に残っていた。美しい教会の光と音、心やすまる鐘の響き。死者への祈りの式典、参列する信者たちの満ち足りた顔。あの平安をもたらしたい。あのような式典がどこでも行われるようにしたい。数多くの信者たちにそれを見せたい。私はマカオで自分の信心に生きるのではなく、この国の信者たちに尽くしていきたい。船に乗ってしまってはそれが叶わない。いまが判断のときだ。そう思った瞬間、肩に誰かの温かい掌を感じた。ローマを見た使命感が耐えられない勢いで体内に湧き上がった。

役人の隙を見てマカオ行きの列から外れた。幸いなことに気づかれなかった。港から離れて、そのまま稲佐山の麓を駆け上がり、木々に囲まれて息を潜めた。だいぶ時間が経った。港から出て行く南蛮船の甲板に、詰め込まれた宣教師と信者たちが見えた。原マルチノも、さっきの少年も乗っているのか。船がゆっくり確実に離れていった。彼らはなんら罪科を犯したものではない。ただ心の思いを「邪宗である」とされた。それを理由に多くの善良な人々が追放されていく。これは、許されることなのか。神の御心の為す宿命なのか。こみあげる悲しみと虚しい怒りが交錯して、説明できないもどかしさが涙になった。

葉の擦れる音が大きく聞こえた。いつのまにか夕方になっていた。薄暗がりの空を覆う雲にわずかな光が残る。これから見捨てられた人々を救っていく。覚悟したはずの自分に繰り返し言い聞かせた。別の何かが混ざって胸が熱く渦《うず》まいた。海と一体に広がるぼんやりとした空間に、聖母マリアが浮かんで見えた。

日が落ちた闇に紛れて静かに稲佐山を降りた。薄雲から月が現れた。暗闇を照らす月明かりは差し出された道標か。月の光にさわさわと動く海に問いかけた。暗い海は沈黙していた。それでも運命を恨まず、後悔することなく、自分の使命に忠実にいようと思った。

この時から希望が目標になった。口之津の教会に身を置いて、信者を訪ね歩く生活を始めた。自らの心の誓いに従って島原半島から天草をまわった。さらに西彼杵《にしそのぎ》半島を外海《そとめ》に向かって北上した。故郷の中浦の南串島（長崎県西海市）で従兄弟が礼拝所を用意してくれた。そこを足がかりに、大村湾周辺から平戸まで巡回した。祐益（伊東マンショ）が残した信者を支えるため、小倉・中津・秋月にも足を運んだ。その間に追放令を無視して隠れた神父たちが次々と捕えられていった。幸いにして難を逃れたわずかな神父たちは追求厳しい九州を後にしていった。入国を止められていた修道会がときおり神父を潜り込ませてきた。しかし密入国者たちはたいがい長崎で捕まって、信心から転ぶことなく火炙りにされた。

「イエス・キリストの教える神の福音が人々を救う」

そう信じて取り組んできた。無心の努力と積み上げてきた実績に自信と誇りを持っていた。しかし、ついに自分一人になった。私はこの世で最低の人間になってしまったようだ。おいジュリアン、お前は何を間違えたのだ。人々を幸せに導こうとしてきたことが間違っていたのか。

第一章　禁教への抵抗

一　追われる人生@島原半島有家村

島原半島と天草下島は早崎瀬戸（早崎海峡）を南北に挟んで対をなし、まるで仁王の阿吽《あうん》のように有明海への隘路を守っている。東南アジアから北上してきたポルトガル船が天草灘からこの海峡を抜けて侵入した。戦国以前から島原半島に領地を持つ有馬《ありま》家領主のロン・プロタジオ（島原藩主有馬晴信）は信心と打算の両面から率先してキリスト教を奉じた。島原・天草がイエズス会の活動基盤となり、有馬家はその地の利によってキリスト教布教の拠点となった。

戦国時代を乗り切った有馬晴信が有明海に沿って北の藤津（佐賀県藤津郡）に領地拡大の陰謀を企てた（岡本大八事件）。このとき大御所徳川家康はポルトガルに誑《たぶら》かされたと見抜き、晴信をイエズス会の影響が及ばない甲斐《かい》国（山梨県）まで送ってから切腹させた。キリスト教を放置すれば徳川家の支配に亀裂が入る。懸念を深めた家康は幕府に仕える者に須《すべから》くその信仰を禁止した。

人質として江戸で育った有馬家嫡男の直純は、信者だった妻マルタを離縁して家康の養女・国姫を正室に迎えていた。そのことが身を助けた。自身もミゲルを棄ててなんとか家督を相続し、引き換えに二代将軍秀忠から藩内の切支丹《キリシタン》を一掃するように命じられた。藩主となった有馬直純は「耶蘇教を棄教せよ」と言い渡した。有馬領内に匿われていた宣教師たちは国外追放令によって長崎から追放された。

それまでイエズス会の言うことを盲目的に聞いていた有馬家は、家中すべてが吉利支丹《キリシタン》だった。藩政がイエズス会とともに行われることに疑いを持つ者がいなかった。熱心な信者だった家老たちは狼狽えて反対を唱えるばかり。家中は落ち着きどころを失った。

痺れを切らした家臣の馬場監物《けんもつ》が、身の程を顧みず、少し年下の藩主に食ってかかった。

「殿、恐れながらお尋ねをお許しください。デウスを棄てろとは、本心でしょうか」

「監物か。もちろんだ。有馬家から耶蘇教を葬り去る」

直純は穏やかな顔立ちに似合わず声が低い。監物は両手を畳につけたまま動かなかった。

「家中に長く浸透しています。いまさら宗旨替えなど大きな混乱となります」

「お前はふだん熱心でもないのに、やけにこだわるな」

「殿、自分ごとの諫言ではございません。家中の混乱を鎮めたく、意を決して申し上げております。いくら徳川家に準じると言ってもすべてを転宗させるなど、言うほど易いことではございません」

「上様《うえ》の命令ぞ。何であろうと浄土宗に帰依するのだ」

監物は両手をついたまま、もぞもぞと広い背筋を揺らした。

「家中の前に、お前はどうなのだ」

「信心は人の基本にあります。問答無用も結構ですが、時間をかけるべきこともあると存じます」

「馬場、聞いた事に答えろ。お前は棄てるのか」

「…それが主君のご意向とあれば、この場を持ってシャコーベを返上いたします」

「おや、あっさりしているな」

「申し渡されたのであれば、考える必要もありません」

馬場監物が身体を起こして向き合った。

「…だからと言って南無阿弥陀仏を唱える気になりませんが」

いつものように直純の左の口角が上がった。

「ふん、まあそれでもよい。ともかく耶蘇教をやめろ」

藩主有馬直純は浄土宗の和尚を招いて家中で説法をくりかえさせた。しかし監物が具申した通り家臣の反応はいたって鈍く、ほとんどが宗旨変えをよしとしなかった。直純は強引に棄教を迫り、受け入れない家臣を一族とも野山に追放した。棄てなかった三人の家老は強情だとして家族ともども火炙りにした。家中は凍りついて従った。

ある日、監物が藩主から呼び出された。日之江《ひのえ》城に登城すると誰もおらず二人きりだった。藩主はこのところ元気がなかった。

「殿、このあいだのことがまだ頭を離れませんか」

「…うむ。少々参った。夢に出る」

「まだご幼少でしたから。お辛いご決断、拝察いたします」

「八歳と六歳ぞ。生まれたときに洗礼を受けていただけのこと。それでも切支丹といわれた」

「公儀の御命令とは言え、幼い義弟様まで手にかけなければならないとは、魂を鬼に渡さねば叶いません」

直純は血色が悪く、目を薄くあけたまま声に力がない。とても藩主の顔ではなかった。

「監物、私はここでミゲルを授かって生まれ、父（晴信）から信仰心を持って治世に当たるよう薫陶を受けた」

「はい、存じております」

「それが江戸に行き、戻った途端に家臣を強引に棄教させ、家中から耶蘇教を消している。お前が言っていたように政道に支障をきたした。自分が生まれた藩を壊しているのだ。これは藩主のやることではない」

「殿、これで有馬家から切支丹がいなくなりました。お家の安泰につながることでしょう」

「ふん。もう気休めを言わなくてもいい。これをひと区切りにして改易《かいえき》（罷免）を願い出ることにする」

　二の句が継げずに呆然とする監物に、「おい、そんなに驚くな。今の話はこだけだ」と取り繕った藩主が、他言無用は分かっているなとばかりに涼やかな目で念を押した。

「ついてはお前に頼みがある」

「…はい、何なり」

「有馬家の家宝をひとつ原ノ城に隠し置いてくれ」

　原ノ城は日之江城から有馬川を下って一里（四キロメートル）ほど南の崖に建つ旧城である。一国一城令によって使われなくなって久しい。

　監物は予想外の命令に戸惑った。

「恐れながら、家宝となればそれがしには過ぎたお役目です。然るべき方にお願いいたします」

「物がモノだけに然るべき者がおらんのだ。それで信心の薄いお前を呼んだ。聞いたことがあるだろう。黄金の十字架だ」

監物が顔を上げた。

「あの…ローマ法王から賜った品ですか」

有馬晴信が送り出した少年使節団が、ローマ法皇から聖体の入った黄金の十字架を託されて持ち帰った。

「そうだ。これ以上ない耶蘇宗門の証《あかし》、今となっては見ることも許されん」

直純が小さな黒塗りの漆箱を置いた。

「先代は常に携えて戦場の護りとしていた。公儀の目に触れぬように、決してわからぬところに隠してくれ」

無念を飲み込んで甲斐に発った先代の覚悟が漆黒に滲み出ていた。監物は深く一礼して懐に収めると、命じられた通り、原ノ城の奥深くに隠した。

そして翌年、監物はこの時の話が戯言《ざれごと》でなかったことを知った。藩主有馬直純は自ら改易を願い出て、幕府の沙汰により延岡（宮崎県）に転封《てんぽう》（領地替え）となった。

家中に衝撃が走った。監物も同僚の芦塚忠兵衛とこの話になった。

「忠兵衛、大騒ぎだな」

いつも冷静な忠兵衛が、目を大きく開けておどけて見せた。

「こうなっては誰もお役目どころではないわ」

「それでも延岡ならそれほど遠くもない。行ける家臣もいるだろう。温情の御沙汰と思わんか」

「まあ、そうだな。しかし拙者は延岡に移るつもりはない」

「ここに留まるのか」

「父の代に隈本（熊本）で奉公して、小西家が取りつぶされて高来《たかく》（島原半島）に来た。これからまた日向に転ずるより、ここで身を落ち着ける」

「新しい殿に仕えないのか」

「いや、もはや戦国ではない。それに大和五条（奈良県）から来る藩主殿（松倉重政）は南都興福寺筒井家の出身と聞く。肥前の耶蘇宗門でやってきた拙者など疎まれる」

「そうか。私もこれが潮時だと思っている。生まれた有家《ありえ》村で百姓するつもりだ」

「宗門に頓着ないお前こそ残ればよかろう」

「長く御恩に預かった有馬家だ。未練がないといえば嘘になる。しかししがみついて延岡に行くこともない。四十も間近、節目が来たのだろう」

「ではまた同僚ということか、はっはっは」


百姓たちは寒い冬が明けるとその年の農耕を始める。順調な年などむしろ稀だった。たいがいは旱《ひでり》や洪水が百姓たちを落胆と飢餓に陥れたが、お城は稔らせる苦労などお構いなしに脅してコメを奪っていった。祟りを鎮めるために祈祷を繰り返した寺の坊主は、うまくいけば恩を売り、そうでなければ修行が足りないと逆に自省を促した。そして念仏を唱えれば誰でも極楽に行けると言って布施をせがんだ。

百姓たちは無知に置かれたまま毟り取られる存在だった。彼らもまた生きるために理不尽な境遇への疑問に蓋をしていた。そこに黒船と黒い外套の南蛮人宣教師が現れて、何も取らずに教えてくれた。

『人はみな等しく神の子である。人だけでなく、恵みをもたらす雨も、山から水を運ぶ川も、神がこの世のすべてを作り賜うた』

百姓たちはデウスの存在がこの世の理《ことわり》と納得した。

「そやったんか。毎日東から出るお天道様も、繰り返す海の干満も、みんなデウス様がくだすったんや」

『神はすべてを見ている。貧者と雖も天国への道を絶たれることはない』

手を差し伸べられた百姓たちは御大切（神の無償の慈悲）に感謝を捧げた。使徒イエスの教えを守って一年を過ごし、不遇に遭えばデウスに願うようになった。

一六一六年。松倉重政が島原藩に入部した。直純に従って三百人が日向に移っていた有馬家は、残ったわずかな家臣が日之江城に新しい藩主を出迎えた。松倉重政はキリシタンの土地を疎《うと》んだ。入部から半年と待たずに、北に五里（二十キロメートル）離れた島原に居を移し、百姓たちを動員して新たな城の建設を始めた。長崎の牢に囚禁されていた宣教師たちは匿っていたキリシタンとともに処分された（一六二二年、元和《げんな》の大殉教）。

島原城がようやく完成した一六二六年、長崎奉行に旗本の水野守信が着任した。キリスト教が一般住民の生活に浸透している有様を目の当たりにした水野は、それまで武家を対象にしていた禁教をすべての長崎住人に広げた。手始めに長崎代官や町年寄たちを棄教させ、彼らに町人たちを取り締まらせた。南蛮人と接触することを禁止された住民たちはキリシタンと縁を切らないと生きていけなくなった。

それが長崎から徐々に広がった。松倉家の領地となっていた高来郡（島原半島）南目《みなみめ》（南部）の農村にも及んできた。

有家村で大庄屋となった馬場監物はすでに五十歳を迎え、村の名をとって有家監物《ありえけんもつ》と呼ばれていた。

「こんどは村の宗旨替えか…」

二度も耶蘇教に追い回される人生の巡り合わせが恨めしかった。漏れた言葉に、息子の内蔵丞《くらのじょう》が傍から返事をよこした。

「放っといたらどうですか。いうほど易くないですよ」

覚えのある言い回しに頰が緩んだ。

「そうしたいところだが、お城の御沙汰だ」

有家村は島原藩二十村の中で一、二を争う大きな村だった。小村が四つ集まった惣村《そうそん》に合計すれば八百戸、四千人近い住民がいた。庄屋や組頭、農民や作人、職人の大工や鍛冶屋、あるいは芦塚忠兵衛など有馬家で同僚だった仲間たちも多くいた。監物は禁教を伝えるため小村をひとつずつ回った。

「いいか、これは侍《さむらい》の法度《はっと》じゃない、村でデウスを信仰するなと触れが出た」

「おいたちは年貢ば納めたし、お城ん普請にも出かけた。それでよかやろう」

誰かのひとことが口火となって次々と疑問や不満が出た。

「ドミンゴ（安息日）の集まりばやめればよかかね」

「まあ、そう言うことだ」

「やめてどがんすったい」

「何かの時は専念寺の世話になる」

「住職は末吉やろ。しょうもなかぐぁんたれやなかか。働くとが嫌で坊主になった輩が、なしておいらにものが言えるかね」

「檀那寺と決められているから仕方ない」

「正気かね。銭ば巻き上げらるるだけで何ん役に立たんぞ」

同じ疑問を持っていた監物は返事に窮した。

「裏んお社《やしろ》はそんまでよかとやか」

村の裏手の高台に、事あるごとに村の衆が集まる社があった。いつからあるのか誰も知らない。いいことがあれば感謝のお供え物を置き、祝言には村の娘が巫女を務めた。日照りになれば雨を乞い、長雨が続けば晴れますようにとお天道《てんとう》様を願った。春の復活節やおたんじょうび（クリスマス）には祈りを捧げた。倉庫として祭りの飾りや農耕の道具、あるいはイノシシを追い払うための鉄砲が収めてあった。再び困った監物が、「とりあえず、あれはそのまま」と答えた。

キリスト教がこの村に入ってきて七十年経っていた。生まれた時からこの村で育っている村人にすれば、生活に混ざり込んでいることをやめろと言われても細かい疑問はいくらでもある。聞き覚えのある声がわざとらしい質問を繰り出し、煮え切らない答えを捻り出す監物と問答が長引いた。あたりが暗くなってくると、面倒臭くなってきた村人たちは、「大庄屋殿、言う通りにするけん指図してくれ」と言い残して窓を塞いだ四阿《あずまや》に戻っていった。

誰もいなくなったところで真面目な脇庄屋の清七が近寄ってきた。

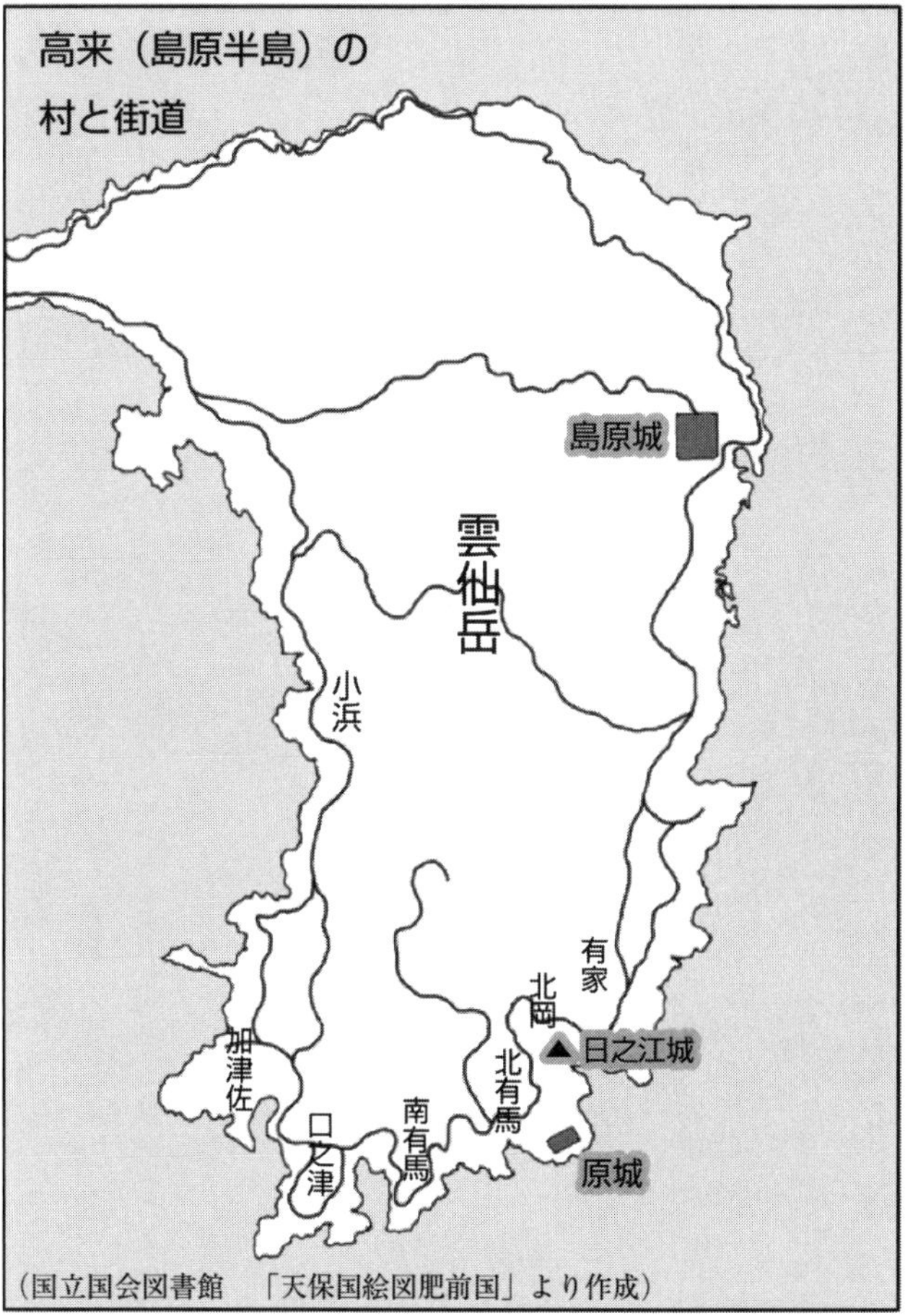

（国立国会図書館　「天保国絵図肥前国」より作成）

「あの…パーデレ（神父）様はもう来てくれませんか」

たまに訪ねてきてくれる中浦ジュリアン神父に頼りながら信心を続けていた。しかし拠点にしている加津佐村にも手が及んだと聞いて、捕まってしまうのではないかと心配していた。

「まあ、そうなるかもしらん」

清七は目に見えて落胆し、肩を落として帰っていった。

「やれやれ、大庄屋は板挟みで大変だ」

引き上げようとした監物が、ふと気配を感じて顔をあげた。木の影から上目遣いでじっと様子を窺っていた男が目に入った。烏帽子《えぼし》を被っていない穢多《えた》だった。目が合うと逃げるように森の暗闇に消えていった。


結局、求められたことは紙一枚だった。釈然としなかったものの代官所に連れていかれるよりマシだ。村人たちも、大庄屋殿がそういうなら、と同意した。

「いいかぁ、これが耶蘇宗門を辞めるって証文だ。ここに名前を書けばそれでいい。書けない奴が多いからこっちでまとめて書く。後から知らねえなんて言わないでくれ、いいな」

「わかったばってん、そん前に証文ば読んで聞かせてくれ」

「そりゃそうだ。いいか、読むぞ」

監物が立ち上がって読んだ。

「神デウス、サンタマリアに誓って耶蘇教を棄教します。以上だ」

「なんや、それだけか」

「安心したか。書くぞ」

息子の内蔵丞《くらのじょう》に名前を書きとらせた。息子はこの小村で清七の手伝いを務めていた。進めるうちに覗き込まれている気がした。目線を回すと村代官が立っていた。仕方なく息子の手元から半紙を拾い上げて見せた。

「これでいいでしょうか」

村代官の林兵左衛門が爬虫類のような眼をグルッと回した。

「…女も書け」

「女も、ですか。名前がないですよ」

「とにかく書け」

それでもう一度、今度は女衆に声をかけて経緯を説明した。

「そっちから名乗ってくれ」

「いね」

「つち」

「とめ」

中に、「ルイザ」、「マルタ」と声が上がった。内蔵丞が「元の名前を言ってくれ」と聞き直すと、「元ん名前って何」と返事が来た。仕方なく内蔵丞が適当に書いた。全員の名前を書き終わったところで遠巻きに見ていた例の穢多《えた》がふらっと前に出てきた。

「おいにも名前がある。ベントって言うったい」

内蔵丞がどうしましょうかと代官の顔を伺った。代官は烏帽子のない頭を見て「穢多は書かんでよか」と言い捨てた。ベントは悲しそうな顔をしてその場を離れず、代官の手下に追い払われてようやく消えていった。

帰りがけにルイザが内蔵丞に聞いてきた。

「おいは明日っからなんて言えばよかと」

「お前は、くりって名前にした」

「おいがくりか、なんかなぁ。また名前んなか女に戻るとか」

残念そうに首を傾げた。一緒にいたマルタが「耶蘇教を捨ててよかやが、一人前ん扱いばしてもらいたか」と頷いた。

二　切支丹検め＠島原半島松倉家

二年後（一六二八年）。小村で脇庄屋をつとめるようになっていた内蔵丞が、吉利支丹の村に戻りたいと監物に訴えてきた。

「サンタマリアの御組（信者組合）でやってたドミンゴ（安息日）の集会がなくなってから、年貢の割り振りどころか種籾《たねもみ》の貸出しと回収もひと苦労です」

「そんなことは、集会しなくたって耳に入るだろう」

「いや、それをいいことに知らん顔する奴がでてきよる。だから冬の支度とか、網の修理とか、みんなでやることがすんなりいかんのです」

息子は御組があった頃は問題なかった、と言って嘆いた。

「困ったものだ。いつ頃からだ」

「おとんが証文を出したころから」

意外な答えが監物の心に刺さった。あの時は紙一枚のことと思った。それから村代官がちょくちょく顔を見せ、何かにつけて村のあちこちを調べていくようになった。村は落ち着きを失い、それがいつの間にか村の一体感に亀裂を入れて、御組の動きも立ち消えてしまった。

米の収穫が終わって麦の植え付けが一段落したある日の夜、内蔵丞が十人ほどの仲間を連れて現れた。

「あした島原城まで証文を返してもらいにいってきます」

「おい、どうした。突然だな」

「おとんはうちの村で死人が出たこと、聞きましたか」

「うむ、喧嘩で若者が一人死んだと聞いた」

「藁を焼いて麦を植える時に隣と揉め事になったようで、何があったかわからんけど、こないだの夜に叩き殺された」

監物の顔が曇った。

「そもそもデウスの教えを棄ててからずっと収穫が悪い。ギクシャクしてつまらん喧嘩が殺し合いになる。これでは年貢にも支障が出かねない。耶蘇教に戻ったほうがマシです」

それで村をデウスの教えに戻すために、自分たちの世代が中心になって提出した転び証文を取り返そうと盛り上がったと説明した。

「ちょっと待て、簡単なことじゃぁない」

かつて有馬家にいた監物は、藩方の受け取りがわかる。

「耶蘇教に立ち帰るなど絶対許されない」

「ちゃんと言えばわかる話でしょう」

「行ったところで門前払いが関の山だ」

「ともかく掛け合わないことには村がダメになってしまう」

真面目で正義感が強い息子は何より村を優先させている。監物は村のためを思う内蔵丞にやらせてみるかと思い直した。言い分を書いた訴状をしたためて渡し、同行することにした。

「うまくいくかどうかわからん。そのつもりで」

「わざわざ島原のお城に行くんだ。お土産をいただいてきましょ」

盛り上がった村の若者たち二百人が集まった。秋晴れの朝、内蔵丞に率いられた若い衆が、浮かれて騒ぎながら前海（有明海）に沿って北上した。

島原城は五重五層の独立式層塔型天守を持って聳え立つ、島原藩の身の程に過ぎた城だった。城下も監物が奉公していた頃とまったく違う大きな町になっていた。知った顔はひとりも見えなかった。

島原城の外郭門で内蔵丞が取次を頼んだ。監物が立派な城を見上げていると、門が開いて城内三ノ丸に通された。

「門前払いではなかったか」

内蔵丞たちは楽しそうに城内に入った。砂利の上に座ってしばらくすると見覚えのある顔が現れた。高来南目を受け持つ村代官の林兵左衛門だった。正面を塞ぐように立って、爬虫類のような目で一同を見下した。

「多賀様がお聞きいただくる。お伝えするけん訴えがあるなら述べばい」

監物の眉根が寄った。多賀主水《もんど》は切支丹検《あらた》め担当家老である。しかし息子の内蔵丞は気にする様子もなかった。両手を丁寧に砂利の上に置くと、「では申し述べます。お取次をお願いします」と言って懐から訴状を出した。

「有家村一同は、お城のお触れに従って信仰を棄てることをデウスに誓い、それを証文として提出しました。その後は長らく耶蘇教のしきたりを行っていません。しかし、この二年間というもの、天候が乱れて農耕が進まなくなりました。加えてお城の年貢が重くなり、しかたなく専念寺から借金をしています。このままではお納めする年貢に支障が出かねません。これはこれまで守ってくれていたデウスが転んだことを祟《たた》っているに違いありません。ついては転びを取り消して、心機一転して来年の作付けに臨みたい所存です。右のとおり、有家村として先般の証文をご返却賜りたく伏してお願い申し上げます」

内蔵丞は訴状を畳んで下から差し出し、顔を上げて代官を見上げた。林兵左衛門があからさまに残念そうな顔をした。

「お前たち、切支丹に立ち帰ろうとしとうとか」

わざわざ確かめるように聞いた。一同は黙ったまま、互いに顔を見合わせた。

「切支丹に戻ると訴えとうならこんまま帰すわけにいかんぞ」

「しかし作物が獲れんのでは…」

言いかけたところに、村代官が「作柄の良し悪しは二ん次やっ」といきなり野太い声を浴びせた。居並んだ二百人がビクッとして居住まいを正した。そのとき砂利が鳴った。

「いまん話ば聞かんじゃったことにしてやる。これは最大ん情けや。訴状ば持ったまま村に戻らんね」

　これまで仲間内でデウスの祟《たた》りを散々語り合って来た内蔵丞は、ここは踏ん張りどころと自分にムチを入れた。

「いや、デウスの祟りにあっては、後生《こうせい》も作物に恵まれない…」

　控えれっ、と怒鳴り声が響いた。監物は反射的に下を向いた。しかし内蔵丞は睨まれても引き下がらず、差し出した訴状を再び突き出した。

「誰も同じデウスの下僕《しもべ》だっ」

　林兵左衛門の瞼《まぶた》がトカゲのようにスッと細くなった。振り返って本丸の連子《れんじ》窓を仰ぎ見た。奥に人影があった。使番が城の階段から駆け下りてきた。何かを伝えると代官の細い舌がチロっと出た。

「なおもデウスを口にするならタダではおかん」

　内蔵丞に向かって威圧したまま、さらに一同に睨みを利かせた。「他ん者も同様や」

　内蔵丞が責任感に後押しされたように勢いよく言い返した。

「なぜわからない。デウスの怒りを鎮めるのが先なんだっ」
よせっ。押し殺した強い息が監物の口から吐き出た瞬間に、刀を抜く音がして、内蔵丞が首元から袈裟懸けに切り裂かれた。一瞬のことだった。監物の目の前に、息子の頭がぶらぶら揺れて倒れてきた。首から血が吹き出し、砂利が見る間に赤く染まっていった。動揺した監物は、そのまま村の者たちに引き摺られて庭から連れ出された。力の抜けた身体で道端にへたり込んだ。監物の耳奥で心臓の鼓動が脈打っていた。握りしめた手のなかに血のついた三ノ丸の白い砂利がいくつも食い込んでいた。

二年後（一六三〇年）の秋、藩主松倉重政が突然死を遂げた。毎年の如く江戸から国元（島原城）に来て作柄の報告を聞いたあと、小浜《おばま》温泉（島原半島西岸）に湯治に出かけ、そこで原因不明の死に遭った。村人たちは天罰が下ったと言い囃《はや》し、誰か恨みを持つものが暗殺したのだと、まことしやかな義賊説まで出回った。そして、これでデウスを拝んでも赦されると代替わりの恩赦を期待した。

島原藩で切支丹検《あらた》めを担当する多賀主水は、松倉家が島原に国替えになった際に士官したいわば新参者だった。藩主交代で自身の処遇が変わるかもしれない。不安を抱えた主水は、しばらく切支丹検めを控えた。

重政の嫡男松倉勝家《かついえ》が島原藩主となった。三十三歳の息子は父の路線を踏襲し、多賀主水は新しい藩主からあらためて取り締まりを命じられた。主水の心配は無用となった。そのころ長崎奉行が水野守信から竹中采女正重義に交代した。豊後府内藩藩主の竹中重義は長崎の貿易利権を貪り、それを隠すように苛烈な切支丹の穿鑿を行った。それが多賀主水に拍車をかけた。

啓蟄を過ぎると野山に動きが出始める。蓄えた食料が払底する飢餓のなかで、村は農耕準備を始める時期となる。有家村の小村で脇庄屋を勤める清七が有家監物を訪ねた。息子内蔵丞が世話になった清七に監物も何かと相談に乗っていた。

「大庄屋殿、代官が切支丹の穿鑿《せんさく》に来ると言ってきました」

「穿鑿…お前、何かしでかしたのか」

「いや、何もしてないです」

「次右衛門（庄屋）はなんと言っていた」

「大庄屋殿に聞いてこいと…」

真面目な清七は目を合わせず、耐えきれなくなったようにもごもごと口を開いた。

「…実はとしごいまつり（祈年祭）のときに藁束を十字に結んで復活節を祈りました。ここ何年も不作だから今年こそと…もちろん藁束は解いて残ってないです」

「それが耳に入ったとは誰かの告げ口か。まあ、稲穂を拝んだと言い張ればわからんだろ」

翌日、清七が戻った村に代官の林兵左衛門がやってきた。

「村ん者は全員出てこいっ」

常よりあからさまに大声を張り上げていた。後ろに城方がついていた。

「わいたちん中に切支丹が隠れとるごとある。さっさと名乗るばってん身んためぞ」

庄屋の次右衛門が前に出た。

「お代官様、ここには切支丹なぞおりません」

「すらごとはすぐにバレるぞ。きょうはお城がわざわざ足ば運ばれた。御家老ん多賀主水様や。控えれっ」

馬に乗った侍が現れた。何も言わず尖った顎をしゃくった。代官が村人三百人を村外れの寺まで連れ出し、女子供も容赦無く境内に正座させると爬虫類のような目を剝いた。

「わいたち、集まって気味ん悪か唱えばしとったそうやな」

縮こまった静寂の隙間、庄屋の次右衛門が勇気を振り絞った。

「…お代官様。おいたちは何も悪いことはしておりません」

「ごまかさんでよか。デウスば拝んでいたやろ」

「とんでもない。稲穂を拝んで今年の豊作をお願いしました」

「よう言いなしゃんな。いまなら許してやる。あとでデウスとわかったらしょっぴくぞっ」

村人たちが体を縮めた。後ろの方から気の強い声が上がった。

「稲穂はよかばってんデウスは拝んではいけんて理屈がわからん」

集団がざわざわと騒ぎ始めた。勢いを得たように再び威勢のいい声が聞こえた。

「稲穂ば実らせてくれるデウスに感謝ば捧げて何が悪か」

代官がぺろっと舌を出した。

「よしよし正直やなかか」

騒いだ五十人が寺の奥に連れて行かれた。そのほかのおとなしい村人たちは、デウスを拝まないという誓紙に名を書いて帰された。侍が馬を降りて奥が見える場所に移った。

高い杉林に囲まれた稲荷社の小さな鳥居の前。声を上げた男が襟首を摑まれてずるずると引き摺り出された。林兵左衛門が黒目をギョロッと下に向けた。

「ふんっ、烏帽子んなか穢多か」

「おいはベントって言います」

「穢多に名前はいらん。何ば唱えとった」

「…後世《ごせ》んアニマ（霊魂）んたすかりば祈った」

代官は嫌そうに「何んことや」と目を窄めた。棒でベントを小突くと、落ち葉を燃やしていた焚き火のそばに連れてきた。

「穢多、みんなデウスば金輪際拝まんば誓うて帰ったぞ」

「方便すりゃ重ねて科《とが》に落っちゃくるだけや」

林兵左衛門がフンッと鼻を鳴らした。それ以上何も聞かずに焚き火に突っ込んであった鉄ゴテを摑んだ。柄をグルッと回すと炎がパチッと爆《は》ぜた。

「ちょっと、何や、そりゃ」

「わいはどがんして耶蘇教ば棄てんごたぁ、そん立派な信仰心ばおまえん神から見えるごとしといてやる」

「馬鹿なことやめてくれっ、おいは牛じゃなか」

逃げ出そうとするベントを手下の役人が押さえつけた。

「牛ん方がよっぽど役に立つわ。手足に怪我はさせせんけん安心せろ」

数人の手がベントの頭を抑えた。

「おいは何も悪かことばしとらん。何でごがんことするったい」

代官の林兵左衛門は焚き火の中から「切」の文字を付けた鉄ゴテを取り出すと、赤くなったコテ先を躊躇なく左の頬に押しあてた。ベントの絶叫と焦げた臭いが薄暗い裏庭に広がった。鉄ゴテを丁寧に火に戻し、今度は傍に置いてあった桶を取って「これで冷やせっ」と爛《ただ》れた頰に水をぶちまけた。稲荷社の前に固まる村人たちの顔面から血の気がひいた。

「これでわいが切支丹やとはっきりわかる。本望やろう」

林兵左衛門はベントを見下したまま、よく動く目を参道に向けた。多賀主水が遠いところから顎をしゃくった。

「おい、穢多。改心するならここで止めてやる。ばってん、棄てんば切・支・丹ん三文字が顔に並ぶことになるぞっ」

うずくまっているベントの頭越しに、わざとその場に聞こえる大声で問いかけた。ベントはグッタリして俯《うつむ》いたまま、「…穢多は嫌や。生まれ変わってお侍になりたか」と力ない声で呻《うめ》いた。

「牛は生まれ変わってん牛にしかならん。穢多が人間様になりたかねどと、戯けた妄想は坊主だってうてあわんぞ」

吐き捨てた林兵左衛門が焚き火から「支」の文字を取り出した。取り押さえていた手がベントの顔をぎゅっと上に向けさせると、今度は額の真ん中に押し付けた。村の者たちが顔を背けた。そして右頰に三文字目の「丹」が押し付けられるところを見れば、村の五十人は「勘弁してくれぇ」と渾身の大声で泣き叫んだ。阿鼻叫喚と焦げた匂いに集まってきたカラスの濁った鳴き声が重なった。

代官林兵左衛門は手についた煤をパタパタと叩くと、馬上で様子を眺めていた多賀主水に近寄った。

「もれのう転んだけん…」

「この方法が効果的とは本当だな」

「前のお奉行様（長崎奉行水野守信）に間違いはありません」

「証文を書かせろ」

心の抵抗をする信者たちにとって証文など紙の上のことだった。主水もわかっていた。それでも集めた枚数が手柄になった。村人に信仰が残っているとみれば御組の惣代や組親を拷問にかけて証文を書かせた。どうにも転ばないと見れば火にかけると脅した。魂は土に還って来世でハライソ（天国）に召される。そう信じているキリシタンは燃やされると後世《ごせ》の行き場を失う。その恐怖を煽り立てて藩内の信者を炙り出し、すべての村からもれなく証文を揃えるまで執拗に繰り返した。

「これで島原藩に切支丹がいなくなった」

城代家老岡本新兵衛が功績を認めて、多賀主水を江戸の藩主に報告に行かせた。


下屋敷を訪ねた多賀主水は、痩せた身体を丸め、畳の目に指先を合わせて待った。

「殿は気分屋だ。入り方を間違えると面倒になる」

藩主松倉勝家がそそくさとした足の運びで現れた。敷居を跨ぐなり歩きながら声をかけた。

「おや、城代はどうした」

「この度は切支丹検めのことにつき、それがしが参上しました」

「そうか。年貢はどうした」

「いえ…仰せつかっております切支丹検めにつきご報告に参じました」

「なんだ。まあよい、申せ」

勝家が重い身体をどっかと落として脇息に肘を乗せた。

「かねてご下命いただいておりました切支丹撲滅の件、領内から消えてございます」

「それは大儀だった。顔を上げろ」

主水が細身を起こすと、勝家が話を聞かせろと関心を見せた。

「それで、どのようにしたのだ」

「村にいる切支丹を探し出し、問い詰めて転ばせました」

「転ばない者は全部殺したか」

「はい、容赦なく」

「よしよし、それで良い。それで死体はどうした」

「死骸は感染《うつ》らぬように燃やしました」

「ふむ、燃やしたか」

「切支丹は生き返ると承知しております」

勝家が太った身体の落ち着きどころを探すように小刻みに座り直した。主水は機嫌を損うとまずいと思って軽い冗談を言った。

「…生き返るところを見たわけではありませんが」

勝家の目が光ってニコッと笑みを見せた。

「では見てみるか」

「え…」

安堵していた主水は冗談を返されて口籠った。

「殺した切支丹を燃やさずに置いておくのだ。そうすれば生き返るかどうかわかるであろう」

「…やはりすぐに燃やしてしまった方が憑らないかと」

下手な冗談を口にしたことを後悔して慌てて取り繕ったが勝家が無視した。

「ここでやってみるからよく見ておれ」

屋敷の者を呼ぶと、聞いたことのない名前を囁いて「捕まえてこい」と命じた。主水は身を固くした。

二日後、主水は再び呼び出されて屋敷に赴いた。藩主が機嫌よく待っていた。

「おお、来たか。この者の妻が鳥越（浅草）や小日向（文京区）あたりをしばしば徘徊していたので問いただしたところ、妻の妹が切支丹だった」

そう言って裏庭に置かれた大きな桶を顎で差した。中に身体を丸めた若い侍が押し込まれていた。顔が真っ白で生きている気配がなかった。

「それで…成敗したのですか」

「妻の妹が切支丹ならこいつもそうだろう。屋敷内に広がっては危ないではないか」

勝家は明るく闊達にそう言った。

「こいつが本当に生き返るかどうか見てみよう」

屋敷の下働きを呼ぶと、「塩をたっぷり入れろ」と命じた。すぐに塩が運ばれて来た。ザーッと音がして桶の中で若侍の顎《あご》が埋まった。血の気のない顔だけが残った。

「もう少し入れろ」

勝家は鼻が隠れるまで待った。それから桶に近寄り、しゃがみ込んで観察した。

「どうだ、生き返るか」

勝家が息を吹きかけた。反応がないところを見て、桶の塩をつまんで顔の上にパラパラと降らせた。若い侍の閉じた睫毛《まつげ》に白い塩の粒が引っかかった。それをしばらく眺めていた。

「もう少し置いておくか」

落ちない塩粒に焦れて立ち上がると「これも床下に並べておけ」と命じた。勝家が多賀主水に近寄って再び腰を落とした。顔を覗き込まれた主水は視線の置き場がなくなり、目が泳いだ。

「…」

勝家が大きく息を吸って吐いた。

「帰ったら島原で試してみろ。土民など幾らでもいるだろう」

背筋を伸ばして立ちあがり、主水を見下ろした。

「ところで作柄が悪いからと言って年貢の容赦はならんぞ。よく言っておけ」

そういうと太い首を左右に揺らしながらそそくさと出ていった。

三　潜伏宣教師@北部九州

百姓たちに禁教が広げられると、各地で村の教会が燃やされた。ジュリアンの故郷にあった南串島の礼拝所も潰された。さらに長崎周辺の村で切支丹穿鑿が始った。隠れた集会が狙われた。見つかった切支丹たちは捕らえられ火炙りにされたうえ、生き返らないように首と胴を切り離されて別々の場所に埋められた。切支丹の虫は伝染する。そう考えられて着物や道具まで家ごと灰にされた。

「わかっているはずだ。拠り所を潰しても神の真実は消えない」

集会所を失い、神父がいなくなった九州で、ジュリアンの湧き上がる使命感がすべてを引き受けた。拠点にしていた口之津から再び長崎・大村・加津佐・高来の信徒を訪ね回る日々を始めた。明るいうちは森の祠や社に身を潜め、夜になると月あかりを頼りに歩いた。鬱蒼たる木枝の隙間から瞬く北極星を見上げた。

「まばらな星が、あなたに与えられた秩序に従っています。私も同じ万物の端くれです」

イエスの追体験を思えば弱音を吐くほどではない。長い黒色の外套を身体に巻いて野木の根を枕に野宿した。川の水で身体を洗いながら星明りに照らされた皮膚に青く浮かぶ傷跡を眺め、デキモノや虫さされの痕を指でなぞった。ボロ布同然の単衣《ひとえ》に通す手足に骨が浮いていた。

信者たちに感謝され、敬愛されてやまないジュリアンは巡回を続けた。身辺にいよいよ危険を感じた口之津加津佐《かづさ》村（南島原市）の庄屋助右衛門が身を隠すように懇願した。ジュリアンは伊東祐益のいた中津に移った。秋月に庵《いおり》をはんで小倉を回り、ときに柳川・久留米にも足を伸ばした。逃亡を始めてから十八年、信者たちを支え続けていれば、いつか神の光明がもたらされると信じていた。

一六三二年、ジュリアンの耳に中津の藩主が交代するという噂が聞こえてきた。細川家が熊本に移るという。藩主が変われば何が起こるかわからない。

ジュリアンは五度目になる広域巡回に出ようと決心した。小倉の教会以来、見て見ぬ振りの庇護を授けてくれた細川家に感謝を捧げ、水ぬるむ早春に秋月を後にした。

海路で加津佐村に戻ると庄屋の助右衛門が出迎えた。頬被りの手ぬぐいを外し、震える声で深くこうべを垂れた。

「ジュリアン神父、よくご無事で…」

「またご厄介になります」

身体を支えられながら舟を降りた。数年前に起こした脳溢血で左半身が不自由になっていた。助右衛門が顔を曇らせた。

「心配いりません。まだ歩けます」

杖で身体を支え、左足を引き摺って歩いた。助右衛門が見かねて手を添えた。

「…ご厄介をおかけします」

加津佐村に二日間滞在して村の者たちに祈りを捧げた。三日目の朝、聞き覚えのある声に呼び止められた。

「ジュリアン神父、お元気そうで何よりです」

「ああ、監物殿。まだ神に生かされています」

「有家村にお寄り戴けると聞いてお迎えに来ました」

「わざわざすみません。有家村は島原藩の取締りがことのほか厳しくて、なかなか行かれませんでした」

「五年ぶりですから、村の者がみな首を長くしています」

「みなさん、お変わりありませんか」

何気ない挨拶のはずだったが、有家監物が少し言い澱んだ。

「…実は、倅《せがれ》が殺されてしまいました」

ジュリアンの口から無言のため息が漏れた。立ち止まった神父を助右衛門が促した。

「立ち話は目立ちます。監物殿の舟にご案内します」

「そうでしたな」

ジュリアンを乗せた舟が有家村に向かって漕ぎ出した。海の上は静かだった。櫓杭の軋む音だけが耳に届いた。

「いつでしたか」

「前回お越しいただいた二年後の秋でした…」

有家監物が顚末を話し始めた。

「…伜は島原城に転び証文を取り返しに行ったのです」

「自ら出向いたのですか」

「強引にでも止めるべきでした…」

ジュリアンは監物の心の準備が整うまで黙って待った。

「…まさか殺されると思ってなくて、どうせ島原の城で門前払いを食わされるのが関の山だろうと…浅はかでした。城に行くって言ったときに、止めておけば…」

沈んだ声でボソボソ話す監物の姿は、後悔を嚙み締めてきた毎日を想像させた。

「責任感が強かったのですね」

「曲がったことが許せない性分でした。だから…城で追い返されればよかったんです。なのに、すんなり中に入れてくれて、言い分まで聞いてくれて、それで十分だったのに。そのあと代官と言い合いになってしまって、そこで止めていれば……」

「止めなかったのですね」

「一瞬、躊躇したのです。そしたらあっという間に、倅の首が切られて」

「なんと」

「いきなり刀を抜くなんて考えてなくて……私も城勤めだったというのに」

監物は自分の言葉に押しつぶされていた。

「二度も止める機会があったというのに……取り返しがつかないって、このことです」

下を向いたまま両手の指を強く組み合わせた監物の手の中に小さな砂利石袋《じゃりいし》が挟み込まれていた。そして「神父様、いったい自分はどうすればいいのでしょう」と肩を震わせた。

「監物殿、過去を悔やむ時でも、神は私たちから顔を背けません。罪の意識で身動きができないほど苦しい時でも、父よ、と唱える力は残っています」

顔を上げた監物にジュリアンがゆっくり語りかけた。

「イエスは、祈るときは自分の部屋で、世間から離れて、父よと呼びかけて神に向かうように教えました。ここは海の上です。誰もいません。神と自分だけのごまかしのない祈りを行ってください」

監物はとめどなく流れ出る涙にむせび泣いた。ジュリアンが監物の頭に手をおいて平安を授けた。誰もいない静かな海の上、小舟が島原半島を回って行った。


有家村でかつてサンタマリアの御組だった村人たちが、杖を頼りに現れたジュリアン神父を出迎えた。

「遠かところばありがとうございます」

「五年もあいてしまいました。すみませんでした」

ジュリアンは柔らかい表情の信者たち一人ひとりに丁寧に言葉を交わした。

監物は全員が終わるまで傍《かたわら》で静かに待った。

「うちに集まっていますからどうぞ」

ジュリアンは監物の自宅に招かれた。奥まったところの敷居を跨ぐと、薄暗い部屋に十五人ほどが待っていた。静かに襖が閉まった。部屋がほとんど真っ暗になった。欄干《らんかん》から漏れる光だけが人影の位置を教えてくれた。暫くして目が慣れたジュリアンが、首にかけたコンタツ（ロザリオ）を外して十字架を祭壇らしき台の上に置いた。

「親愛なる兄弟の皆さん、今日こうして神への祈りを共にできたことは素晴らしいことです。神はそのひとり子を世にお遣わしになりました」

　会衆が続いた。

「その方によって私たちが生きられます」

　信者たちとの静かな時間が過ぎていった。

「主イエス・キリストの恵み、神の愛、聖霊がともにありますように」

「主の御名《みな》によってアーメン」

　祈祷を捧げたあとにジュリアン神父が穏やかな祈りの話をした。

「主は、私たちの多くの祈りに、何の成果も授けていただけなかったことが何度もありました。しかしイエスは祈りを諦めないように教えています。祈りはどんな場合でも現実を変化させます。神は必ず応えてくれます。それがいつ起きるか、それが不確かなだけで、叫び求める選ばれた私たちのための裁きが必ず行われます。そのことを忘れずに祈りましょう」

暗い空間の集中した時間。集まった信者たちに喜びが浮かんだ。襖が開いた。光が入って清々しさを取り戻したそれぞれが現実に帰った。質素な食べ物が用意された。ジュリアンは感謝の祈りを行い、小さな魚の生干しに味噌をつけて、歯が半分無くなった口に入れた。

翌朝、約束どおりに加津佐村から迎えがきた。ジュリアンが不自由な身体を支えられながら舟に乗り込んだ。再びの来訪を頼んだ監物に、ジュリアンは「いつか平安な神の世になるまで無事でおられますように」と答えた。そして舟の上から別れた有家村の信者たちが小さくなるまで目を離さなかった。

中浦ジュリアンは長崎から北上を始めた。何もなくなって久しい故郷の南串島に立ち寄ると、近隣の村々をひとつずつ訪ねて信者たちに祝福を与えた。玄界灘の寒風が身に染みる季節になって、おたんじょうび（クリスマス）に間に合わせて小倉に戻った。

夜、川沿いの片隅にある部落の、薄い板で囲っただけの荒屋で、間も無く死を迎える老婆に向き合った。

「神父様に来ていただくるとは思うてんおらにゃった」

老婆の閉じた目尻から涙が滲み出していた。

「今まで正直に生きてこられた時間は無駄ではありません」

「苦しかだけん一生やった」

「あなたのために祈ります。イエス・キリストの死は祈りに包まれています」

老婆は小さく顎を引くと、額から胸の前にゆっくりと手を動かして十字を描いた。

「イエスは苦しむ女たちをなぐさめ、刑の執行人のために祈りました。そして私の霊を神に委ねます、と言って息を引き取りました」

「はい、もう力が抜けていく…これで終わりです」

ジュリアンは屈んで老婆に顔を近づけ、穏やかに話しかけた。

「イエスの祈りは死という敵と人間を和解させます。安心して神のもとに召されてください」

老婆は突然に閉じていた目を開いた。最後の力で精一杯天井を凝視してこの世の光景を目に焼き付けた。大きく息を吸い込んで、そこで呼吸が止まった。

息が静かに抜けていった。血の気の薄い顔色がみるみる白く変わっていった。

「主よ、永遠の命を」

ジュリアンはたったひとりで来世に旅立った老婆の魂の平安を祈った。少しだけ、最期に立ち会うことのなかった自分の母を思った。亡骸《なきがら》を埋める場所を探そうと板戸を開けて外に出た。周りの葦がざわざわと音を立てた。ハッとした瞬間、目の前に数人の岡っ引きが現れた。

「待ち伏せですか」

なんの返事もなかった。

「私がここにいるとわかっていたのですね」

「終わるまで待っとっとやったぞ」

ひしゃげた声が聞こえた。暗闇から現れた役人たちに取り囲まれたジュリアンは、抵抗することなく捕らえられた。

中浦ジュリアンは小倉から長崎奉行所に送られた。過酷な取り調べで知られていた長崎奉行の竹中采女正重義の手にかかるとなればすぐ殺されるものと覚悟した。しかし毎日飽きもせず、ひたすら棄てろと迫られた。牢に戻されると動けなかった。ぐったりしたジュリアンの様子を窺いに来る男がいた。

「中浦神父様、大丈夫ですか」

牢の中で話しかけるとは誰だろうか。ジュリアンが怪訝に思って身を起こした。窓のない暗がりから覗き込む目が光っていた。

「おいに声をかけるとは、あなたも信徒とお見受けしました」

「次兵衛《じひょうえ》と申します。ここで馬の世話をしています。神父様を見に来ました」

「それは恐れ入ります。こんな身ですがあなたのために祈りましょう」

「いえ、結構です。元気でしたらそれでいいので。神のご加護を」

丸顔でまだ若い次兵衛は時々やって来てつぶらな目を向けた。

「こんにちは。元気そうですね」

「今日は取り調べがなかった。このところ声がかからないがどうしてだろう」

「江戸から新しいお達しがあって、手が足りないからでしょう」

「どんな差図が出たのですか」

「日本人は出国できなくなりました（海外渡航禁止令）。外国人は商人といえども居られなくなりました。収容するのに牢が間に合わず大村（長崎県大村市）に入れてます」

「すべて止まってしまうと、神の光明が届かなくなってしまう…私がやらないと」

「いまそんな心配しないでいいです。神のご加護を」

次兵衛は特に用があるわけでもなく、いつもひと声かけて戻っていった。そのうち短い会話を交わすようになった。

「神父様、おいの両親は大村（長崎県）の信徒でした」

「ああ、やはり。昨日今日の信者ではないと思っていました」

「有馬のセミナリオ（神学学校）にいました」

「おや、後輩ですか」

イエズス会のセミナリオは身分の高い武士の子息しか受け付けていなかった。従ってそこそこの身分のはずだが、次兵衛はその話を避けた。

「セミナリオが閉鎖されたあとマニラの学校に行きました。そこも閉鎖されたので、去年戻ってきて、捕まらないように奉行所に入りました」

「それはまた、大胆な」

「灯台もと暗し、ってやつでしょう。ここにいれば牢の信者にも希望を持ってもらえます」

「さぞかし感謝されているでしょう」

「金鍔《きんつば》神父と呼ばれています」

「え、神父なのですか」

「アウグスティノ修道会で叙階されました。トマスと言います」

「それが、きんつば、ですか」

「鍔が金色なんで」

次兵衛が得意げに自分の脇差を引き寄せて見せた。

「ほら、この通りです。神のご加護を」

次兵衛はジュリアンの勇気の糧になった。

「痛み、苦しみは神を信じる心と同居している」

ジュリアンが転ぶことはなかった。しつこく棄教を迫られ、穴吊りの拷問にかけられても耐え続けた。穴吊りは、地面に掘った深い穴の底に汚物をためて、悪臭の中に上半身を逆さに吊るす。血や内臓が逆流するが、すぐに死なないように体をぐるぐる巻きにする。それで吊られるから長い間苦しい。その苦しみを逃れるだけならば一言「転ぶ」と言えば穴から出される。このとき一緒に捕らえられていたイエズス会管区長フェレイラ神父がそうして棄教した。

それを聞かされたジュリアンは衝撃で泣き叫んだ。竹中采女正が心の隙間につけ込んで誘った。

「あのイタリア人神父は転んで平穏な生活に戻ったぞ。中浦神父、殺すために吊るしているのではない。転んでくれればそれでいいのだ」

ジュリアンが牢に戻されるときに、入れ替わるように牢から出されていくフェレイラ神父と交錯した。その瞬間、ジュリアンの憎悪が溢れた。

「神を棄てたのかっ」

力の失せた身体から驚くほど大きな罵声が迸《ほとばし》った。

「たかが神父が神を捨てるとは不遜にも程がある。恥を知れっ」

フェレイラ神父は顔も向けずに牢の出口をくぐっていった。音のない牢獄にジュリアンの怒りの余韻が残った。

しばらくして次兵衛が現れた。

「大声を出すと身体に響くでしょう」

「私は大丈夫だ。十字架にはりつけられたイエス・キリストを思えばたいしたことではない」

次兵衛が気休めのような微笑を見せてもジュリアンの怒りはおさまらなかった。

「イエス・キリストは救いを求める人々の命と引き換えにその責め苦を引き受けた。これはイエズス会の信義だ。次兵衛殿もご存知だろう」

「セミナリオで最初に習いました。自分も神に仕える身として、苦しみをキリストの追体験と考えています」

「だからあいつが許せないのだ。たかが我が身の苦しみと引き換えにすぐさま信義を棄てる人間が、わかった風なことを言って純粋な信者に指図していたなんて。考えるだけではらわたが煮えくりかえる」

ジュリアンは心からの軽蔑を隠さなかった。

「マルチル（殉教）は尊い。殉教を知ることで信心を深めたものも多い。これまで多くの日本人が殉教してきた。あいつはそのイエズス会の布教長だった。それがおめおめ生き長らえようとしているのだ。これでは殉教していった信者たちが報われない。神の名において非難される人間、唾棄すべき者は、あいつのことだ。その厚顔こそクソ壺に突っ込まれるべきだったのだっ」

拘束が一年間近くに及んだある日、次兵衛が少し暗い表情でやってきた。

「悪い知らせです。江戸から差図が届いたようです」

「いよいよですか」

「…」

「次兵衛殿と、励ましてきた信徒のために祈ります」

「このことを伝えて回ります」

張り詰めた顔を見たジュリアンが穏やかに声をかけた。

「これから起こることに動揺する必要はありません」

次兵衛は返事をしないで出ていった。

十月二十一日。小雨のなか、中浦ジュリアンは竹籠の列の真ん中に入れられて長崎の西坂刑場に運ばれた。出丸のように突き出した刑場の斜面がぬかるんで籠担ぎの足元が滑る。そのたびに竹籠が大きく揺さぶられた。刑場を囲む柵に見物人が張り付いていた。長崎や外海《そとめ》、また大村、島原、天草から励ましてきた信者たちが見届けにきていた。

「知らせてくれたのか…」

ジュリアンはそっと次兵衛を見た。馬丁として新任奉行の曽我又左衛門の轡《くつわ》を握って竹籠の先頭を歩いていた次兵衛もまた「切支丹ではない」多くの見物人に目を向けていた。

受刑者が籠から出されて一人ずつ名前が呼ばれた。

「ローマを見た中浦ジュリアン神父です」

胸を張って最高の自己紹介をした。しかし、ローマという単語すら知らない人々に何の意味もなさない。この期に及んでなお価値が伝わらないもどかしさ。ジュリアンの薄くなった唇が固く結ばれた。

代官の末次平蔵が罪状を読み上げた。

「最後の棄教の機会を与える」

縛り上げられた身体が足から宙に浮いた。

「棄てる気になったら申し出よ」

誦じたラテン語が自然に漏れた。

「この苦しみは神の愛のため」

下ろされた穴の暗がりは溜められた汚物の影だけ。耳の後ろに開けられた小さな傷から流れ出た血がこめかみを伝わり、雨水とともに頭から垂れていく。その感覚に慣れたころに意識が遠のく。もはや引き上げられることはない。

——見物人の群れに有家監物が混じっていた。これまで何度となく村に来て勇気付けてくれた中浦神父。監物は人目を気にして手を合わせず、そっと感謝の頭を垂れた。雨が激しくけぶって刑場が見えなくなってきた。厚い雨雲が日暮れを待たずに周囲を暗くしていた。

監物と同じように密かに祈っている見物人がいた。その男は雨傘を丸い地肌に被っていた。目が合うと、大雨の初対面にもかかわらず同胞だと感じた。人垣がほどけ始めたとき、監物が誘われたように声をかけた。

「今日は神父の処刑だったのですね」

小さな口元が、問いかけを予想していたように自然に動いた。

「そのようですね。見物人が多くて驚きました」

二人は期せずして同じ方向に歩いた。茂木《もぎ》の船着き場に向かって山を抜けた。

お互いに腹を探りながらひとしきり会話を続けた。その物腰と言い回しで武士の出身と目星がついた。監物は思い切って名乗った。

「私は有家村から来ました有家監物と申します」

「大矢野島の渡辺伝兵衛です」

噂を聞いてやってきたと言う。ほぼ同じ年齢だということ、そして二人とも大庄屋だということ。船着き場に着く頃には互いの境遇がうかがえるほどになった。

「何かのご縁があればまたお会いしましょう」

そういって別々の舟に乗った。

中浦ジュリアンは穴に吊るされたまま三日後に絶命した。いつか来る日のために二十年にわたり二万キロを歩き、のべ五千人の信徒を訪ねて励ました。聖なる人、初めてローマを訪ねた日本人、教皇グレゴリオ三世に抱擁と祝福を受けた小佐々甚吾は殉教した。一六三三年の秋だった。

四　飛び地@天草大矢野村

逆さに吊るされた中浦ジュリアン神父が神の手に包まれていく。金鍔次兵衛はその大きな手を感じながら、再び轡《くつわ》を握って西坂の丘を降り、振り返ることなく背中で別れを告げた。牢内で聞いた言葉が思い出された。

「これが最後になる気がしていました」

奉行所にいた次兵衛は分かっていた。昨年、大御所徳川秀忠が没した。三代将軍家光が親政を始めると、九州の大大名たちに目を光らせるため、信任厚い細川家を下《しも》（九州）の入口（豊前）から真ん中（肥後）に移した。大目付になった井上政重がキリスト教排除を本格化させ、従う九州の藩主たちが各地で取締りを強化した。そのときジュリアン神父はいずれ長くない運命に置かれた。次兵衛は、自分も同じ運命と知りながら近隣の村を密かに回り始めた。

一六三四年の春。長崎奉行所は、消えつつある切支丹が再発しないように、虱潰しにキリシタンを炙り出しにかかった。いよいよ危険が迫ったと察した次兵衛は奉行所を捨てて周辺の山中に姿をくらました。そこで奉行所が初めて次兵衛の正体に気づいた。長崎の山に包囲網を敷き、近隣藩を動員して躍起になって追った。しかし次兵衛はその山狩りを掻い潜り、口之津から早崎瀬戸に漕ぎ出して天草下島に渡った。

天草諸島は唐津藩の飛び地である。藩主寺沢広高は長らく表面的なキリシタン取締りでお茶を濁していた。かつて秀吉に長崎を託された経験から、長崎のポルトガル人の反感を買わないようにという広高らしい損得勘定だった。その広高が前年（一六三三年）に七十歳で世を去り、弱冠二十四歳の嫡男寺沢堅高《よしたか》が新たな藩主となった。天草に逃げた金鍔次兵衛は、藩主交代でキリシタン取締りが立ち上がらない幸運に恵まれた。

次兵衛は長崎の奉行所でやったように公儀方の足元に潜り込もうと企てた。唐津藩の天草統治拠点がある下島の志岐《しき》（熊本県天草郡苓北町）に出向いた。志岐は東西に長く伸びる天草諸島の西北端に位置する。藩主寺沢広高は、陸路で四十里（百六十キロメートル）も離れている飛び地ゆえに、唐津から海路で行かれる最短地点である西側に富岡城を築いた。砦どころではない。天草灘に突き出した陸繋島の山頂に聳える本丸が周囲を睥睨《へいげい》していた。

次兵衛は初めて見る富岡城を仰いだ。

「何と立派なお城。さしずめ天草は裕福なようだ」

次兵衛は薬売りとなって志岐の村に入り込んだ。かつてキリシタン豪族志岐《しき》氏（天草五人衆）がコンフラリア（信者組合）を作って治めていた地域である。その土壌もまた次兵衛に好都合だった。

しかし安心も束の間、城下に竹牢が組まれて切支丹が収容されるようになった。富岡城の城代家老三宅が取締りを始めたものだった。かつて細川家でキリシタンだった三宅藤兵衛は寺沢家の御恩に報いようと忠義を尽くしていた。若輩藩主では将軍家光の親政に意を汲みきれないと見て、切支丹を捕らえては海に沈めたり火炙りにしたりと禁制を知らしめた。

あてがはずれた金鍔次兵衛は志岐を離れることにした。薬売りの木箱をかついで東に向かって歩き始めた。天草諸島は東西十五里（六十キロメートル）にわたって大小の島々が連なる。海沿いに点々とする集落は、際まで迫る山の麓のすきまのような狭い土地に田畑をつくり、不足を補うために漁労も営んでいた。村々は決して裕福ではなかった。

「あの豪華な城はなんだったのか」

青く美しい海に沿って二つの大きな島（下島と上島）を越え、天草諸島のいちばん東、三番目に大きい波太《はた》（大矢野島）まで逃げた。すぐ隣は熊本藩宇土半島、南北に有明海と不知火海（八代湾）を隔てる位置にあって比較的なだらかな地形である。

宮津で舟を降りた次兵衛は、これだけ離れれば追われることもあるまいと気を緩めた。途端に熱を出し、人目を避けるため船着場の社に隠れた。しばらく篭るうちに空腹に負け、夕暮れどきに外に出てたわわな枇杷の実に手をかけたところで村人に見つかった。

「あたはどけから来らしたと」

次兵衛は敵意を誘わないように愛嬌を込めて丸い目を開くと、用心して言葉を減らした。

「…西ん方から来た」

「どけ行くんか」

「…東ん方へ」

「腰んもんななんね」

「こりゃ…お守りばい」

左手で腰の柄を握って金色の鍔をそっと隠した。それをじっと見た村人たちは、次兵衛に枇杷の実を持たせると、丁寧に社に押し込んで閂《かんぬき》をかけた。

観念した次兵衛は熱った身体を横たえて枇杷を啜った。

「おいはここまでだったか」

ひと息ついて暗い天井を見上げた。粗末な社だったが、蹴破って逃げる気にならなかった。

翌日。何人かの足音が近づいてきた。次兵衛は格子扉から外を覗いた。

「おや、役人じゃあない」

先頭を歩いてきた身なりの良い坊主頭が社の前で止まった。後ろの若者が追い越して社の中を覗き込んだ。

「大丈夫、死んでません」

そのまま一緒に来た村人に指図して扉を開けさせた。ぞろぞろと五、六人が入ってきた。後ろの者たちは腰帯に鉈を差していた。縄を持つものもいた。狭い社のなかがいっぱいになった。

「どこぞの流れ者とお見受けしますが…」

そう問いかけた若者が、「信者ですね」と続けた。意図を測りかねた次兵衛は反射的に首を横に振り、コンタツを隠そうと左の手首を袖の中に縮めた。

「そう身構えないで」

若者が上げた手首にも数珠が巻かれていた。

「…キリシタンがキリシタンを閉じ込めるのですか」

ひと声聞いて安心したように若者が表情を緩めた。

「やはりそうでしたか。父が心配しましたので確かめに来ました」

明るい笑みを見せて、先頭を歩いてきた坊主頭に振り返った。父と呼ばれた男は、次兵衛の金の鍔から目を離さずに小さな口を尖らせた。

「物騒なことは御免ですよ」

観念した次兵衛は「…怪しい者ではありません」と言って脇差を外して差し

出した。

「具合が悪いご様子、うちで何か食べていったらどうですか」

黙ったままの次兵衛を若者が促した。

「大庄屋の渡辺伝兵衛です。おれは息子の渡辺小左衛門。心配ご無用、ここでは不自由でしょう」

腹を括った次兵衛は嘘でも構わないと後について社を出た。


二年後（一六三六年）の夏。大庄屋の渡辺伝兵衛を訪ねて千束《せんぞく》善右衛門がやってきた。小西家に奉公していた頃の先輩家臣である。

「伝兵衛ぇ、唐津の話を聞いたぞ」

善右衛門は首筋の汗を拭うと、いつものように遠慮もなく上がり込んできた。

「まったく。善殿の地獄耳には敵いませんね」

善右衛門がニヤッと笑って返事を催促した。

「いいから知っているなら教えてくれ」

その話に触れて欲しくなかった伝兵衛は、声の大きい善右衛門を奥の畳間に通した。

「…噂になると面倒ですから」

「お前、相変わらず口が重いな」

「…唐津で年貢を収穫高に応じて配分するという覚《おぼえ》が出ました」

「やはり本当だったかっ。こっちにそんな話は来とらんだろ」

善右衛門が目を三角にして大声を上げると、伝兵衛が丸い頭を撫ぜて慣れた口調で鎮めた。

「そのうち来ますよ。慌てないでください」

「お前は呑気にすぎる。どうせ唐津だけだ」

唐津藩で財政を取り仕切る家老熊沢三郎左衛門は大庄屋に収税責任を預けて村ごとに年貢を収めさせる方式（村請《むらうけ》）を採っていた。取りこぼしを防ぐためである。しかし寺沢堅高《よしたか》が遺領を継いでから凶作が続いた。もともと検地と称して石高を大幅にかさ上げしていたため、城下の庄屋たちから悲鳴があがった。熊沢三郎左衛門は無理が過ぎるとよろしくないと判断して減免を打ち出した。唐津の庄屋たちはこれを善政と喜び、その噂が大矢野村にも聞こえてきたのだった。

　比較的平地で気候に恵まれた唐津に比べれば、天草は天災に苦しめられていた。ほとんどが山地、しかも石まじりの土壌は痩せている。夏季は島特有の干ばつが起こりやすく台風被害も多かった。特にこの三年間は旱《ひでり》で作物が枯れ、台風が家屋をなぎ倒して田畑を押し流した。藩主から顧みられることのない飛び地は荒れていた。

　善右衛門が怒鳴り声を挙げた。

「そもそも唐津の庄屋は年貢が免除されているそうじゃないか。一方でお前は農民や作人の分を肩代わりして身上《しんしょう》をすり減らしている。それでいいのか」

「声を抑えて。だから言いたくなかった」

「フン。お前は本当に温厚な庄屋様だ。差別されて何でそんなに落ち着いていられる」

「大声を出す前に少しは考えてください。こんな話が村に漏れたら暴動になりかねません。これはわしだけ知っていればいいことなんです」

　その返事が善右衛門の声をさらに太くした。

「いいか、何千の村人を背負っている大庄屋なら先頭に立って不公平を訴え出ろ。この役目はお前しかできないことだ」

「わしの役目は村を平穏に保つことです。年貢を集めてお城に収めなければなりません。そのために村の衆から信頼されていなければなりません。わしが偏っては平穏でいられんでしょ」

じりじりと目を三角にした善右衛門は、胡座《あぐら》の膝を摑んで大きく揺すった。

「拙者が怒鳴っても何にもならんが、寺沢の下にいるなんて金輪際ごめんだからなっ」

押し黙る二人の間に重い空気がどんより滞った。善右衛門が団扇を乱暴に扇いだ。風切り音が間を繋いだ。

唐突に女中の呼ぶ声がした。

「旦那様ぁ、お客さまです」

伝兵衛が救われたように立ち上がると、善右衛門も三角の目を丸く戻した。

「変わり身の早さは一人前だ…」

伝兵衛は口元の笑みを直しながら土間口に出た。二人の薬売りが立っていた。

ぐりよせた。

「伝兵衛殿、ご無沙汰しております。その節は大変ご厄介になりました」

抽斗《ひきだし》のついた木箱をおろして編笠を外した顔を覗き込んだ伝兵衛が記憶をた

「おや…」

「はい、二年前にお世話になった次兵衛です。大声が聞こえたのでおいでかと」

愛嬌のある丸い目と闊達な口調。伝兵衛は長崎言葉の流れ者を思い出した。

「何と見違えて…」

「お久しぶりです。伝兵衛殿にお礼を申し上げたくて立ち寄りました」

「あのときは…ひと月くらいいらっしゃいましたか」

「はい。熱が下がってからしばらく置いていただいたので助かりました。納屋でしたけど」

「それは…納屋しか空いてなかったので」

「はっはっは。わかっています。得体の知れぬ者を母屋に置けません」

「あれ、お気づきでしたか」

「もちろんです。城の間者かもしれない流れ者を拾っていただき感謝しています」

「まあお元気になられて何よりでした。その後どうされました」

「あのあと東に向かい、宇土（熊本県）に渡りました。そのまま豊後佐賀関（大分県）まで行って伊予（愛媛県）に渡りました」

「なんと、遠くまで」

「最後は讃岐です。商売の土地柄でしたのでうまく馴染めました」

「その格好は、ご立派にご商売ができるようになったのですね」

「薬売りは諸国を渡り歩くのに好都合でして。うまいことに抽斗の鐶《かん》が鳴るので適度に嫌われます」

妙な返答に伝兵衛が少し戸惑った顔を見せた。

次兵衛は心得ているとばかりに隣の男を紹介した。

「讃岐でお世話になったマンショ神父です。大矢野島の話をしたところお訪ねしたいというのでお連れしました」

伝兵衛が息を呑んだ。

「…神父様…ですか」

腰に勘定帳を下げた小綺麗な男は、四十歳前くらいの中肉中背。これと言って目立つ風体ではなかった。

聞きつけた善右衛門が畳間から飛び出してきた。

「なんと、神父様ですかっ」

「讃岐のマンショと申します。初めて参りました」

「拙者は千束善右衛門と申します。大矢野に神父様が来ていただけたのですか」

「いいえ、母の二十回忌で長崎に墓参りに行く途中です」

「長崎の方ですか。お近い」

大きな声が好意的に弾んだ。不遠慮に割り込む善右衛門をマンショ神父が柔らかい笑みで受け止めた。

「長らく故郷の土を踏んでいなかったのですが、大矢野の皆さんの話を聞いて、トマス神父にくっ付いて参りました」

「トマス神父…って」

次兵衛が丸い目を和らげて小さく頭を下げた。

「実はおいも神父です。黙っていて申し訳ない」

伝兵衛が再び息を呑んだ。

「ではお二人とも神父様…流れ者、いや薬売り、ではなくて」

「あの時は長崎から逃げてきたところでした。明かすわけにいかなかったものですからご勘弁ください。トマス次兵衛と申します。金鍔神父と呼ばれていま
す」

伝兵衛がのけぞった。

「金鍔…あの有名な長崎の天狗ですか」

長崎に公儀の捜索を掻い潜る神出鬼没の神父がいると噂を聞いていた。二年前に宮津の社で草臥れていた流れ者がその人だったとは。次兵衛は脇差の鍔を見せてニコッと笑った。

初対面の善右衛門が「何のことだ」と聞いた。バツが悪そうに、伝兵衛が宮津で助けた経緯《いきさつ》を話した。

「拙者は聞いておらんぞ」

「こういうことはわしだけ知っていればいいことですから」

「相変わらずのダンマリ屋だな」

戦国の頃、天草諸島を分割支配していた五人のキリシタン豪族たち（天草五人衆）は有明海に侵入してきたイエズス会と関係を構築しようと競った。そのとき大矢野島を治めていた五人衆の大矢野種基は、豊臣秀吉の南蛮人追放令で困った宣教師を積極的に匿った。貧しかった住民たちはキリシタンになれば幸せになると知り、島から寺院を追い出した。その後、天草五人衆を従えて南隈本の領主となったキリシタン大名小西行長が、肥後に隣接する大矢野島をキリスト教の場所として重用した。そうして波太は信者の島になっていた。

「大矢野島にこれほど信者がいらっしゃったと知って嬉しい驚きでした。マンショ神父もご関心を持たれて同行されました」

「ここは城下（富岡城）から離れているので、ありがたいことに後回しなのです」

善右衛門が頼まれてもいないのに補足した。マンショ神父がにこやかに、

「それは小西家所縁《ゆかり》が多い大矢野島に遠慮しているのではないですか」と指摘すると、伝兵衛と善右衛門が思わず顔を見合わせた。

「ご明察です。こちらもそのつもりでいます」

関ヶ原の戦いで西軍に参戦して処分された小西行長の領地は加藤清正に吸収され、そのとき天草諸島は分けられて唐津藩主寺沢広高の飛び地領となった。小西家のキリシタン家臣たちは、日蓮宗に傾倒していた加藤家を嫌って天草大矢野島に移り住んだ。

藩主となった寺沢広高自身が若い頃にキリシタンだった。それは南蛮の技術や貿易に惹かれた打算によるもので、秀吉の風向きが変わるとさっさと棄てた。さらに秀吉の死後にうまく徳川家に乗り換えて唐津藩主の地位を得た。同じ豊臣秀吉の家臣だった小西家の家臣たちは寺沢広高をよく知っていた。

善右衛門が吐き捨てるように言った。

「二代目になったとはいえ、ご都合主義の寺沢家のことです。いつ掌を返すか。もし大矢野島に手を伸ばすようなら黙っていません」

「そうでしたか。寺沢家はいい藩主だと聞こえていましたが」

「冗談じゃありません。それは唐津の話です。先代がお膝元の松浦《まつら》川を改修して氾濫を抑え、玄界灘の強風から守る大きな松林を植えたので評判を取りました」

善右衛門の勢いが止まらなくなった。

「天草はほったらかしです。このところの不作続きで唐津で年貢が減免されても天草は気配すらありません。天災に打ちのめされても手を施さず荒れ放題。そもそも天草は取れ高が悪いのに、知らん顔でずっと唐津と同じ年貢高をとっていきます」

伝兵衛に「そんな話を神父様にするものではない」と諌められても、「お尋ねにお答えしているのだ。お前の仕事だぞ」と遇らって訴えた。

「いつだったか、長崎で人が増えて米不足だといって天草から出せと言われました。こいつが素直にいう通りにするもんだから舐められてるんです」

「…まあ、城下と比べては多少の事は仕方がないのでは」

マンショ神父がとりなしたが逆効果だった。油を注がれた善右衛門が捲し立てた。

「唐津は明らかに天草を虐げています。二代目になっても変わりません。流人の島だから搾り取ればいいと見下しています。切支丹検《あらた》めだって、唐津に信者が少ないから天草を苛めて、それで公儀にいい顔をしているのです」

息が上がって善右衛門の口がようやく途切れた。マンショ神父がすかさず話題を変えた。

「伝兵衛殿、中浦神父が殉教されてから大矢野の皆さんはどうされていますか」

「あの時は大変でした。ジュリアン神父を慕うキリシタンがいると噂が広がったせいで、栖本の代官所が上津浦まで調べに出張ってきました」

海を隔てた隣の上津浦村と御組《おくみ》（信者組合）を成し、大矢野村庄屋の渡辺伝兵衛はその惣代も務めていた。

「それで信者が減ってしまいましたか」

「いえ。厳しくなった城下から追い出された若い侍信者が逃げてくるのでむしろ増えました。ここまで来て続けようというくらい信心深いです」

「それを聞いて安心しました。でも城下なら瀬戸を越えて高来（島原）に渡ってしまう方がすぐ逃げられるでしょう」

金鍔神父が大きく首を横に振った。

「いいや、南目（島原半島南部）に行く信者はいません。とてもじゃないけど気を許せるところではありません」

「おやおや、私はこれから長崎に墓参りに行くというのに」

マンショ神父が首をすくめた。伝兵衛が丸い頭を撫でて、「奥に支度をさせますから讃岐の話をお聞かせください」と久しぶりのもてなしに誘った。

第二章　島原一揆

頼るもの＠有家村

――同じころ（一六三六年夏）。島原城の開け放った広間にクマゼミがシャアシャアと忙《せわ》しい鳴き声を浴びせる暑い日、江戸から藩主松倉勝家がやってきた。父重政に倣っての作柄確認である。城代家老の岡本新兵衛が畳の縁にひと目残して指先を揃え、隣に収税を担当する家老の田中宗夫が平伏していた。どうにも枯れた今年は、ここ二年のとどめを指すような不作だった。

太った体を揺らして勝家が現れた。敷居を跨ぐや、歩きながら田中の丸い背中に声をかけた。

「今年の出来はどうだ」

「はい、表向きは平年並みで臨みます。今年の作柄を見回りましたら…」

勝家がドカッと座って手を上げた。

「みなまで言うな、凶作だと言うのだろう。毎年そう言うので覚えたわ。そんなことを聞いているのではない」

　田中がビクビクしながら身を起こすのを待って、「年貢率はもう上げないのか」と不機嫌そうに聞いた。

「すでに五分五分まで上げてあります」

「それも聞いた。六四にすればいいではないか」

「さすがに半分以上は不調法の誹りを受けます」

「凶作だぞ。それでどうする」

「ですから税額を以前のままにしています」

「…そうか。お前も少しは考えているな。いつ十万石になるのだ」

　毎度の質問だった。田中はうんざりした声にならないように気をつけた。

「殿、申し上げております通り、二重三重に勘定を上積みしての十万石です。実際は四万がいいところです」

　勝家が唇を弛ませてプッと短い息を出した。

「未進（年貢の未納）を放っておくと許さんぞ。米でなくともかまわん」

「もとよりやっております。ただ北目（北部）はともかく南目は米が不作になるとどうにも…」

「取るものがなければ銀で取れ。ウンカのごとくおる百姓の頭数に割り振ればよかろう」

「御意のとおり取っております。ただし…」

「今度は何だ」

「百姓は弱くてすぐに死んでしまいます」

勝家がイラついてきた。

「細かいやつだな。未進をどうするのだと聞いておるのだ」

田中は再び平身して肘まで畳に着けた。

「はい、未進をなくすよう励んでおります。すでに百姓の食い扶持まで取り上げまして…」

「温泉（雲仙）の山伏《やまぶし》に加持《かじ》祈祷させたか」

「山伏の祈祷ですか。それで気が済むなら…」

「気休めではない。手を尽くしたのかと聞いておるのだ」

たまにもっともなことを言うから始末に悪い。田中が返事に窮すると、勝家が頭に乗って声を大きくした。

「切支丹を集めて人身御供に温泉に放り込んだらどうだ。それで神がコメをめぐんでくれるなら百姓も嬉しかろう」

　勝家は激昂すると何を言い出すかわからない。座が緊張して押し黙った。

「未進の村からは人質を取れ。それでも納めなければ殺して見せしめにしろっ」

　そう言い放つと、城代家老に向かって「年貢は主水にやらせろ」と命じた。岡本新兵衛が無言で頭を低くした。勝家はそれを見届けると、「不愉快だ。小《お》浜《ばま》に行く」と立ち上がった。小浜は父松倉重政が突然死した忌み深い深い湯治場である。しかし気にする様子もなく、さっさと島原半島の反対側に出かけていった。畳に手をついたまま見送った田中のまがった顔が悔しさで赤くなっていた。――


　そのころ島原藩有家村では、収穫どころか干上がった田の土がひび割れて、立ち枯れた稲がカサカサと風に吹かれていた。

　いずれ来る収税役人を恐れた村人たちが寄ってたかって有家監物に泣きつい

た。

「大庄屋殿、今年はここ三年で一番悪か。何も獲れん」

「知ってん通り春先ん大雨でせっかくぬった畦《あぜ》が流された。必死に拓いた畑も土がでくるまではろくに実らん」

「見放さるる前に祟りば祓うてもらわんばやっていけん。ばってん祈ったらつまらんのやなあ」

「イノシシが畑ば荒らしに出てくると寺ん者が山ん神ば恐れもせんと始末して、それば黙って食いよんばい。おいなんか殺生してよかねと思うばってん、食いよ奴らぁ羨ましか」

「親ん時代やったら一領具足で狼藉してでも埋め合わせた。いまは領地ば出られんけん出稼ぎにも行けん。稼ぐ方法がなんものうて専念寺ん末吉に借金が増えるだけや」

いくら問い詰めても大庄屋殿の反応に手応えがない。夕暮れを告げる蜩《ひぐらし》ばかりが騒がしかった。

十月末日、納税の日。有家監物は村の入口で空を仰いでいた。広がった鰯雲を見上げるたびに月日が後戻りする。八年前、内蔵丞は元気だった。息子の笑顔は記憶の中で歳を取らない。去年は押し付けられた専念寺で七回忌だった、とぼんやり考えていた。小さな隊列が見えた。一人の騎馬が三十人を連れていた。

「…憎らしいほどしっかり来よる」

規模の大きい有家村は島原藩の中で大口である。来ないことはない。監物もわかっている。苦々しさを隠して窺うと、馬上はいつもの顔の曲がった家老ではなかった。

「お前が有家村の監物か。しっかり用意していたと見えて顔が晴れやかだ」

「はい、そう見えるなら何よりです」

騎馬の後ろから村代官の林兵左衛門が出てきた。

「おいっ、控えれっ。今年から年貢ば見てくださる多賀主水様や」

多賀主水。その名を忘れることはない。息子内蔵丞の首を刎ねさせた切支丹検め担当家老。初めて顔を見た息子の仇が、収税役として現れた。

村代官が再び「控えれっ」と大声を上げた。監物は一歩ひいて土に膝をつけた。上目使いに見上げると多賀主水の尖った顎が目に入った。

「おいおい、大庄屋殿は初対面から睨むのか」

煽られて上擦りそうになった監物は自分を抑えた。

「…今日は大勢様でお越しですね」

「無礼は許さんっ」

横から村代官が爬虫類のような目をぐるっと回して熱《いき》った。多賀主水は気にすることもなく、「目ざといな大庄屋。去年の未進と合わせてきれいに納めろ」とひしゃげて嫌味な声を出した。

細かい世辞も面倒な監物は腹を括った。

「今年は半分しか獲れませんでした」

多賀主水が強い視線を向けた。そして、わざと声を大きくした。

「今年は頑張って作付けを増やしたそうじゃあないか」

「お褒めいただけるとは恐れ入ります」

「この庄屋殿は口が減らんな。お前の村は一万石の作付けだから年貢は五千石だ」

「ご冗談を。獲れなかったというのに、どうして去年より増えるんですか」

「作付けを増やせば当然だろう」

「獲れ高での検見《けみ》じゃないか。そもそも五千石しか獲れないのに五千石なんて無茶です」

「おっと、ごまかすな。未進が三百残っているから合計五千三百だ。去年の分からさっさと入れろ」

「働いてる百姓たちに一粒も残さんで全部取り上げるのか。百姓の苦労をなんだと思ってる。村が死んだら年貢もクソもないのがわからんのですか」

「だから生きているかどうか、わざわざ確かめに来たではないか。ともかく、五千石とれているならまず四千を納めてもらう。それで今年の未進はつごう千三百だ、わかったな」

馬に乗った多賀主水は手綱を引き回して、「千石あれば死なんだろ、しっかりやれ」と言い捨てて去っていった。

城方の姿が見えなくなると、村人たちが待っていたように監物に泣きすがった。

「大庄屋殿、いくら強請られたところでもう年貢は納められん。みんな餓死してしまう」

　たまりかねた女たちも口を挟んだ。

「クヌギん実でいくら我慢してん子供ん腹はごまかしようがなかばい。口減らしんために生まれた赤子ば間引くんはもう堪忍してくれん。それでのうても最近は村に女ん子がおらんごとなっとうと気づいとらんか」

　今年はいよいよ冬が越せないかもしれない。百姓たちの瞼に現実が垣間見えた。

　二日後、村代官の林兵左衛門が収税役人を連れてやってきた。相変わらずネチネチした目つきで監物を見た。

「では話ん通り四千石ば積んでもらおうか」

「…徳がないにも程がある」

「聞こえが悪かぞ。獲れ高が良かれば残るとやけんブツブツ言いなしゃんな」

「そんな理屈は引合いにもならん。三千石がせいいっぱい。これで容赦してくれ。村が餓死してしまう」

「年貢は金輪際マケられん。ばってん情けばかけてやる。残りは小物成（コメ以外）で良かぞ」

　林兵左衛門が目配せすると役人たちが村の中に散っていった。納屋を物色し、家の軒下に干している柿や大根、果ては干してあった銀杏を筵《むしろ》ごと丸めた。

「ほら見れ、いろいろあるやなかか。明日また来るけん用意しとけ」

　翌日。林兵左衛門が言った通りにやってきた。今度は飽きもせずに一軒ずつ家《や》探しして、最後に監物の家にきて竈《かまど》門をひっくり返した。

「どこに隠しとうったい」

「何もないです。何度も言ってるでしょう」

「では妻と子供ばここに出せ」

　代官が草鞋のまま板間に上り込んだ。丸い目をぐるっと回して監物の顔を覗き込んだ。

「そういえばわいん息子はとうん昔に死んどったな」

　監物は懐の小袋を握りしめた。

　代官が持っていた棒を囲炉裏の蓋に差し込んだ。塞いでいた板を抉って引き剝がすと、冷たい灰をゆっくり掻きまぜた。

「じゃあ、かかあに聞くしかなかと」

棒の先についた灰を囲炉裏の縁でパンパンと叩いた。それを合図に手下どもが監物の妻を唐丸籠（囚人籠）に押し込めた。川に運ばれる妻は籠の中で裾を揃えて正座した。

「強情なそん気が変わったらいつでん白状せろ」

林がチロっと舌を出して顎をしゃくった。籠を担いだ手下どもが川に入り、五十歳を超えた監物の妻を浸けた。十一月の川は冷たい。

「隠しとうもんば白状すりゃ今すぐ出してやるぞ」

「もう何も無いと言っているだろっ。早く出せっ」

取り巻く村人たちはどうすることもできず悔しさに耐えるだけだった。半時（一時間）ほど経って妻が水から出された。青ざめた顔で小刻みに震えていた妻は、もはや身動きもせず虚な目を空に向けていた。

「お城からきっちり集めるごと厳命されとう。こん顚末はしっかり報告しとく。残り五百と未進の千三百石は金子《きんす》ば借りて納めれっ」

林兵左衛門は動かなくなった妻を戸板に乗せて連れ去った。

荒らされた家にひとり残った監物は、囲炉裏《いろり》から撒き散らかされた灰神楽《はいかぐら》を撫でて戻した。掌《てのひら》を擦る音が静寂を虚しく揺すった。息子を殺された上に妻を連れ去られた。監物は正気を失いそうだった。何のためにここで生きているのだろう。灰で白くなった手をじっと眺めた。

神はどれだけの試練を与えれば気が済むのか。

答えがないことはわかっていた。だから手も合わせずに自分に問いかけた。しかし打ちひしがれた絶望が胸の底でつのるに従って掌《てのひら》が自然と合わさった。縋る相手を求めて指を堅く組んだ。怒りが祈りを求めた。しかし時間をかけた祈りも、持って行き場のない怒りを解決しなかった。

これだけ酷い扱いをされて何ら抵抗する手立てがない。

監物はひとりで呆然と悩んだ。何日も経った。妻が戻される気配はなかった。ひとりで祈っているだけでは何もしないに等しい。祈りは行動ではない。

心配した忠兵衛が訪ねてきた。

「忠兵衛、私は間違っていたかもしれない…」

「代官にすべて取り上げられたことか」

「村の大庄屋として城方との間に入って、年貢の取り立ても感情を抑えて引き受けてきた。それが村のためと思っていたが何も村のためになっていない。この責任感は間違っていた」

「監物なればこそ御家が代われど島原藩と向き合ってこられたのだろう」

「天災続きだった今年の春、肋《あばら》が浮いた村の者たちが一念発起して山際の荒地を開墾した。覚えているだろう。祈る思いで増やした作付、それもぜんぶ持っていかれた。村の苦労を奪われたのだ」

「うむ…」

「しかも納めたあとの未進が増えた。島原藩と向き合ってきたからだ。自分の役割を間違っていた。私は松倉家と向き合わなければいけない。松倉家を領主のままにしてはいけないのだ」

「監物、そんなこと、もし代官に知られたら殺されるだけだ」

「それで終わることになっても構わん。何もしないで死ぬよりマシだ。心にあるものを隠すべきではない」

「早まるな。口に出すな」

「いや、私は黙っていてはいけないのだ。信頼してくれている仲間に相談する」

「なんだってそんな思いに取り憑かれたのだ」

「忠兵衛、自分に嵌めていた無意識の枠に気付いたのだ。自分の可能性を抑えないことにしたら雲の上にスッと出たような気がした。誰かがしっかりしろと引き上げてくれたのだ。必ずうまくやれるはずだ」

　忠兵衛は尖った鼻から短い息を吐いた。

　話を持ちかけた六人は、芦塚忠兵衛のほか有家村の二つの小村から庄屋久兵衛と脇庄屋清七、近隣から有馬村庄屋の佐志木作右衛門、布津村の代右衛門、堂崎村の八兵衛。

「お集まりいただいて、すまない。納税の顚末はご存知の通りだ。私がだらしなくてみんなをがっかりさせた」

　誰もが複雑な表情だった。無理と思いつつ一縷の期待もしていた。しかし大庄屋に謝られて不満の持って行く場がなくなった。

「どうお感じになられたか」

問われても無言のままだった。しばらくの沈黙のあと、監物が自分の本音を一気に口に出した。

「私は、今になっても、どうすれば良かったのかわからない。いくら何でも常軌を逸している。松倉家が領主でいる限りこれが続くと思う。この際、引き摺り下ろしたい」

強い言葉に一同が眼を見張った。一瞬の静寂があってから、誰かが「その通りだ。このままじゃ殺されるだけだ」と言った。久兵衛が避けていた言葉を押し出すように「一揆ですか」と慎重な声でかぶせた。それ以上の発言がないままザワついた空気になった。それぞれが考えを巡らせていた。清七が誰にともなく「…おいたちがいくら騒いだところでどこ吹く風だろ」と呟いた。膨らみかけていた雰囲気がまた萎んだ。一揆となれば命を失う。それで何が得られるのか。その答えが見えなかった。

監物がもう一度口を開いた。

「こんな馬鹿げたことは、我々の世代で終わりにしたい」

しっかりした語尾を聞いた芦塚忠兵衛が、「ならば…」と案を出した。

「一揆で松倉家を改めさせることは難しい。しかし一揆を起こすことで松倉家の所業を天下に知らせることができる」

凛とした発言だった。摑み所のなかった悩みが、参加していた者たちの心から頭に移った。そういう考えもあるのか、と立ち止まった。それが場の空気を変えた。忠兵衛が念を押した。

「ただし刺し違えることになる」

「もとより、松倉がいなくなるなら、この身は惜しくない」

「その覚悟があるなら、公儀に知られるほど大人数の一揆を起こしたらどうだ」

気の小さい清七が小声で「大きな一揆なんて、できるのか…」と呟いた。話が大きくなるのが怖くなったとみた忠兵衛が振り返って忠告した。

「ここにいる全員が腹を決められないならやめたほうがいい」

しばらくの沈黙のあと久兵衛がゆっくりと口を開いた。

「監物殿、自分の弟もこないだの切支丹検めで嬲り殺された。言われてみればこんなにひどい領主はいない」

監物が「うむ、清七の村も酷い目にあった」と言って目で促した。清七が俯きながら口を開いた。

「…村に切支丹がいるだろうって、こぞって神社に連れて行かれて、口応えした穢多の顔に焼き印を押すところを見せつけられた」

凍える声がむしろ印象を深めたのかも知れない。佐志木作右衛門が「そのことは有馬村にも聞こえた」と言い添えた。作右衛門が「穢多の次はおいたちだ」と声を震わせた。

久兵衛が意を決したように「慣れてしまっていたようだ。黙って耐えていても酷くなるばかり。おいは一揆に賛成だ」と言った。

堂崎村庄屋の八兵衛も、

「このまま黙って殺されるんじゃ、かかあに申しわけが立たん。監物殿、よく言ってくれた。おいも一揆に賛成だ」と背筋を伸ばした。二年前の収税のときに、ないものは払えないと息巻いて妻を殺されていた。やり場のない怒りと悔しさは同じだった。

話に高揚した布津代右衛門が身を乗り出した。布津村は有家村から堂崎村を挟んで北にある小さな村で、以前から有家村と御組を組んで助け合っていた。

「監物殿、おいたちはすぐに踏み潰されるような村だが、自分たちだけ知らん顔できんし、する気もない。一揆となれば一緒に命をかけて参加する」と強い口調で応じた。勇気づけられた久兵衛が空気をまとめた。

「堂崎村と布津村が参加してくれるなら膨らむかもしれない」

「しかし反乱者として殺されるだけでは、何にもならんぞ」

清七が「それじゃ犬死だ」と相槌を入れた。監物が居住まいを正して仲間たちに向き直った。

「その通りだ。少しばかりの税の減額を要求するんじゃその場だけのことになっちまう。やるときは命を失う覚悟だ。村の者たちの将来にとって悔いのない、もっと大きな目的を掲げたい」

「大きな目的って何のことだ」

「忠兵衛、家内を連れていかれてからずっと考えていたんだが、私たちは、松倉家のせいで救いようのない世の終わりに巡り合っている。そう思わんか」

「間違いない」

「絶望が満ち溢れた最後の時に、イエス様が現れて正しく死んだものをみんな生き返らせる。われわれ信じる者たちを神の国へ連れて行ってもらえるんだ」

久兵衛がはたと手を打った。

「みんな親から聞いて知っている。今やご禁制となったが、イエス様が人間の所作を糾明される話だ。不退のご返報（永遠の報い）を与えてくださるために天から下られる」

「今まさに、そうなっているじゃないか」

六人の顔が上がった。

「だから、まもなくイエス様がお見えになるはずだ」

「イエス様がお見えになる…のか」

「妻を連れ去られて何日も祈った。この禍《わざわい》を何とかしてくれって必死に願った。それで気がついた。神に祈るだけじゃなく、神を迎えに行こうって」

「…迎えに行くってどういうことだ」

「久兵衛、イエス様はどこに降りてくるか考えたことあるか」

「天から降りてこられるなら…どっか北の山じゃないか」

「だからその場所でイエス様をお迎えするんだ。どっかの山じゃなくて、私たちの北山に降りてきてもらう」

「北山ってどこだ」

「島原城だ」

一同が顔を見合わせた。

「そして信心のない松倉家は真っ先にインヘルノ（地獄）に落ちる。ひとたび落ちたら未来永劫《えいごう》にわたって救われることはない」

六人の目から尖った不安のカケラがすっと消えた。

「…それは、大きな目的だな」

おのおのが縛りを解かれたように声を出し始めた。

「そうだ、インヘルノだ。松倉なんぞは二度と出られない地獄で永遠に苦しめばいい」

「命と引き換えにして悔いのない大義だっ」

その場で全員の腹が据わった。

『公儀に知られるほど大人数』と言った忠兵衛の声が監物の頭から離れなかった。有家村・有馬村・堂崎村・布津村。四村すべて集まれば二千戸になる。島原城内に駐留する侍と雑兵はおよそ千人。それで城を落とせるか。そんなことを考えて眠れなかった。

「加津佐村なら話に乗ると思わんか」

そう持ちかけると、忠兵衛が温厚な顔を緩めた。

「そうだな。加津佐の助右衛門は中浦神父を匿っていたほどだ。話を聞けば、口之津村や串山村にも持ちかけてくれるんじゃないか」

「それで一千戸。合わせて三千いれば本当になるかもしれん。忠兵衛、決心して良かった。何かを始めれば何かが生み出せるものだな」

「気楽では済まないことになるぞ」

「デウスを立てて村をひとつにする。むかし息子がそう言って島原城に出かけていった。清七が犬死にと言った時、内蔵丞に導かれた気がした。漠然と心にあったものが形になると感じた。とてもしっかりとした使命感が降りてきた。松倉家と向き合って本来の役割を果たす時が来たのだ」

監物は加津佐村庄屋の助右衛門と口之津村庄屋の五郎作に注意深く説明した。懸念は無用で、中浦ジュリアン神父の名を聞けば二つ返事だった。さらに閉じ込められていたコンフラリア（信者組合）を再開させて串山村と行動を共にする、と言ってくれた。心配は杞憂に終わった。

「いよいよか」

監物は自分の中に渦巻く興奮が抑えられなくなった。一番鶏より早く目が覚めたある日、思い立って納屋から手鋤を持ち出して村を見下ろす西の丘に登った。大きな岩のある社の隣に村の墓地があった。その一角に息子内蔵丞が眠っている。夜明けの薄明かりを頼りに斜面に浸み出す冷たい水を汲んだ。それほど古びていない墓石に彫られた息子の名前にかけて、腰に吊るした手拭いで丁寧にこすった。形の揃った小石を六個拾って、きれいになった墓石の上に十字形に並べた。現れた朝日に濡れた小石が光った。そして監物は内蔵丞の墓の傍らに自分のための覚悟の穴を掘った。着物を脱いで放り込むと、土を掛けて埋め、墓標代わりに鋤を立てて村に戻った。

「目星はついた。鉄砲を五百挺ばかり用意したい」

「五百…村の者がどのくらい参加するか、始めるまでわからんぞ」

「どっちにしろ手持ちでは足りない。先に注文しておこう。あとは何だ」

忠兵衛が冷静に監物を抑えた。

「監物、急いては事を仕損じる」

「ぐずぐずしては城方に露見してしまう」

「松倉への恨みは骨髄まで沁みている。へたに広げなければ秘密は守れる。かけるべき時間はかけたほうがいい」

逸る気が抑えられない監物は有馬村北岡の鍛冶屋大膳に鉄砲を頼んだ。大膳は弟子を取るときに親を確認するほどのキリシタン嫌いだった。話をするわけにいかず、猪を獲って食うと誤魔化した。

「弾丸もいるぞ」

「そうなのだが、猪と言った手前、大量に頼めなかった」

「下手な嘘には限界があるな。火薬はどうする」

火薬はどの藩も交易で調達していた。原料となる硝石が国産できないためである。監物もむかし有馬藩で調達したことがあった。しかし一介の庄屋に大量の火薬を入手する方法はなかった。

「忠兵衛、これは難題だ」

「ふむ、鉄砲を揃えても弾が出なければ意味がない。どこかに火薬が落ちてないか」

忠兵衛が珍しく冗談を言った。それほど目途がないまま大膳の作業場で鉄砲の製作が始まった。


十一月。おたんじょうび（クリスマス）が近づいたころ、金鍔神父が訪ねてきた。中浦ジュリアンの処刑を知らせに来てくれて以来、数年ぶりだった。よりによって僧侶の格好をして現れたから監物は吹き出しそうになった。

「どうです、なかなかでしょう」

金鍔神父は人懐っこい笑顔を見せて、「しばらく讃岐にいました」と続けた。長崎奉行所の捜索が立ち消えたので戻ってきたと言う。丸顔が痩せていた。

「捕まらないでくださいよ」と軽口を叩いた拍子に、監物の頭に火薬が浮かんだ。

「ところで神父様、ご相談を聞いていただけますか」

即座に口に出ていた。軽率な発言を誤魔化そうとしたが、明るく応じた金鍔神父が早かった。

「遠慮なく言ってください。神父の役目は神のもとに皆さんをつなげることです」

後に引けないと思い直した監物は、頼られると助けたくなる金鍔神父の性分を考えて、少し困ったように下手に出た。

「長く外国にいらっしゃった神父様を見込んでお願いがあるのですが…」

「どうぞ、何なり」

「…鉄砲の火薬をご手配いただけないでしょうか」

「えっ…」

驚いたのかあきれたのか、一瞬で金鍔神父の眉根が寄った。

「火薬、とおっしゃいましたか」

「はい」

清濁合わせ飲む金鍔神父が不愉快そうに言った。

「穏やかではありませんね。何をお考えですか」

「…ご想像の通りです」

金鍔神父が反射的に「一揆は賢明ではありません」と応じた。

口に出した以上は思い切るしかない。監物は腹に力を入れた。

「その通りです。でも賢明ではいられなくなりました」

「監物殿、一時の昂りで口にすることではありません。聞かなかったことにします」

話を断ち切ろうとする金鍔神父を逃さないように柔らかな口調に戻した。

「金鍔神父、本当に感謝しています。でも松倉家の二代目が無茶苦茶なのはご存じでしょう。切支丹検めだけではありません。もう食うものがないのです。村の者たちが日が暮れるまで働いて、ようやくできた米を全部取り上げられました」

「だからと言って…」

「神父、もはや何か小さなきっかけで爆発するでしょう」

「…おいに片棒をかついでくれと言うのですか」

「そうなれば代官が来て片っ端から殺されます。どうせそうなるなら…」

「もう一度言います。思いとどまってください。おいもこれまで以上に信者の皆さんを力付けて回ります。祈りを続けていればいつか願いが通じます」

「ジュリアン神父が三十年祈り続けたのです」

金鍔神父が言葉を飲んだ。

「神に導かれ、艱難辛苦に耐えて正しいことをまっとうし、最後はご自身の命まで捧げました。でもそれで何が変わりましたか。神父様がいなくなり耶蘇教は消えました。博識や信心だけでは世の中は変わらないのです。祈りで権力者の無謀をやめさせることはできないのです。松倉家の非道を止めるには、私たちのありったけの力を振り絞るしか方法がないのです」

「…」

「神父、私たちは春を迎えられるかどうかわからないのです」

監物は黙ってしまった金鍔神父から視線を離さずに続けた。

「昔のことになりますが私は有馬家に奉公しておりました。その時にイエズス会から鉄砲を調達しました。おかげで弱小藩ながら戦国を生き残ることができました。そのときのようにマカオのイエズス会本部に火薬を頼んで頂けないでました。

しょうか」

金鍔神父は黙って天を仰いだ。監物は言葉が届いたと思った。金鍔神父の険しかった眉根が緩んだ。

「監物殿、おいはイエズス会ではありません」

「えっ……」

「おいはスペインのアウグスティノ修道会の神父です。マニラを拠点にしています」

神父は即ちイエズス会、そう思っていた監物は自分の無知に臍《ほぞ》を噬《か》んだ。

「これはとんだ失礼を……」

目一杯の空回りに広い背中を縮めて謝る監物の頭に、金鍔神父が「お気持ちはよくわかりました」と手を添えた。

思惑@大矢野村

二ヶ月経った年（一六三六年）の暮れ。大矢野島の大庄屋渡辺伝兵衛が唐突な手紙を受け取った。金鍔神父に同行して来たマンショ神父からだった。忘れかけていた二人の薬売りを思い出しながら手紙を開いた。

『拝啓。おたんじょうびのお祈りを密かに過ごされたことと拝察申し上げます。過日は突然お伺いしたにもかかわらずおもてなしをいただき恐縮至極に存じます。小西家にお仕えになっていた皆様が不遇とはいえご健勝に過ごされている様子を大変心強く伺うことができました。お慶び申し上げるとともにこのたび高来の有家村で信心を虐げられる境遇に抗う動きがありますことを知り伝兵衛殿にお知らせするべく筆をとった次第です。ご面倒でも有家村大庄屋馬場監物殿をお訪ねになって仔細を把握されますこと肝要と存じご注進いたします。そのおり監物殿のご所望のことにつき小生にてご支援仕る用意あること添えていただければ幸いです。敬具。

寛永十三年歳暮

肥後大矢野島大庄屋　渡辺伝兵衛殿

讃岐　マンショ拝』

目を通すなり仰天した伝兵衛が大急ぎで千束善右衛門を呼んだ。目を凝らして二度読み返した善右衛門からいつもの騒々しい反応が消えていた。

「尋常ではないな」

「だから相談しているのだ。どうしたものか」

「心当たりはあるのか」

「いや、何もない」

「であればこれはマンショ神父のご厚意だ。ありがたいと思ってこの方の顔を見てこい」

「陥穽《かんせい》（わな）かもしれん」

「神父がお前を落として何になる。これはとんでもない話かもしれん。拙者たちの憤懣を知ったマンショ神父が手を差し伸べてくれているのだ」

「行ってどうするのだ」

「大矢野村は寺沢家に虐げられている。デウスに縋ってこの不幸から逃れたい。そう話して水を向けてみろ」

「境遇に抗う動きなど穏やかではない。静かに目立たずにいた大矢野が巻き込まれたらどうする」

「なんだ、止めて欲しくて拙者に見せたのか」

「うむ…行く前に手紙を出してみようかと思う。どうだろう」

「ふん、それで返事が来ると思うのか」

「この有家村の馬場監物殿にお目にかかったことがある」

善右衛門が耳を疑いながら静かに手紙を返した。

「伝兵衛、お前は何を言っているのだ」

「三年前、西坂にジュリアン神父を見届けに行ったときに隣にいた御仁がこんな名前だった気がする」

「ふむ。だったらさっさとやればよかろう。何でおれに聞いたのだ。ややこしい」

　善右衛門が鼻を鳴らして、不思議なご縁があるもんだと笑った。

「それで、どんな人物だった」

「同じくらいの年齢で、大柄の、おそらく侍あがりだと思う」

「ご所望のこととは何のことだ」

「そんなことわかるわけなかろう」

「ともかく間を開けずに手紙を出してみろ」

　それでも伝兵衛はしばらく手を動かさなかった。ひと月経って、年が改まった一六三七年一月、善右衛門がせっついた。

「返事はまだか」

　伝兵衛は白々しく「音沙汰がない」と答えて、ひとりになってからようやく筆をとった。

『拝啓、ご記憶にあればありがたきところですが中浦ジュリアン神父が天に召された折に長崎西坂でお会いした天草郡大矢野村の渡辺伝兵衛と申します。唐突な手紙をご容赦賜りたく。この夏のころに讃岐よりマンショ神父様がお見えになりました。このたび有家村に監物殿をお訪ねして大矢野の様子をご報告するよう御指図いただきました。併せて監物殿ご所望の件をお手伝いしたいと言付かっております。右、ご高配のうえ返状賜りますよう伏してお願い奉ります

恐惶謹言

寛永十四年正月

肥前高来郡有家村大庄屋馬場監物殿

肥後天草郡大矢野村大庄屋渡辺伝兵衛』

二月。立春を過ぎて善右衛門が苛々《いらいら》を募らせた。

「返事が頂けないのでは何もわからん」

「顔見知りのよしみと期待しましたが少々甘かったようです」

「おい、そんなお手軽な話ではない。寺沢から離れられるかもしれんのだぞ」

「得体の知れない話ですから先走らないでください」

「お前の剣呑症は治らんな。こんな機会は滅多にあるもんじゃない。絶対に逃してはならん」

「ひとつ間違えば村が大変なことになります」

「そんなことはわかっとる。だから大人しく返事を待っているではないか」

「手紙の返事を待って、みんなの反応を見て、それからマンショ神父にご相談です」

善右衛門が顔に皺を寄せて渋い顔をした。腹の虫が収まらないようで、「春になる前に使いを出して確かめておいたらどうだ」と迫った。慣れている伝兵衛は心得たように受け流した。

三月。痺れを切らした善右衛門が小西家の家臣だった仲間に声をかけた。それを耳にした伝兵衛が珍しく気色ばんだ。

「善殿、どうしてそうせっかちですか。米が底をついている今、それどころじゃないでしょう」

「伝兵衛、年寄りは次の世代のために老い先短い自分を捨てるから敬われるのだ。お前は時期を見計らっているように言うが、なんだかんだと結局何もしない。何もできんなら庄屋を譲れ。この機会を摑み損ったら孫子の代まで寺沢家の奴隷だぞ」

　渡辺伝兵衛は天草五人衆大の矢野家（大矢野島を支配していた豪族）で家老を務めた筋のいい家柄で、小西家が関ヶ原で負けて閉門となった後に大矢野島の大庄屋を引き継いでいた。

「はいはい、いつでも譲ります。寺沢家が許せんと息巻いてどうにかなるならどうぞご存分に。善殿の勝手な思い込みに巻き込まないでいただきたい」

「呑気な伝兵衛殿、こうしているうちに高来で何かコトが始まったら、ここもほじくり返されるぞ。大矢野はお前にとって代々の土地だろう。そうなったらどうするつもりだ」

　三月十七日、春の祭り。大矢野村では禁制となった耶蘇教の行事のうち、復活祭の主日（イースター）を春の祭りに紛らせていた。竜神に海の安全を願い、併せて密かにキリストの復活を祝うのである。その前夜集会が終わった。暗闇に提灯の明かりが列をなし、村人たちが宮津の社から帰っていった。入れ違うように、呼びかけられた面々が伝兵衛の屋敷に集まってきた。大矢野松右衛門、志岐《しき》丹波、本渡但馬《ほんどたじま》、森宗意軒《そういけん》の四人が打刀を置いて車座に座った。いずれも小西家が取り潰されたあと大阪の陣に参戦した善右衛門の戦友である。伝兵衛と同じ御組（信者組合）で組親を務める上津浦村大庄屋の梅尾七兵衛も呼ばれた。伝兵衛の息子の渡辺小左衛門が興味を示して自分から紛れ込んだ。小左衛門は子供のなかった大庄屋の養子で脇庄屋を務めていた。

役目柄、御組で惣代を務める伝兵衛が口火を切った。

「お疲れのところよくお集まりくださった。きょうは善右衛門殿から折り入って相談があるということでお声がけしました」

冷たく紹介された善右衛門が引き取って話を始めた。

「富岡城から若い信者たちが追い出されたことは知っての通り。本気で耶蘇教を消しにきているとお感じになっていると思う。栖本代官所もこちら方面に徐々に目を向け始めている。いずれこの祭りも今のままではいられないかもしれない。そこで今後について大きな話があるので、大矢野をどうするか考えたい」

呼ばれた五人は何のことかわからず顔を見合った。

「高来《たかく》（島原半島）のことはご存知か」

善右衛門が問いかけた。小左衛門が「若衆組では、耶蘇教の取締りが殊の外厳しくて近寄れないと聞いています」と元気な声を出した。座の厳しい目が小左衛門を制した。

「それはお聞きの方もおいでだろう」

小左衛門が嬉しそうに頷いた。

「さらに容赦なく年貢を取り上げられたそうです。この不作で食うや食わず、年貢どころか何かにつけて税を取られて、その尋常で無い取り立てに相当くたびれていると聞こえています」

「何処も同じ悩みだな」

小声が聞こえた。善右衛門が車座を見回して続けた。

「そこで我慢の限度を超えた有家村の庄屋殿が、信心を妨げられている境遇に抗う覚悟を決めたらしい」

車座が息を吞んだ。

「有家村って、南高来で一番大きな村じゃないか」

止まった空気を汲めない小左衛門が驚いた声を出した。長老格の大矢野松右衛門がそれを無視して聞いた。

「うむ…それで、その庄屋殿の抗う覚悟とは何じゃ」

聞く者たちの目が真剣になった。善右衛門が「自分が思うに…」と前置きしてから、「吉利支丹に戻って一揆を起こすと思われます」と告げた。

それが今日集められた理由だったか。車座の面々は合点がいった。森宗意軒が感心したように膝を打った。

「デウスの御旗をあげるのか」

ここ何年も忘れていた言葉だった。この一言が座の者たちの記憶を呼び覚ました。

早や洪水で困るとデウスに祈った。デウスはいくつかの奇跡を起こして民人を救った。しかし天下様の命によってそれを禁じられたいま、凶作が当たり前になってしまった。

大矢野松右衛門は冷静だった。

「善右衛門、その話はいったいどこで聞いたんじゃ。我慢の限度を超えたとか、境遇に抗う動きとか、軽々しく噂になるとは思えん」

「その通りです。こいつが動かんのでよくわからんのですが…」

座の者たちが何も言わない伝兵衛に冷たい視線を投げると、善右衛門は満足したように続けた。

「…実は神父様からの確かな話です」

「神父様などどこにもおらんじゃろ」

「金鍔神父が村に現れたことはお聞きですか」

「噂は聞いた。本当のことじゃったのか」

「そのときもうひとり讃岐の神父様をお連れになりました。その神父様が高来の企てを教えてくれました」

「隠し事を簡単にひけらかすもんじゃな」

疑いが残った空気になった。善右衛門に肘をつかれた伝兵衛がマンショ神父からの手紙を取り出した。松右衛門は注意深く読んでから隣の森宗意軒に回した。

「なぜわざわざ教えてくれたのじゃ」

「拙者どもが寺沢家を恨みに思っていると知ったからと思います」

「えらく気を回してくれたもんじゃのう。何か企んでおるのじゃないか」

若い小左衛門がまた元気よく突っかけた。

「デウスの御心に縋ればこの不作を何とかしてくれる。こんなありがたいことないです」

再び車座が燃え上がって議論百出となった。暫く待ってから善右衛門が「みんな聞いてくれ」と声をかけた。

「おれたちは寺沢のやりよう、唐津から差別されている不公平が続いて、将来に希望が持てない。違うか」

小左衛門が「そうだっ」と短い相槌を打った。

「今年にしても、唐津の年貢は作柄相当になって、こっちはいつも通りだった」

忘れていた怒りがそれぞれの脳裏に呼び覚まされた。

「天草の民はずっとデウスを信仰して苦しいながら懸命にやってきた。それがいま、信者もおらん唐津に締め上げられている。誠に理不尽な差別だ」

いくつもの嘆息《ためいき》が伝染した。大矢野松右衛門が再び首を傾げた。

「その通りじゃが、それは寺沢家を知っているわしらが勝手に期待をしている裏返しじゃないのか」

善右衛門は意図を測りかねた。

「よく考えてほしいんじゃが、天が三年も続いて荒れている。旱、大風、洪水で何も穫れない。それが寺沢家の差別のせいか。こうした不吉な兆候が続くのは神の怒りと見るべきじゃろう」

「神が寺沢家を見離したか」

「そうじゃあない。神は寺沢家なんぞ見ておらん。見とるのはわしら信者じゃ」

「と言っても、禁じられたいまは祈りもしとらんです」

「しかし神がいなくなったわけでもあるまい。信心を軽んじたわしらを相手にしていただけないのじゃ」

…そうだったのか。納得の空気が流れた。伝兵衛がようやく口を開いた。

「ではもう一度祈れば助けていただけるのですか」

「祈る時はとことんじゃ。でないと気まぐれなぜんちょ（非キリスト者）だと見捨てられてしまう」

「そうか…神父様が突然二人も現れた。これはなにかの前兆ですか」

「かもしれん。まずは振り向いていただくことじゃ。そしてわしらは二心なきことを見せねばならん。そう考えるならマンショ神父様とやらの手紙は渡りに船になるじゃろう」

「なるほど。では神父様のお話をありがたく受けてみますか」

「そうじゃな。それで認められれば恵みが齎《もたら》される。ただし二心なきことを示すに檀家になった寺から訣別しなければならんぞ」

小左衛門が元気に割り込んだ。

「この際、みんなして宗旨を戻しましょう。寺なんぞは天草から出ていってもらおう。昔そうだったじゃないですか。おれが代官所に言いに行ってきます」

松右衛門が嚙み含めるように唸った。

「そうじゃ。もともと天草の民は吉利支丹じゃった。それを忘れた者はおらん。天草は信者の国でなければならんのじゃ」

「そうとわかっても、どうやって村の衆に伝えますか。話して回れるわけでなし、そもそもわしら小西家上がりがいくら言っても…」

「そこは先走らんと、まずは高来の庄屋殿のお考えを確かめたらどうじゃ」

伝兵衛が納得したように小さな口を引き締めた。

「では有家村の庄屋殿と相談してみます」

「できるのか」

「実はすでに手紙を送りました」

隣の善右衛門がおやおやという顔で伝兵衛を見た。

「ほう、さすが大庄屋殿じゃ、手回しがいい」

伝兵衛を褒めた松右衛門が長い議論の疲労を吐き出すように大きく息をついた。そこで解散になった。

二人になった奥座敷で、善右衛門がいつもの文句を言った。

「手間のかかる奴だ。おれが大庄屋だったらもっと手っ取り早い」

「みんなデウスの教えに戻りたいと言ってました。それでいまの行き詰まりを解消しようって。村のためを考えてます。寺沢家への憤懣ばかりを言う善殿とは違います」

「何を細かいことを。みんな乗り気になったじゃないか」

「いいえ、細かくありません。目的が全然違います」

「しかし高来の庄屋殿は上手いこと考えたもんだ…。大矢野が一緒に旗をあげれば天草で耶蘇教再興の機会ができる。それがマンショ神父の目的だろう。まあ細かいことはよしとしよう」

　ひとり合点をした善右衛門の目が三角にかわった。

「もし寺沢が手の届くところに出てきたら、それこそ神の思し召し。その場で殺《あや》めてしまえば後継がおらん寺沢家は断絶になる」

　家路についた小左衛門は興奮が抑えられなかった。家に戻るなり妻に相談した。妻のふくと夫婦ともにキリシタンだった。たまたま来ていたふくの父にも話した。ふくの父は益田甚兵衛という。やはり元小西家家臣のキリシタンだった。

　甚兵衛は話を聞くなり、伝兵衛の家まですっとんで来た。

「伝兵衛殿ぉ、小左衛門殿から聞きました」

息が収まらないまま、堰が切れたように話し出した。息子小左衛門の義父の突然の訪問に驚いた伝兵衛が、「…どんな話かわからんのです。間違っても宇土で広げないでくださいよ」と宥めた。

益田甚兵衛はもともと宇土江部村（熊本県宇土市旭町）の庄屋の子息で、望んで小西家に仕官していた。小西家が取り潰されて江部村に戻ったが血の気は変わっていない。

「はっはっは、もちろんですよ。拙者は口が堅い方です」

「本当に頼みますよ。それで、どう思われましたか」

「お忘れですか。拙者はデウスを棄てられずに加藤家の仕官を取りやめた身です。これは命をかけても携わるべき仕事だと直感しました」

伝兵衛が小さな口元を緩めた。甚兵衛が畳み掛けた。

「天草を神の国に戻すとなれば、何を置いても駆けつけなければ、拙者は何のために生まれてきたのかわからんでしょう」

「よろしく頼みます」

伝兵衛の承認を確認した甚兵衛がずずっと膝を寄せた。

「この話を村の者たちに伝えていく方法が良い方法がありますか」

「本当ですか。そこが悩みでした。どうしますか」

「大事の前触れには天使が降りてくるのです。ご存知でしょう。天使ガブリエルが聖母マリアに身ごもったことを知らせました。イエス・キリストの降臨とあれば、知らせて回る天使がいて当然です」

「なるほど…」

感心した伝兵衛はさっそく千束善右衛門に話した。

「それは名案だ」

即答だった。

伝兵衛は、その晩のうちに有家村の監物に二通目の手紙を書き、復活節が終わったところで訪問を申し出た。これで返事がなければ直接足を運ぼうと心を決めた。

そして十日後、伝兵衛の家に二人の男が訪ねてきた。

「御免くれん。渡辺伝兵衛殿はおいでやろうか」

小さい背丈で正直そうな二人は「高来郡有馬村の三吉と角内」と名乗り、様子を窺うそぶりで「有家村大庄屋ん有家監物宛に手紙ばお送りいただいたやろうか」と聞いた。

「おおっ」

大声をあげた伝兵衛はすぐに奥の畳間に招き入れると、声を潜めて手紙を送った経緯を仔細に語った。マンショ神父からの手紙も見せた。使いの二人はそれを注意深く聞き取り、顔を見合わせると「監物殿にお伝えいたします」と言って帰った。


三ヶ月後（一六三七年六月）。田の水が隠れるほどに稲が順調に育っていた。伝兵衛は、大矢野松右衛門、千束善右衛門と連れ立って宮津の船着場にいた。

「海を越えるか…」

善右衛門が西に広がる有明海を眺めて嬉しそうに呟いた。百姓が他藩の村を訪ねることなど滅多にない。

辰初（午前八時前）になって益田甚兵衛が息子を連れて現れた。溢れる熱意に絆《ほだ》された伝兵衛が参加を許していた。怪訝な視線に気づいた益田甚兵衛が

「お話しした天使ですよ」と笑った。

　益田四郎、元服を迎えたばかりの十五歳。伝兵衛にとっては息子（小左衛門）の嫁（おふく）の弟である。しばらく見てなかった幼子《おさなご》が、色白で清らかな顔立ちの少年になっていた。

　そこに小左衛門が駆けてきた。

「おいを置いて行かんでください」

「初めて高来の有家監物殿をお訪ねするのだ。お前は待っていろ」

「いやこんな大事な話はあとから伝え聞いて間違いになってもいけません。邪魔しませんから連れてってください」

　四郎を目に留めると、「おお、四郎ではないか。大きくなったな。おれの祝言以来か」と言って勢いよく頭を撫ぜた。結ったばかりの髷がずれて、四郎が不慣れな手で整えた。

　伝兵衛が「よろしいですか」と二人の先輩に気遣った。

「おれは高来に悪い思い出があるから沈んじまうかもしれんぞ」

　善右衛門が毒づいた。松右衛門はニコニコしながら、「こやつの暴走のほうがよっぽど心配じゃ」と肘で差した。「おまえは寺沢に一泡吹かせたい一心じゃろう」

「松殿こそ、天草を吉利支丹の国にするなどと夢を語るだけではないか」

結局六人になった。漁師に借りた小舟は少々窮屈で、肩が触れ合いそうに狭かった。

「だからお任せくだされればよいものを」

伝兵衛が誰にともなく口に出すと、二人の先輩が口を揃えて「お前では話が曖昧になるんじゃ」と一蹴した。

有明海に漕ぎ出して一刻（二時間）もしないうちに湯島が見えてきた。めざす有家村までの中間点あたり、広い海原にただ一つポツンと浮かぶ島影を見れば、残り半分の距離を漕ぎ進める目印となる。善右衛門は興奮気味に先頭に居座り、船縁を摑んで身体を揺すった。イルカが水面を並走すれば「縁起がいいぞ」と年甲斐も無く奇声を上げた。舟が島原半島に近づいた。雲仙岳の稜線を見ながら、善右衛門が見失いそうな目標をただして舳先を有家村に向けさせた。松右衛門が「大声が役に立つこともある」と茶化した。

あんじょ（天使）@有家村

有家村の船着場。有家監物と芦塚忠兵衛が迎えに出ていた。

「忠兵衛、二度も手紙を寄越したのだから戯言《ざれごと》ではあるまい」

「まあ用心に越したことはない。その御仁の顔は思い出したか」

「いや、大雨だったせいかどんな顔だったか記憶がない」

「つまり派手な顔ではないと言うことだな。はっはっは」

広く蔓延るアマモは干潮時に姿を現す。柔らかい風に揺れる水際に舫杭《もやい》が何本も見え隠れしていた。

「ところで昨夜の話だが、どこから奪うつもりだ」

大矢野衆を迎える相談をしたとき、忠兵衛が火薬は持っているところからいただこうと言い出していた。

「うむ。村の代官所だ。鉄砲と火薬が置いてある」

監物の広い背筋が引き締まった。

「それは、大それたことになるな…」

「蜂起したらまず村の代官所から武器火薬を確保する」

忠兵衛の強い目線に監物が頷いた。

「覚悟を試されたか…わかった。最初にやるんだな」

「城方が警戒を始めれば逆に備蓄が増えることもある」

「なるほど」

「もうひとつ、坊主どもがそこそこ持っている」

「寺を襲うのか…」

「遠慮はいらん。耶蘇教を目の敵にして何かと足を引っ張ってきた奴らだ」

「しかし村の衆は寺を襲えないだろう」

「妙な遠慮など無用だ。吉利支丹でなければ地獄に落ちるこの世の終わり。生臭な坊主どものことだ。命を惜しんで転ぶだろう」

「嫌だと言ったら…」

「真面目な坊主は仕方がない。力ずくで火薬をいただく」

「…まあ、そうでもしないと火薬が手にはいらんからな」

「鉄砲と火薬が揃えば一揆が大きくなる。その上、大矢野伝兵衛殿の手紙通りとなれば、それこそ松倉家はお咎めを免れん」

「大矢野衆は本気だろうか」

「見極めよう。本気ならば同調を促して利用する。もし冷やかしならデマだと言い包めて追い返すまでだ」

「どうやらお見えになったようだ」

　大矢野衆の船頭が船着場の舫杭《もやい》に縄を投げて舟を固定した。舟の人影がゆっくり立ち上がってこぼれ落ちそうに揺れた。監物は使いに出した三吉と角内を呼び寄せた。

「見えるか」

　舟の上に目を凝らした三吉がゆっくりと頷いた。

「はい、あん坊主頭ん方が庄屋ん伝兵衛殿ばい」

「後ろの五人はどうだ」

「あん時は伝兵衛殿だけやったけん見知らん」

出迎える四人が桟橋に進み出た。渡辺伝兵衛が先頭で舟を降りてきた。緊張した様子が見てとれた。

「監物殿、厚かましいお願いを聞いていただいて痛み入ります」

「こちらこそなかなかご返事申し上げず失礼しました。突然使いを遣りましたから驚かれたでしょう」

そう言って後ろの三吉と角大を前に出した。二人の顔を見た伝兵衛が作り笑いをした。

「来ていただいたおかげで細かい話ができました」

監物は、長崎西坂で雨に濡れていたしょぼついた目を思い出した。あの時の男に間違いない。続いて舟を降りてきた五人の姿を見比べて「マンショ神父はどちら様でしょうか」と聞いた。

「きょうは小西家の旧知とまいりました」

伝兵衛が急いで千束善右衛門と大矢野松右衛門を紹介した。声を出さずに会釈した監物は、三吉と角内の報告で気になっていた質問を遠慮なく口にした。

「マンショ神父とはどういうお知り合いですか」

「昨年の夏ですが、突然に金鍔神父が大矢野島に現われました。そのときマンショ神父をお連れになりまして、それが初対面です。讃岐にいらっしゃるそうですが、もとは長崎の方で、墓参りの途中に初めて大矢野に寄ったとおっしゃっていました」

監物は愛想笑いもせずに質問を続けた。

「私どもはマンショ神父を存じ上げません。なぜマンショ神父が私どもを知っていたのでしょう」

「さて、年末ごろに唐突に手紙が来まして…」

伝兵衛が小さい口を窄めて懐を探った。その様子を見た忠兵衛が気を利かせた。

「詳しい話は桟橋を離れてからにしてはいかがでしょう」

監物が思い出したように忠兵衛を紹介した。

「共に有馬家に奉公しておりました芦塚忠兵衛です」

向き直った忠兵衛はいかにも武士の佇いである。

「実は拙者の父が小西家におりました。ご記憶でしょうか」

千束善右衛門と大矢野松右衛門が、それを聞いて手を打った。

「芦塚…宇土の平馬殿の…」

「はい。息子の忠兵衛です」

「そうでしたか。ご城代にはむかし世話になりました。ここで御子息様にお会いするとは…これもお引き合わせでしょうか」

和やかな雰囲気になった。すかさず小左衛門が傍から進み出た。

「伝兵衛の跡継ぎの小左衛門と申します。こちらが義理の父の益田甚兵衛と従兄弟の益田四郎です」

伝兵衛が家族を連れて来た…。特に幼い少年を奇異に感じた監物の小首がわずかに傾いた。伝兵衛がそれを察して、「後ほどご説明します」と言い添えた。

監物は客人たちを裏手の高台に誘った。無言のまましばらく歩いた一団が高台の社に着いた。

「先ほどの…」

伝兵衛がマンショ神父の手紙を取り出した。油紙を解いた監物は、一瞥してすぐに忠兵衛に手渡した。

千束善右衛門が横から割って入った。

「拙者どもの事情をおわかりいただきたいのですが…」

天草が唐津藩から差別されていると説明して、「いつか寺沢の目にもの見せてくれると機会をうかがっていたところ、マンショ神父から監物殿にお会いになってはいかがかと勧められた次第です」と熱意を見せた。

監物は大矢野衆の本気を確かめるように少し煽った。

「実は二度目の手紙をいただくまでご返事するつもりがありませんでした」

善右衛門が口をへの字にして伝兵衛を強い目線で責めた。伝兵衛は何も言わなかった。監物はもう一度けしかけた。

「復活節に合わせるつもりでしたから、順調だったらいまごろお目にかかることはなかったでしょう」

善右衛門が肘で伝兵衛をつついた。細かい問答に付き合っていられないと思った監物が少し声を大きくした。

「それで、大矢野村はご覚悟を決められたのですか」

伝兵衛が坊主頭を撫でた。

「立ち上がるつもりでおります」

ことさらに目を開く伝兵衛。監物の口元が少し緩んで忠兵衛に目配せをした。忠兵衛も頷いた。監物が社に向かい、観音開きの扉に手をかけて左右に開いた。

「これを見ていただくためにここにご案内しました」

奥の暗がりに箱が積まれていた。

「鉄砲です」

たくさんの真新しい箱。

「島原城に乗り込んでイエス・キリストをお迎えします」

松右衛門が固唾を飲む音が聞こえた。

「…島原城を乗っ取るのですか」

「それほどの覚悟をしております。大矢野はどうされるのですか」

監物が大矢野から来た六人を見据えた。島原城をとる…ただの一揆ではない。伝兵衛が小さな目をしょぼつかせた。その一瞬の沈黙に小左衛門がすかさず割って入った。

「栖本の代官所を奪いましょう」

善右衛門が促されたように声を張り上げた。

「そうだ。寺沢に一泡吹かしてやる」

大矢野松右衛門が急いで制した。

「まあ、待て。監物殿のお考えをお聞かせいただいたところじゃ。わしらがどこに向かうかはっきりさせてなかった。栖本に押しかければよろしいのか」

「小さな代官所をおそったとしても…それまでか」

「そうじゃ。一泡吹かせるどころか笑いものじゃろ、善殿」

監物は四角い顎をへの字に引いて見せた。聞こえるように溜息をついて、それから伝兵衛に言った。

「どうやら腹はまだ固まっていらっしゃらないご様子。であれば今日のことはこの場だけでお収めください」

返事ができない伝兵衛に代わって松右衛門が急いでとりなした。

「監物殿、わしらはその辺りをお聞きかせいただくためにこうして罷り越しました。島原のお城を取りに行くとまで存じ上げず、浮き足だったところをお見せした。しかし決意に変わりはござらん」

黙って見返す監物。松右衛門が続けた。

「島原城を取ろうとお考えに至った理由をもう少しお聞かせいただきたいのじゃが」

「ひとことで言えるものではありません。あえて申し上げれば、イエス・キリストにご降臨いただく場所です」

松右衛門が大きく頷いた。

「それで復活節に合わせておられたのですな。それほどのご準備が進んでいらっしゃるとは知らずにお恥ずかしいところをお見せした。何か支障があって見送られましたか」

「支障というより、近隣の村と示し合わせていても思うほど盛り上がらず、時間をかけて準備するものと思い直したところです」

「なるほど。そのお考えに準じて天草もご降臨を迎えるに相応しい場所を決めねばなりませんな」

「この場で決めて皆さんの腑に落ちますか。庄屋の掛け声とはいえ人の心は簡単に立ち上がるものではありません」

大矢野松右衛門が注意深く話を切り出した。

「島原城を北の山と仰ぐなら、わしらは志岐の富岡城が相応しいじゃろう」

それまで黙っていた益田甚兵衛がいきなり「それしかありません」と同調した。「富岡城は天草で睨みを効かせるための城。島原城のような居城とちがって手薄です。もとは吉利支丹の土地柄、耶蘇教復活と聞けば呼応する者たちも多い。拙者は一命を惜しまず携わります」

善右衛門も「それなら泡を吹かせるどころか寺沢の首が飛ぶわ」と言ってかっかっかと笑った。伝兵衛のしょぼついた目が少し開いたが、松右衛門は気にしなかった。

「それで監物殿のおっしゃっていたところじゃが、村の衆にどう浸透させるか。この甚兵衛が良い方法を考えつきましてな…」

水を向けられた益田甚兵衛がはっきりした口調で話し始めた。

「イエス・キリストの降臨であれば、前触れがあってしかるべきです。天使（あんじょ）が前触れして回れば、救いを求める村人たちは耶蘇教に立ち帰ると思うのです」

監物が聞き返した。

「…あんじょ（天使）ですか」

「そうです。この四郎が天使として説いて回ります」

それでこの親子が来たのか。監物は合点した。

「何を説くのでしょう」

「間も無くこの世が終わる。イエス・キリストの降臨を待てば、デウスを信じる者だけが神の国に行かれる。そう説くのです」

監物は天使と呼ばれた十五歳の少年を見た。頬の痘痕《あばた》が目につくものの、白い肌と澄んだ目が怜悧な印象を与えた。

「…四郎殿は、いつ入信したのですか」

監物の質問に四郎が清らかな目を向けた。

「両親が信者ですから、生まれてすぐ洗礼を受けました。物心ついてから長崎に行って勉強していました」

きれいな声で、澱むことなく答えた。セミナリオを知らない信者か。監物には新鮮だった。

「…それは恵まれていましたね」

「はい、感謝しています」

「それで、きょうは父上様から何と言われて来たのですか」

「あの方のお言葉をもれなくお伝えするように言われています」

「あの方…とは」

父親の益田甚兵衛が照れたように説明した。

「四郎は小さい頃からたまに、あの方の声を聞いたと言うのです」

口元に微かな笑みを浮かべた四郎が自分から補足した。

「あの方は名前を仰らないのです。時々、お声がかかるのです」

落ち着いて答える四郎の佇まい。少年らしい濁りのない美しい声が不思議と霊的な信頼を感じさせた。

「去年、あの方が僕をフランシスコと呼んだのです。僕は生まれた時にジェロニモを授かったのですが間違っていたのかもしれません。改めてフランシスコとして献身しました」

父親の益田甚兵衛が、あれをご覧いただきなさいと促した。四郎が、はいと返事して立ち上がり、まだ新しい打刀を腰から外して傍らに置いた。何が始まるのか。全員の目が集まった。

左手の指先を顔の高さの空中に差し出した。右手で四角い布をかけ、そのまま布をつまんで取り去ると左手の上に白い鳩が現れた。みんな仰け反って驚いた。有馬村の三吉と角内は、思わず後ずさりして手を合わせた。

「四郎は奇跡を起こせるのです」

忠兵衛が感心した表情を監物に向けた。白い顔と綺麗な声、そして目の前で奇跡を見せる天使に監物も魅入られた。

「甚兵衛殿、まさに天使です」

「はい。四郎があの方のお言葉を伝えれば、誰もがこの世の真実に立ち戻ると思います」

自分の考えが受け入れられた甚兵衛は満足そうに喜んだ。満ち足りた沈黙を溶くように松右衛門が問いかけた。

「高来でママコス神父の話は知られとりますか」

天草のキリシタンにはよく知られた伝説だった。監物が首を横に振ると説明を始めた。

「二十年以上前になるんじゃが、上津浦にいたママコス神父が追放されたときに、いつかここにひとりの善人が現れて民衆を導き、この世が燃えて新しい世に変わる、と予言を残したんじゃ」

視線が四郎に集まった。まさにこの少年のことだ。四郎は黙ったまま、表情を変えることなく手首から外したコンタツ（ロザリオ）の数珠を繰っていた。

松右衛門が満足気に提案した。

「この噂が知られれば、誰の目にも天使の導きが新しい世をもたらすとわかるじゃろう」

監物は深く頷いて、即座に高来の村の名前を三つあげた。

「その噂を流しておきますから四郎殿に来ていただけるとありがたい、いや是非お願いします」

頼まれた父親の甚兵衛が「わかりました」と快諾した。

「わしも一役買って出ますぞ。海を隔てた高来でイエスの名を奉じる日が来るとは、冥利に尽きる」

歳とった松右衛門の弾む声に、和やかな、しかも手応えのある雰囲気が流れた。

監物がこのきっかけとなった神父の話を蒸し返した。

「伝兵衛殿、その…マンショ神父はなぜ私たちの橋渡しを仕掛けたのでしょうか」

「いま思えば、耶蘇教復活の機会と思ったのかもしれません」

善右衛門の受け売りを答えた伝兵衛は、「何でも長くマカオにいらっしゃったとかで、この体たらくを残念に思われたのかも…」とわかった風を装った。

監物が忠兵衛と顔を見合わせて小声で囁いた。

「マカオ…イエズス会だ。『ご所望のもの』は火薬のことだ。マンショ神父は金鍔神父から聞いたに違いない。であれば辻褄が合う。話に嘘がない」

「うむ。…これからでは来年初夏の偏西風に乗って日本に来るまで一年以上かかるな」

「それでも手伝ってくれるなら縁を作っておきたい」

監物が初めて愛想笑いを浮かべた。

「伝兵衛殿、よろしければ今度ご紹介願えませんか」

「もちろんです。お見えになると聞いた時にお知らせしますので、ご所望のことをご相談ください」

「恐れ入ります。お待ちしています」

風が出てきた。流れ出した雲に促されるように六人の大矢野衆が立ちあがってパタパタと尻の土を叩いた。

船着場まで再びゆっくりとした下り坂を歩いた。ぼんやり霞む肥後の山陰が正面に見えた。

「熊本藩は凶作を鑑みて年貢を半分容赦したと聞きました。そんな奇特な別世界が、こうして見えるところにあるのです」

監物の何気ない語りに善右衛門が大きな声を出した。

「同じ凶作でも、酷い藩主にあたった拙者たちは負担が二重になる。公儀も九州まで目が届かないならば、せめてまともな藩主を寄越してもらいたいもんだ」

伝兵衛が「彼我は近くて遠いです」とぼんやり応じた。代わりに小左衛門が軽口を挟んだ。

「聞いた噂ですが、天下様はお隠れになったとか」

「エッ、本当ですか…」

監物の反応の大きさに小左衛門がしまったという顔をした。

「いや、これだけの凶作に何も沙汰がないから…」

「つまらんことを気にしなさんな。天下様に代わってデウス様が我々を治めてくださるんじゃ」

嗜めた松右衛門が西に傾いてきた太陽に手を合わせた。

「島原と天草を跨いだ早崎瀬戸が、神の国の門になるんじゃ」

有明海の入口に大きな門が開かれて、光を受けた広い海が輝く。その門に両手を広げたイエス・キリストが空から降り立つ。集う者たちはそんな神々しい絵を思い浮かべて心が彼方に飛んだ。復活の時は近い。木々の葉の擦れる音が静寂を際立てた。

船着場で舫《もやい》を解かれた舟が、六人を乗せて漕ぎ去っていった。監物と忠兵衛が小さくなる影を見送った。

「監物、大矢野衆を信用するということでよいのだな」

「うむ。マンショ神父とやらの思う壺にはまってみよう」

「しかし善右衛門殿は寺沢家に我慢ならんと繰り返していた。松右衛門殿は、天草を神の国にしたいとお見受けした。伝兵衛殿は天草をまとめられるだろうか」

「そこは難しいかもしれん。しかし全員の思惑が揃うことなどないのが常だ。その昔、有馬家にとって耶蘇教とイエズス会は清濁両面、お互いに思惑含みで利用し合う相手だった。助けられたが利用もされた」

鼻筋の通った忠兵衛が静かに息を吐いた。

「そうだな。大矢野衆の思惑がなんだろうが二つの国で一揆となれば、しかも吉利支丹が立ち上がったとなれば松倉家も寺沢家も咎めを免れん。それだけで利用する価値がある」

「…忠兵衛、私は信心深くない。むしろ信心に身を委ねるをよしと考えていない。しかし、あの少年には惹きつけられた。思惑がどうであれ、四郎殿がいれば天草はうまく行くように思う」

舟の櫓の音が聞こえなくなった。視界から消えそうになるころ、空の雲間が割れて金色の美しい光の柱が斜めに射した。

大矢野村に戻った伝兵衛は村の集会を開いた。長老格の松右衛門が、「三年続きの凶作は天の怒りじゃ」と語り始めた。なぜ天は常に味方してくれないのか。どうして畑を押し流すほどの大雨に見舞われるのか。普段にない雰囲気に関心が高まると、「天は既にこの世の終わりに入っている」と説いた。

そして救世主が現れる前触れとして天使益田四郎が登場した。

「みなさん、一度はキリストの教えに従っていましたのに、それを手放したためにデウスの御慈悲が失せてしまいました。まもなく世の終末を迎えます。加護なき諸人は火の地獄の中に焼け沈みます」

村人たちは恐れと不安の落ち着き場所を求めて四郎を拝んだ。

「デウスを信じてください。そうすれば神の使徒イエス・キリストが天から降りて来られて、みなさんを救います。この世が焼け沈むなかからヒイデス（信じる心）ある者だけが新しい世に行けます。信心のないものは地獄に落とされます。僕はそれをお伝えするために来ました」

多くの村人たちが、信心を棄てた後悔を揺さぶられた。

「もう一度デウスを信じてください」

色白の清らかな少年が旋律のついた美しい声で語りかけると、村人たちは天使に最後の機会を与えられたと受け取った。二度とこの信心を手放してはならない。そう強く心に誓った。

同じ御組（信者組合）の上津浦村でも、庄屋の梅尾七兵衛の招聘に応えた四郎が説いた。

「信者の来世はハライソ（天国）です。一度命を落としても、すぐに復活します。そして無碍に痛めつけられたり殺されたりする心配のない平安な世界に行かれます」

鳩の奇跡を見せるまでもなく、村人たちは瞬く間に耶蘇教に立ち帰っていった。手応えを感じた松右衛門が、この時とばかりに「キリスト者の安住の地」を四郎に指導した。吸収能力が高い四郎はすぐに理解した。熱烈な反応が高まるに連れて、四郎の弁舌は勢いを増した。

「僕たち信者の居場所は清らかなところであるべきです。安住の地を目指しましょう」

耶蘇教に救いを得た村人たちは地元の一向宗に圧力をかけた。帰依して立ち帰れない一向宗門徒たちが少数派に追い込まれて孤立した。不知火海を渡って八代（熊本藩）に逃げ出す一家が現れ、そのうち寺をたたむ僧侶が出るようになった。狙いが実現した小左衛門が大いに覇気を上げた。

一方、高来では有家監物が南目の村庄屋たちを集めて、世の終末を告げるキリスト降臨を説明し始めた。庄屋たちは村の信者組合の伝手《つて》を掘り起こしてこの話を広めた。それぞれが領主松倉家への反抗心を乗せた。有馬村の三吉と角内も、大矢野村への使い番を果たした誇りが気弱な心の支えとなって、「神の世に変わる」と熱弁を振った。村の年老いた侍崩れたちは吉利支丹だったころを懐かしんだ。あのころはよかったと語りあうようになった。

そこに大矢野松右衛門が約束通り有家村を再来訪して手伝った。「前触れに天使が出現する」とママコス聖人の予言を伝えた。海の向こうの天草大矢野島からキリシタンが来た。松右衛門の参加は高来の村々で噂となって「この世の終末」の信憑性が増した。

大矢野・上津浦で説いて回った四郎の噂が高来に伝わってきた。

『天草に天使が現れた！』

村人たちは、まだ見ぬこの天使を天草四郎と呼んで待ちわびた。高来南目《みなめ》（島原半島南部地域）の村人たちの心の隙間に天使の噂が風のように流れこんでいった。その噂に応えるように、有家村、有馬村、そして深江村に四郎が突然現れた。監物が頼んだ三村だった。四郎は白衣を身にまとい、額《ひたい》に十字架を付け、笏《しゃく》を持って村人の前に登場した。イエスを抱いたマリアのイコン（聖画）を掲げ、高来の村人たちに降りてくるキリストの前触れを行った。

「間も無くこの世は終わります。この世の最後に天変地異が起こります。天が真っ赤に染まり、星が光って落ちます。地上は炎に包まれ人々の逃げ場はありません。そのときデウスを信じる者だけが救われて天国に行きます。使徒イエス・キリストが救世主として降りてきます。信じてその時を待つのです」

村人たちは地面にひれ伏した。声を震わせて「お願いします、お願いします」と天草四郎に信心を誓った。高来南目《みなめ》の六村があっという間にキリシタンに立ち帰った。

この年一六三七年は、ここ数年と打って変わって天候が安定していた。旱《ひでり》にならず、時雨に恵まれた稲がすくすく成長した。青く立ち揃った稲に夏場の強烈な太陽が照りつけて、蒸しあげる草いきれにぬるい風が吹いた。

「四郎様んおかげや。デウスが稔りば戻してくださった」

その八月、阿蘇山が噴火した。大地を揺るがす爆発音と天高く立ち上る噴煙が人々に恐怖を与えた。空が赤く染まり大量の火山灰が広がって暗黒の雲に稲妻が走った。夜になると山頂から噴き出す炎が遠目からもはっきり見えた。

「四郎様ん言うた通りになったぁ」

人の心は揺れていた。人々は阿蘇山噴火の余震が起こる度に祟りを畏れた。

「何事も起こりませんように」と懸命に拝んだ。天使の前触れが、その不安を吸い取るように人の口に加速をつけた。

天草諸島の東端から始まった立ち帰りが西に広がった。島原半島では南目から勢いが北上した。松倉家のお膝元の島原城周辺七村でも立ち帰る者が出るようになった。枯れ草が燃え広がるように、天草諸島と島原半島に『この世の終わり』が周知されていった。監物は、遠く阿蘇山のけぶった山頂を眺め、この時この場所に四郎が現れた偶然に感謝した。天草四郎は、発案した父益田甚兵衛の期待をはるかに超えて、人々から崇められる存在になっていった。

イエズス会@長崎

一六三七年八月初旬。大矢野島の伝兵衛から連絡が来た。マンショ神父が今年も墓参りに来るという。長崎で落ち合う日付が書かれていた。

「既に長崎にいるのだろう」

忠兵衛の憶測に監物が頷いた。

「マンショ神父とやらの目論み通りだな」

「お陰で天使に出会えたのだ。こっちも思惑通りじゃないか。首尾よく島原城を占拠したあかつきには松倉家が全力で取り返しに来るはず。そこで籠城が長引くほど松倉家は恥を晒す。松倉家の蛮行がなおさら公儀の目に触れる」

「マンショ神父が『手伝ってくれる』なら夢物語も実現するように思えてきた」

忠兵衛の満足げな笑顔に送られて、監物はひとりで長崎に向かった。西坂の刑場でジュリアン神父を見送って以来だった。茂木の船着場で舟を降り、しばらく歩いて長崎に入った。伝兵衛の手紙に従って思案橋で待った。男が現れた。四十歳くらい、武士ではない。百姓でもない。中肉中背、品のいい顔立ちが尚更に目立たない佇《たたずま》いである。監物から声をかけた。

「高来東郷南目の有家村で大庄屋をしております有家監物と申します」

男が笑顔を見せた。監物は名前を呼ばずに確かめた。

「この度は大矢野村を通してご無理をお願いしました」

「はい。伝兵衛殿から感謝の手紙をいただきました。監物殿にお声がけいただいて、次兵衛（金鍔神父）を信じた甲斐がありました」

監物が単刀直入に疑問をぶつけた。

「やはり金鍔神父に聞いて仲介いただいたのですね。初対面で失礼とは存じますが、どうして私どものことを大矢野島にお話しになったのか、それをお聞かせいただきたいとずっと思っておりました」

「なるほど。監物殿のご用件はそれでしたか。その前に、次兵衛に火薬を依頼されたこと、お間違えないですか」

意表をつかれた監物がつられたように首を縦に振った。

「私からマカオに依頼を出してあります。昨年は風の関係で出航が遅れたので間に合いました」

「えっ…本当ですかっ」

監物の顔から不愉快が吹き飛んだ。マンショ神父が上品な笑みを見せた。

「はい。三日前に長崎に入っています。見に行きますか」

「ぜひっ」

思いがけない朗報。

出島まで半里（二キロメートル）ほど歩いた。荷揚げ場にポルトガル商船が停泊していた。三本マストの帆が畳まれていた。かつて見た黒船より大きかった。優美な姿はとても朱印船の比ではない。荷揚げ作業はすでに終わっていた。

長崎警備を受け持つ大村藩が竹柵を置き直して、岸壁に集まった見物人を整理していた。

「まだ次兵衛が引き取っていないようなのです。船に二十四樽あるはずです」

「そんなにたくさん…」

「船が入ったことは次兵衛も知ってるから間もなくでしょう。ただ私は明後日に讃岐に戻りますので、次兵衛から連絡があったら『役目は果たした』と伝えていただけますか」

マンショ神父の声が軽かった。大矢野島を高来の話に乗せ、高来に欲しがっていた火薬を手配した。二つの目的を果たして満足げに眉を上げたところで監物が質問を繰り返した。

「私どものことを聞いて大矢野島を同調させた、その理由はなんでしょうか」

前のめりの監物を、善人のような柔軟な目が受け止めた。

「大矢野にあれほどキリシタンが残っていたとは知りませんでした。嬉しいことでしたが、それも時間の問題です。監物殿が救世主に賭けるように、私たちも最後の瞬間です。この国でイエスの教えがなくなるより、少しでも希望が持てる道を選ぶことにしました。ご迷惑でしたか」

「いえ。共に立ち帰る仲間がいれば心強い限りです。しかし希望を持つには火薬だけでは不十分です」

「あれだけの火薬のほかに、まだ何か必要ですか」

監物が黒船を見上げた。ポルトガル商船の船腹から大砲を突き出す窓がいくつも設けられていた。

「この船で支援していただきたいです。武装したこのままで」

「…監物殿、正気ですか」

マンショ神父が初めて意外そうな声を出した。

「一揆に黒船など必要ないでしょう」

目を覗き込まれた監物は腹に力を入れた。

「島原の城を奪ってから、その時が来るまで力が必要なのです」

「城を奪う…」

マンショ神父が少し考えた。即座に断られると覚悟していた監物はマンショ神父の反応に乗じて懇願した。

「イエス・キリストのご降臨まで黒船に助けていただきたいのです」

そこに奉行所の役人がぞろぞろと現れた。穏やかならぬ雰囲気で、ひとかたまりになって出島に入っていった。二人は視界から出島が消えるところまで遠ざかった。それでも停泊する黒船の威容が目立っていた。

「城を奪って籠るつもりですか」

「もちろんです。そして最後の時が来たら私らも救世主（キリスト）に拾い上げていただきたい」

「いや、それはできません」

「いびり殺されるか、飢え死にするか。あるいは切り刻まれて海にばら撒かれるか。そんなことに怯えながら暮らしていけません。神に与えられた私らの運命はそんなものではないはずです」

「…百姓の集団にとって容易ならんことでしょう」

監物は手応えを感じた。

「井戸の暗闇に落ちたなら這い出たい。自分たちのできることをして救われたいのです」

マンショ神父が目を丸くして息を吐いた。

「…それほどのご覚悟なら、長崎の信者をご紹介しましょうか」

監物は耳を疑った。長崎に信者が残っているのか。いや、イエズス会のこと、何か企んでいるはずだ。信者がいたとしても、松倉家の非道と我々の覚悟を理解してくれるのか。

マンショ神父がもう一度穏やかに誘った。

「暗闇から出るためになんでもする覚悟とおっしゃいました。お会いになりますか」

信用していいものか。もし天領（幕府直轄地）長崎で動ければ公儀に直接目を向けさせることができる。監物はここは勝負と迷いを押し殺した。

「お願いします」

「では改めてご連絡します。私はあす讃岐に戻りますので直接お会いください」

「わかりました。その方のお名前をいただけますでしょうか」

「トマスと言います。奇特な人物で次兵衛もよく知っています」

監物は吹っかけてみるものだと思った。武器と貿易と布教を組み合わせて領主と百姓に取り入り、戦略的に策謀を巡らせて耶蘇教を植え付けてきたイエズス会である。マンショ神父は自ら大矢野村に囁いて立ち帰りを扇動した。あいかわらず身勝手に焚き付けて回るイエズス会の押し付けがましい善意であるが、自分の要求は彼らの利益に合致した依頼でもあったのだ。

雨が降ってきた。二人は長い庇《ひさし》の商家の軒下に入った。頭の上で雨が強い音を立てた。軒《のき》先から垂れる雨粒がピシャピシャと土をはね上げて監物の足下《あしもと》に窪みを作った。

「監物殿、きょう西坂でまた処刑があると聞きました。信者の魂の平安を祈って見届けませんか」

目的をすべて果たしたマンショ神父の最後の仕事なのだろう。監物は誘われるまま一歩を踏み出した。雨音のおかげで歩きながらの会話を聴かれる心配がなかった。

「大矢野の伝兵衛殿に伺ったのですが、長崎のご出身でいらっしゃるとか。それで長崎で神父になられたのですか」

「いえ、出身は壱岐です。わけあって長崎で母と暮らしていました。追放令が出た時、信心が規制されるところにいたくなかったのでマカオ行きの船に乗りました」

監物は有馬家の宣教師たちが追放されていった当時を思い出した。

「マカオでは一緒に追放された原マルチノ神父（伊東マンショ、中浦ジュリアンと同じ遣欧少年使節四人のひとり）に教わりました。そのあとローマに行って神父に叙階されました」

ローマと聞いて脳裡に先代（有馬晴信）と黄金の十字架が浮かんだ。監物の言葉が上滑りした。

「長い道のりですね…」

「…日本に戻ったときに母は亡くなっていました。いま思えば、もう少し母に何かしてあげられたと悔やまれます」

「そうでしたか。勝手ながら武家のご出身と想像しておりました」

マンショ神父が少し微笑んだ。

「武家です。母は隈本藩摂津守（小西行長）の娘ですから」

「えっ、摂津殿のお孫さん…」

「はい。小西マンショと申します」

監物は目を見開いてポカンと口が開いた。

「それで小西家の方々がいる大矢野島と関係があったのですか…」

マンショ神父が照れ臭そうに答えた。

「私は祖父どころか父も知りません。ですから関わりは名前だけです。讃岐で次兵衛に聞いた話がきっかけで、昨年になって初めて足を向けた不調法者です」

「ご謙遜を…」

「恥ずかしながら母の墓も昨年初めて参りました。親不孝者です」

マンショ神父の利発そうな目が少し潤んだ。

「…私が小西家の縁を持つことは大矢野の皆さんに黙っていてください」

監物は、聞いてはいけないことを知ってしまったと思った。しかし納得できた。マンショ神父が大矢野村を焚きつけた裏にはその動機があった。風前の灯となったキリスト教を再興させるために助けているだけではなかった。はにかむ神父に、運命と境遇の狭間で精一杯の務めを果たそうとする姿を感じた監物は、乱暴に考えていた自分を恥ずかしく思った。

「それより、監物殿のお話は仰天ものでした」

監物が自分の苦悩を吐露する番だった。

「マンショ神父、実は、私は息子を松倉に殺されているのです」

「どうりで…尋常ではない執念を感じました」

「息子は脇庄屋として村人を率いて島原城に行き、耶蘇教に戻りたいと言って殺されてしまいました。次の世代は松倉家のいない高来（島原）にしなければと決意しました」

「落ちた井戸ならば這い出る、とはそういうことだったのですね」

「高尚な信者から程遠いですが」

マンショ神父に監物の覚悟が伝わった様だった。

雨の中を半里ほど歩いて西坂に着いた。跳ね上げた泥で痒くなった脹脛《ふくらはぎ》を拭った。

名前の通り長崎の西にある処刑場は、凶悪犯のほか政治犯やキリシタンにも使われていた。見せしめのために刑場を囲う竹垣が菱形に組まれて素通しになっている。柵を巡らせた坂の下に見物人が渦巻いていた。監物は坂の中腹を見上げた。

「そういえば、中浦（ジュリアン）神父の時も雨だった」

囚人を入れた籠が現れた。四つ連なってゆっくりと坂を上がってくる。ラテン語で「ビバ・ラ・フェデ・クリスト（キリスト万歳）」と繰り返し唱える男が先頭の籠に入っていた。高い声がよく聞こえた。金鍔神父だった。

「なんと、捕えられていたか…」

金鍔次兵衛は、役人に「黙れ」と棒で突かれ、猿轡を嚙まされて駕籠から出された。かなりの取り調べを受けたらしく衰弱していた。名前を呼ばれたが、返事を待たれるわけもなく、そのまま体をぐるぐる巻きにされた。役人は腰を挟む板に錘《おもり》の石を取り付けると慣れた手つきで次兵衛の耳の後ろを切った。そして地面に掘られた穴の上に逆さに吊るした。金鍔神父は身をよじることもなく、蓑虫のように静かに下がっていった。見上げる二人の位置から、吊られた金鍔神父の足首がわずかに残って見えた。

凍りついた監物は周囲にさとられないように感情を押し殺した。それでも無念が目に溢れた。見上げる顔をさらに空に向けた。睫毛に雨粒が当たった。

「ひたすら人を助けた人がことごとく殺される。こんな理不尽な世に、真面目に生きる者の場所があるのか」

金鍔神父が転ぶことはない。苦しみに三日間耐えて神の御許に召されるだろう。その三日が早く過ぎ去りますように祈った。

マンショ神父が瞬きもせずに「トマス（次兵衛）…」と呻いた声が聞こえた。唇を震わせて「ついに九州から神父がいなくなった…」と監物に悲しみの溢れた顔を向けた。

「せっかくの火薬がお手許に届かなくなりました。黒船のこと、どのようにして欲しいのか、書いたものをいただけますか。ラテン語に翻訳して、マカオのイエズス会管区長カルディン殿とマカオ会議幹部に宛てに送ります」

監物は声を出さずに頷いた。今年の米を刈り取ったらもう麦は植えない。監物は改めて心を決めた。

——夏の終わり。藩主松倉勝家が島原城にやってきた。

「主水、今年の作柄はどうだ」

収税役兼務となった多賀主水は藩主の機嫌を損なわない。

「はっ。どうやら良いようです」

「おお、いいことを言うな。阿蘇の噴火の影響はどうだ」

「こちらまで灰が飛んでくることはありませんでした」

「よしよし、いいぞ」

褒められた気になった多賀主水が、「ところが蝗《いなご》が発生しておりまして」と言い添えた。

勝家が不機嫌になった。

「なんだ、イナゴなど気にするな」

「これが尋常ではない様子で、熊本は食い尽くされそうとか」

「なんだ、拍子抜けだな。イナゴなんぞコメの代わりに百姓に食わせろ」

「殿、いくら食わせたところで、米がなければ餓死する者が出ます。働く百姓は死なないようにしておくが肝要かと…」

「お前に言われることではない。蓄えはどうなっておる」

「…これまでの増分《ましぶん》（取り決めた石高以上の収穫）を口之津で別にして保管してあります」

「そうか、たまには見に行くか」

意外なことを言い出された主水が動揺した。

「いえ、我々でやっておりますから殿にお運び頂かなくても…」

「そんなことを言うと何かあるかと思うぞ」

「いえ、何もありません」

「では行くから用意しろ」

「涼しい朝のご出立でよろしいですか」

「明日になって気が向くかどうかわからないではないか」

急なことで御座船が用意できない、とおそるおそる申し上げた主水を、勝家が「構わん」と叱りつけた。急いで設えた屋形船に島原の船着場から乗り込み、口之津に着いた。真夏の炎天下。「駕籠は窮屈で腰が痛い」と馬を引かせると、クマゼミの鳴き声を見上げて「下（九州）の蟬は喧《やかま》しいな」と言いながら馬に跨った。

勝家の到着を待っていた三宅次郎右衛門が隠し倉庫の重い扉を開けた。松倉藩で蔵奉行を務めている。

「どうして米を港においているのだ。盗られたらどうする」

「港警備の武器倉庫ですから増分を隠すのに丁度いいのです」

「ふん、浅知恵を使っているようだな」

土壁の蔵はひんやりと涼しい。奥に堆く米俵が積まれていた。

「ほぉ、たくさんあるではないか」

多賀主水に振り返った。褒められたと思った主水は恐縮して見せた。

「しかしこの程度ではすぐになくなってしまうぞ。そういえば、去年の未進のカタに人質を取ったのか」

また嫌なことを思い出したものだ。主水は顔に出さないように、「はい、何人かとりました」と答えた。

「で、どうした」

「納めた一人を帰して、あとはこの春に処分しました」

「処分…そのまま殺したのか。生き返るかどうか見なかったのか」

主水が凍りついて黙った。

言い放った勝家はお構い無しに倉庫のあちこちを覗き回った。

「鉄砲はどのくらいあるのだ」

「およそ五百挺置いてあります」

三宅が小走りに後を追ってすかさず答えた。鉄砲の傍に積まれた樽を見上げた勝家が「火薬もたくさんあるな」と呟いた。

三宅がそっと手元の帳簿を取り出した。五日前に二十四樽が入荷された記載を確認すると、「はい、抜かりなく」と答えた。勝家はすでにいなくなって、倉庫の奥から大声が聞こえた。

「おい、この奇妙な旗はなんだ」

勝家が顎で指したほぼ真四角の旗は二人の天使が向き合う図柄で、なにやらラテン語が書かれていた。

「口之津の切支丹が持っていた旗です。殿の江戸屋敷の蒐集品に加えてはどうかと置いておきました」

主水は気の利いたヨイショをしたつもりだったが、勝家は素っ気なかった。

「ふん、伝染病を煽る旗などいらん」と却下した。

「他にも倉庫がありますが、ご覧になりますか」

三宅が水を向けたところで、勝家は「もう良い。蔵は臭い」と不機嫌そうに腰をさすった。主水が目ざとく見留めて「はい、面白いものではございません。小浜に湯治に行かれますか」とすかさず取り持った。勝家は「そうだな」と言ってそそくさと蔵を出た。

「なんだ、外はえらく暑いな」

背を伸ばし、重い身体でのっそりと馬にまたがった。

「主水、お前は来なくていいぞ。しっかり米を集めておけ」

そう言い残すと数人だけを供にして砂埃を上げて去っていった。

偶発蜂起@有馬村

秋。稔った稲の刈り取りが終わった。心配されたイナゴの被害はほとんど出ることなく順調な収穫となった。ひもじい思いを逃《まぬが》れた有家村の百姓たちが心から安堵した。

「デウスんおかげだ。祈ったとたん天災ば追い払うとれたちに米ばもたらしてくれた」

監物は年貢を納めるつもりなど毛頭ない。

「今年に限って豊作とは皮肉なものだ」

十月二十四日。監物は大矢野村と談合するために湯島に向かった。有家村と大矢野島の中間に浮かぶ一周一里（四キロメートル）に満たない小さな孤島は、周囲を浅い磯で囲まれて舟をつける場所も限られる。船頭を頼んだ口之津の五郎作がゴロタ石の合間に立てられた舫い杭に小舟を近づけた。

監物は舟を跨いで石を渡り、草鞋を濡らして出迎えた二人に礼を述べた。

「伝兵衛殿、お陰様でマンショ神父にお目にかかれました」

「頼み事はうまくいきましたか」

「ともあれ引き受けていただきました」

何を頼んだか、とは聞かれなかった。伝兵衛が遠慮したのか既に知っているのか、はたまた関心がないのか。「マンショ神父も気にされていたから良かったです」と言っただけだった。

湯島は昔から大矢野島の信者が洗礼や聖体拝領に使っていた。そう聞いていた監物は丘の窪地に簡易な祭壇を見つけた。自生する赤穂の木を利用して溶け込んでいる。説明されるかと思った小さな期待に反して伝兵衛は何も言わなかった。丘に上がると広い水平線が丸みを帯びていた。波間の煌めきに目を細めた監物が先に口を開いた。

「四郎殿の神通力は聞きしに勝るものでした」

甥っ子の活躍を褒められた伝兵衛が、「お役に立てて何よりです」としょぼい目を緩めた。

「四郎殿が現れた途端に雰囲気が変わって、村の者たちはこぞって信者に戻りました。おかげさまで準備が整いました。甚兵衛殿の思いつきが物凄いことになりましたな」

「わしもこれほどとは思っていませんでした。いよいよですか」

「十一月十日、おたんじょうび（クリスマス）の祈りの後に一斉蜂起します。昨日、村々に触れを出したところです」

そのひと言に伝兵衛が上擦った。

「昨日…それは何か書いたモノを回したのですか」

「はい。あちこちの村に齟齬が起きないように周知しました」

それまで黙っていた千束善右衛門が腕を組んだ。

「それが天草に回ってきて城の目に触れたらひとたまりもない。どんな触れを回したのでしょう」

天草諸島の長い海岸線に点在するすべての村に四郎の霊験が浸透しているわけではない。ことを起こす前に変な噂が出ると困る。伝兵衛がそう補足した。

監物が懐から半紙を取り出した。

『天使が触れ回ったとおり終末が近い。吉利支丹であれば赦される。そうでない者は地獄の憂き目に遭う　加津佐寿庵』

「誰のことですか」

「加津佐村から長い間助けてくれた中浦寿理安（ジュリアン）神父の名前をお借りしました」

「これなら、大矢野の名前は出てこない」

目を通した伝兵衛の顔が安堵で緩んだ。

「私たちはまず代官所を襲って鉄砲と火薬を確保します。代官は必ず敵になるので先に見つけ出して殺してしまいます」

「先に代官を殺すのですか…」

「村の者たちは散々いびられてきた代官に復讐したくてたまらんのです。デウスの世となれば代官もクソもありません」

「想像以上の手回しだ」

善右衛門が再び腕を組んだ。

「…総大将がそうされるなら、わしらも従います」

伝兵衛が頭を下げた。同時蜂起を期待していた監物だったが総大将と言われて慌てた。

「いや、私が天草衆に号令をかけるなど無理なことです…」

両者の間にとまどいが漂った。

「では、どうしましょう。大将がおらずに蜂起などできません」

伝兵衛の確認は尤もだった。高来と大矢野、どちらが総大将でもいざとなれば遠慮や逡巡が出かねない。問われた監物がしばらく考えてから広い背中を伸ばした。

「四郎殿でどうでしょうか」

両岸の村人たちから崇められている天草四郎であれば偏りがない。そもそも四郎の驚異的な影響力を目の当たりにしたから、海を渡って談合している。善右衛門が黙って腕組みを解いた。

「十五歳の若輩なれば四郎の口を利用する者が出るかもしれない。懸念はありますがよろしいですか」

監物は、これまで進めてきた自分を半歩譲ることになっても大事の成就を採った。

「結構です」

海で隔てられた両岸の村は十一月十日の蜂起を約束した。三人が丘を降りた。仰いだ空は曇天に覆われていた。

「そういえば、二、三日前に有馬村のお二人が四郎のところにおいでになったそうです。ご存知でしたか」

初耳だった監物がぼやっと顔を向けた。

「数日前のことですが、何でもイコン（聖画）を見せて欲しいと言って来られて、お見せしたところあまりに拝まれるので差しあげたと聞きました」

「三吉と角内のことですか。それはお恥ずかしい。実は有馬のイコンがボロボロなのです」

「お気兼ねなく。お役に立つなら何よりです」

監物はそれでふと思い当たった。

「伝兵衛殿、四郎殿が総大将と知られるとご一家が捕まります」

「なるほど。匿《かくま》っておきます。実は宇土《うと》（熊本藩）なのです」

「おや、大矢野ではなかったのですか。他国であれば尚更早めに」

「倅《せがれ》（小左衛門）につれて来させます。嫁の実家ですから」

空を覆う雲が厚く変わって小雨が降ってきた。監物がこれまでの礼を言った。

「最初に手紙をいただいたときは面食らいましたが、ご縁ができてよかった。四郎殿がいなかったらこれほど周知ができなかったでしょう。加えてマンショ神父をご紹介いただいて、本当に感謝に耐えません」

「いやいや、顧みれば何もかも金鍔神父のおかげです」

監物が足を止めた。

「…ご存知ありませんでしたか。金鍔神父は、夏の頃、西坂で天に召されました」

伝兵衛が声を失い、後ろから降りてきた善右衛門が嚙み締めた奥歯で顎を強張らせた。

監物が有家村に漕ぎ帰ったその日の夕方。雨がおさまった。芦塚忠兵衛が待っていたとばかりに駆けつけてきた。

「監物、有馬村の三吉と角内が四郎殿に会いに行ったらしい」

冷静な忠兵衛にしては早口だった。

「ああ、それは伝兵衛殿に聞きました」

「その帰りに捕らえられたようだ」

「えっ…」

監物の背筋に寒気が走った。

「どこで捕まった」

「わからん。拙者も聞いたばかりだ」

「それで有馬村は大丈夫なのか」

「それもわからん。しかし時間の問題だろう。あの二人は取り調べに耐えられる性格《たち》じゃない」

あの蛇のような目の代官が村の衆を数珠繋ぎにして引いていく光景が脳裏に浮かんだ。監物は忠兵衛に留守を頼んで駆けつけた。

有馬村八良尾の三吉の家に人だかりができていた。年寄りを見つけて聞き糺した。

「ああ、大庄屋様。昨日ん夜に三吉がみんなば集めてきれかイコン（聖画）ば見せよった。デウスん御影が天より降る。天草四郎様がそう仰せになったと話ば始めた。そしたら代官ば来てみんなば追い出した。ばってんイコンば拝みに集まる者がようけいて、真夜中になったら城からも来て一人残らず連れてった」

家人はもとより近所の者まで五十人が連れ去られた後だった。監物は家に残されていたイコンを見た。それまでの色褪せたボロボロのものが見違えるほどきれいになっていた。四郎様の奇跡と喧伝されていた。蘇生したイコンはこの世が生まれ変わる前兆。村人たちはコンタツを握り、あるいはメダイ（信者が持つメダル）を舌に乗せて必死に祈っていた。

夜になると噂を聞いた村人たちが、イコンをひと目見ようと集まって来た。溢れんばかりの人で到底入りきれない。数百人が家を取り巻いた。

突然外から怒号が聞こえた。何事かと思う間も無く、村代官の林兵左衛門が乱入してきた。十人ほどの役人が長い棒を小脇に構えて続いた。

「こりゃどがん集まりだっ」

虚をつかれて部屋がどよめいた。

「三吉が耶蘇教立ち帰りば喋ったぞ。そのまま動きなしゃんなっ」

監物は急いで腰の手ぬぐいを被って顔を隠した。

イコンに向かって座っていた多くの百姓たち。それを目の前にした林兵左衛門が思わぬ収穫に北叟笑んだ。

「おいおいおい、思うた以上におるじゃぁなかか」

ちろっと舌を出すと声を荒げて脅した。

「わいたち、悪魔ん祈りばしとったなっ」

固まって団子になった村人を、役人たちが四方から取り囲んだ。監物も頬被りのまま団子に埋まった。中から大声で代官に物申す声が響いた。

「とんでんなか。年貢ん納入ば相談していただけばい」

「そがんわけなかやろう。ほれ、こん絵はなんやっ」

林兵左衛門が掲げてあったイコンを手荒く剝ぎ取った。そのときイコンが裂けた。

「こがんボロ、さっさと燃やせっ」

林が息巻いてイコンをビリビリと乱暴に破り捨てた。それを見た村人たちが怒った。

「おいっ、マリア様になんてことするったい。おいたちん魂ば引きちぎるわいこそ悪魔だっ」

団子になっていた者たちが一斉に立ち上がった。包囲していた役人たちが長棒で床を叩いて脅した。しかし村人たちの人数が圧倒的に多かった。監物はそれを見て、もう止めることはない、と判断した。

「おいっ、行くぞっ」

頬被りのまま、村人たちに向かって腹からの大声で叫んだ。

「よしっ」

村人たちが代官に飛びかかった。躊躇する者はいなかった。

「何ばすっか、わいら後悔すっぞ」

代官が爬虫類のような目をぐるぐる回して怒鳴り散らした。役人たちは棒で突いて制止にかかった。しかし日頃の恨みに火がついた有馬村の百姓たちの勢いが凄まじかった。村の衆が一気に押し寄せ、寄ってたかって代官と役人たちを押さえつけた。暴動だぁと叫ぶ役人たちの手足にしがみついて動きを封じた。

誰かが手に持った薪割りの鉈《なた》を振り上げて、迷わず林兵左衛門の頭をぶち割った。叫び声とともに血潮が宙に吹き出した。鉈の男が嘯《うそぶ》いた。

「こりゃ代官所まで出かけんばいんだ、手っ取り早かばいっ」

役人たちに何本も棍棒が振り下ろされて撲殺された。

始まった。周到に準備をして一斉に立ち上がるつもりだったが、それを待たずに始まってしまった。監物はすぐに村々の庄屋に向けて檄文を回した。

『デウス様に敵対した代官林兵左衛門は処刑した。村の代官を討ち取って代官所の武器と火薬をすべて奪い取れ』

同時に口之津村の五郎作に伝令を走らせた。天草大矢野島にこれを知らせて、総大将の四郎を呼んでくるように指示を出した。

代官林兵左衛門を殺して興奮状態に入った百姓たちが、手に鍬《くわ》や鎌を持って屯《たむろ》した。篝火に集まる群衆が増え続けて千人を超えた。

監物は頭から手ぬぐいを外した。前に立って渾身の声を絞った。

「我々の目指すは島原城、敵は松倉。悪魔をインヘルノに突き落とす。イエス・キリストを待って我々のハライソ（神の国）を打ち建てる。よいかっ」

熱気が最高潮になった百姓たちが手に持った鋤や鉈を突き上げて鬨の声を上げた。その怒号は、長いこと雁字搦めだった今世が終わったという開放感、そしていよいよ神の国に向かう喜びに満ちていた。

夜明けと同時に、白装束を身につけた群衆が島原に向かって北上を始めた。勢い余る村人たちが先頭の監物をどんどん追い越していった。

有家村で忠兵衛が待っていた。社《やしろ》の鉄砲箱が大八車に乗せて運び込まれた。

「急な展開になったな」

「ああ。抑えようがなかった」

「こうなったら一気に行こう。ここから先は軍《いくさ》奉行が要るだろう」

忠兵衛が有馬掃部《かもん》と堂崎対馬を呼んでいた。二人とも有馬家に奉公していた元家臣である。白装束に具足を着け、何人もの侍衆を連れて愈々《いよいよ》の機会と気迫のこもった面構えで立っていた。

「掃部殿に軍奉行をお任せする」

監物が委ねると、掃部が嬉しそうに「思いっきり行きますよ」と答えた。侍衆を連れて堂崎対馬と共に爆発する百姓たちの先頭に出ていった。

「忠兵衛、後備えを頼む」

監物がすぐに後を追った。

監物の檄文はあとに続けと呼びかけとなり、届けられた南目の村々が応じて蜂起が始まった。南目各地で代官所が次々に襲われた。恨みがつのった百姓たちは代官を捕まえ、足を縛り上げて馬に結びつけた。尻をひっぱたくと馬は驚いてそこら中を駆け回り、引き摺り回された代官の手足が捥げて丸太のようになった。小浜村と加津佐村で三人、一揆勢はその後も恨みに任せて合計六人の代官を殺した。代官所の鉄砲と火薬が荷車に乗せて集められた。

蜂起した百姓たちはこの世の終わりを信じていた。怖いものは何も無い。加えて檄文の呼びかけによって完全に自己規制が取り外された。さらに反乱行為の気持ちの昂《たかぶ》りで暴動が加速した。奇声をあげながら意気揚々と進み、寺が目に入ると坊主を捕まえた。隠し持っていた金を奪い、武器を探し出して荷車に乗せた。

「もともとおいたちん布施金や。そればまたおいたちに貸し付けとったなんて仏ん道に背いとう。ちゃんと人ん道に返してもらうけんな」

この世の最後の開放感だった。虐げられ続けた人生で、生まれて初めて解放された喜びが身体の奥底から湧き上がった。何をしてもいい。好きなように生きている。その実感にあふれた百姓たちは嬉々として瞬間の悦楽に浸った。布津村で代右衛門、堂崎村で八兵衛が率いる村人たちが合流した。まるで雪だるまが膨らむように大きくなった白装束が北に進んだ。

有馬掃部が進行方向に立ち上る煙を見つけた。先頭を堂崎対馬に任せると、監物が追い着くまで待った。

「監物殿、煙が見えますか」

「うむ、深江の代官所だな」

「おいの地元です」

「そうだったか。村ごと立ち帰っている深江は動きが早い」

「松倉に深江城を壊された恨みが染み付いています。生半可では終わらないでしょう」

掃部は「手助けしてきます」と走り出していった。

監物が追いついて深江村に入ると、蜂起した地元の百姓たちが代官を引きずり出していた。松林の木の枝に首からぶら下げて、百姓たちがたかるように棒で殴っていた。代官はすでに絶命して反応がなかった。女も混じった白装束の群衆は、それでも手を止めることなく棒を打ちつけていた。

そこに島原を偵察してきた斥候《せっこう》（偵察隊）から知らせが入った。

「城方が出たっ」

深江衆がようやく手を止めた。堂崎対馬が指図して、率いて来た有馬衆と共に深江城跡地に集合した。白装束の一団は草むらに隠れて松倉勢を待った。

騎馬に跨った侍が兵二百余を率いて現れた。器用に馬を御す痩身の侍が左右を確認しながら近づいてきた。監物が目を凝らした。思った通り、尖った顎が見えた。

「またあいつだ。息子を殺させた多賀主水、村のコメを根こそぎ持っていった侍だ」

騎馬の侍は屯《たむろ》す白装束を見とめると大声で煽り立てた。

「白い蛆虫がおるわおるわ。どこから涌いてきたっ」

堂崎対馬の号令で草むらの鉄砲隊が銃撃を始めた。突然の反撃に驚いた馬上の侍が手を上げて進軍を止めた。初めて城方に引き金を引いた百姓たちは、それを怯んだと見た。見境なく立ち上がり怒号をあげて突進を始めた。背後の体制を確認した侍が、こんどは馬の鞭を白装束に向けて振り下ろした。松倉軍から鉄砲が放たれた。百姓たちは一斉に草むらに伏せた。

松倉軍の兵団が陣形を整えて前進した。戦闘になれば松倉軍が慣れていた。崩れた城壁の残骸では食い止めるに不十分、一揆勢は簡単に散らかった。城方がそのまま追討《おいうち》をかけた。それまで調子に乗ってきた一揆勢だったが怯えて散り散りになった。掃部が戦慄《わなな》く百姓たちをまとめようと怒鳴り回った。そのとき、海の方角でざわめきが起こった。大矢野から舟を漕いできた五郎作が舳先を浜に乗り上げ、止まるより早く四郎が駆け下りた。そのまま全力で走って深江の一揆勢の前に出た。

「四郎である。神の子たちよ、唯一なる神の存在を証明する時が来た。何があろうと怯む必要はない。デウスの名において我らに栄光あれ。続けっ」

四郎が来た！　その声が一揆勢に広がった。

「聞いたかぁ、四郎様が現れたげな」

「おいは見たことがなかばい。何処におるったい」

「あん敵軍ん正面に立っとう額んクルスや」

「そうか、おいたちんために現れたんか」

「てことは、ほんなこて天から炎が降ってこん世が終わるったい」

「そうや。松倉はみんな焼かれて死ぬったい」

白装束の百姓たちが鬨《とき》の声を上げた。士気が再燃して戦況を盛り返し始めた。

四郎が檄を飛ばした。

「この世に神はデウスだけ。それがわからん輩《やから》は城の侍といえども高来から追い出せっ」

大集団が「サンチャゴ、サンチャゴ」と連呼を始めた。次々と押し寄せる白装束の群れ。馬上の多賀主水が目を見張った。

「こいつら、切支丹なのか…」

堂崎対馬の反撃指示で城方の目の前に白装束がむくむくと盛り上がった。先鋒隊が列になって駆け出し、手製の槍を突き出した。鉄砲隊がすぐ後ろで腰を落として弾を込めはじめた。

侍が大声で馬の鞭を振り回した。

「これまでだ。城に引けぇ」

城方はとって返して去った。勢いのまま追いかける槍隊を対馬が踏みとどまらせた。

「よぉし、これまで。深追いはやめぇ」

すでに申の刻（午後四時）を過ぎていた。冬の日は短い。

「今日はもう暗くなる。深江村の衆とも初めてだ。今夜はこの辺りで休め」

対馬も掃部も百姓勢の統制に長けていた。一揆勢はそのままザワザワと動き、暗闇の草むらにいくつもの白い塊ができた。

四郎が衆人の面前に進み出た。

「僕たちはいま、まさに神の導きによってここにいます。僕たちの神はデウスだけです。そのほかを考える必要はありません。神は全てお見通しです。今日の勝利に感謝し、あしたの加護をお願いしましょう」

四郎が額のクルスを外して高く掲げた。興奮が冷めやらない白い集団が威勢良く勝鬨を繰り返した。

監物が甚兵衛に近寄って礼を述べた。

「急なことにも関わらず直ちに駆けつけていただき、さらに我々を勝利に導いていただいた。恩に着ます」

そして四郎に顔を向けて「お見事な初陣でした」と労った。

四郎は小さな笑みを見せて首に掛かったコンタツを見せた。

「父が気後れしないようにと掛けてくれました」

口之津の五郎作と四人の漕ぎ手が報告に来た。

「五郎作、よく間に合わせてくれた。どうしてここがわかった」

「舟ん上から海沿いん松ん木ん下ば北進する白か列が見えた。たまがるほど長う連なっとって、打ち鳴らす太鼓ん音や人々ん大声が海上まで聞こえた。これでは間違えようがなかとです」


翌十月二十六日。夜明け前、白い影が深江城跡の草むらから次々と起き上がった。島原城に向かって北上を始めた。小さな影が次々とくっついて集団が形作られた。足音がざあざあと大きくなった。

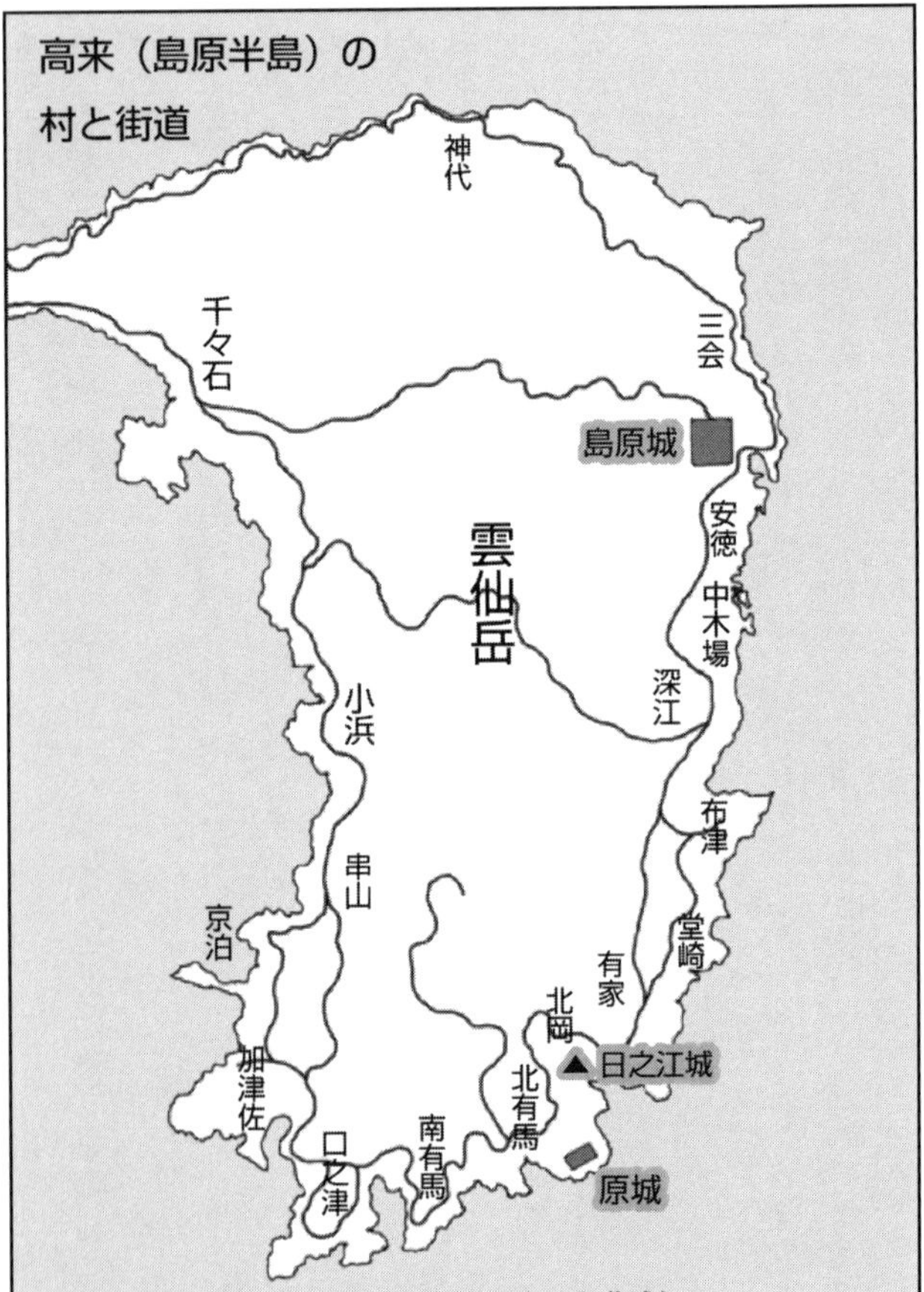

（国立国会図書館　「天保国絵図肥前国」より作成）

「……愈々だ」

監物は冷静になるよう自分に言い聞かせた。深江を出てしばらく進んで集落に入った。薄暗闇の中で、板戸の隙間から一揆勢を窺う家が見られた。

「監物殿、あの家に怪しい気配があります」

有馬掃部が道すがらの一軒を指差した。

「いまどの辺りだ」

「安徳村です」

「北に行くほど立ち帰ってない。さらに北の島原村や三会《みえ》村は、むしろ城方が多いだろう」

「高来のためにやっているというのに……引き摺り込むしかないでしょう」

掃部の配下が家に駆け込んで一家を連れ出してきた。年寄りと子供を連れた夫婦は素直だった。何も言わずに列に加わった。

「どの村にも吉利支丹を嫌う者がいる。歯向かってくることもある。無理なことはするな」

戦国時代の村は戦になるたび勝ちそうな方に味方した。形勢が逆転すれば生

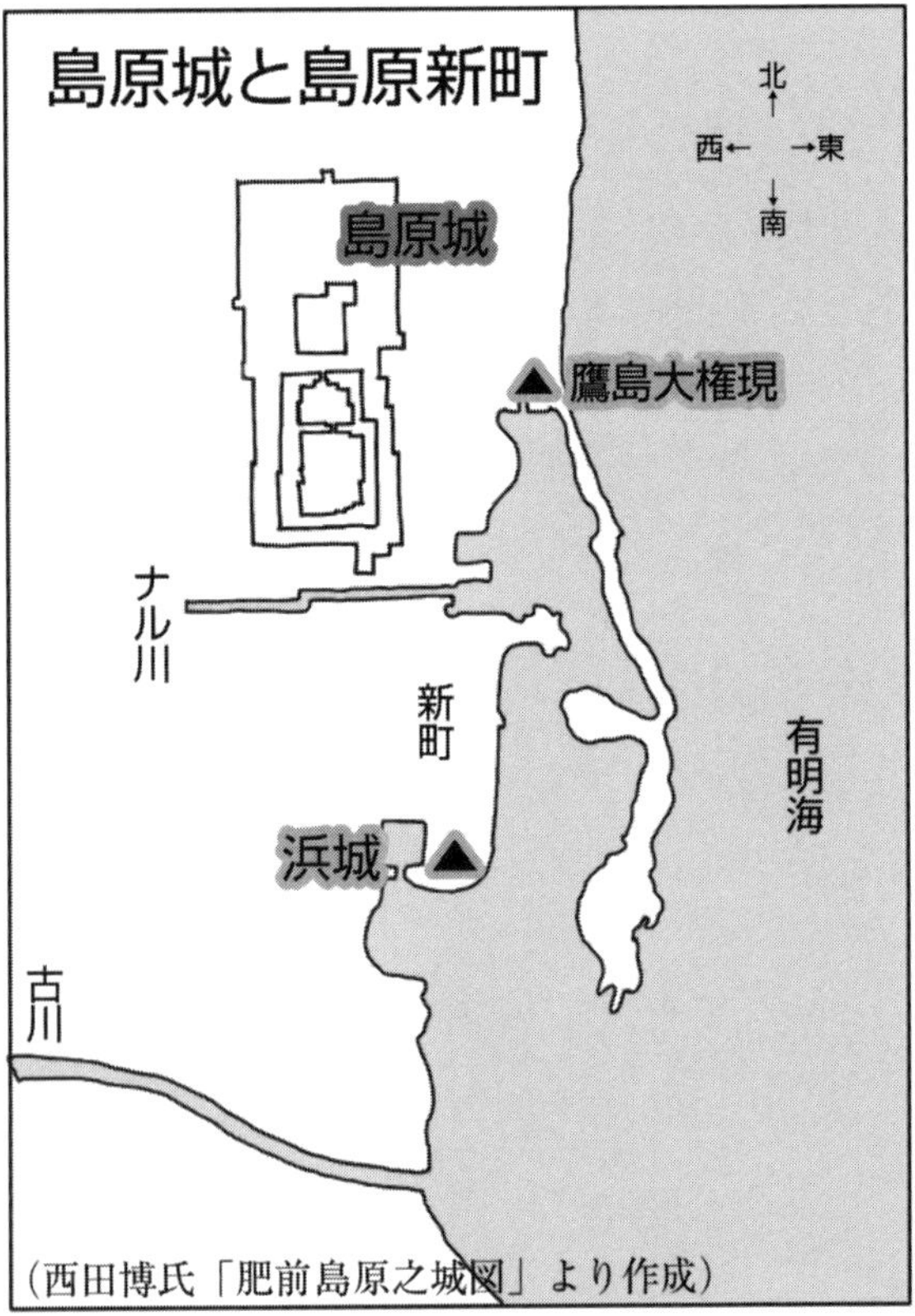

（西田博氏「肥前島原之城図」より作成）

きるために敵味方を乗り換えた。その判断は村を束ねる庄屋の大きな仕事だった。しかしいまは違う。デウスの信心に立ち帰るか、棄てたままでいるか、信じるものは個人による。村が一つになるとは限らない。マダラ模様の混沌の中でどちらにつくか。この地域の村人約四千人が個人単位で命を賭けた選択を強いられていた。

「掃部、もしあの一家が暴れたら迷わず退けること。迷う時はすでに過ぎた。心を鬼にして大事を為すのみ。心してくれ」

夜明けが近づいた。巨大な島原城の城郭が紫色に浮かんで見えてきた。その昔、入部した松倉重政が初めに居城とした島原の浜城は、海を臨む岩山の上の、砦のような小さな城だった。そこで川向こうの森岳大明神をどけて土地をあけ、そこに新しく島原城を建設した。海を埋め立てて浜城を外郭として繋ぎ、そこに新町を開発した。ほぼ十年を費やした大工事。建てた五重五層の天守閣は熊本城に比肩する高さだった。

城東から城南にかけて入江と十三町の町屋がおよそ千軒、到着した白装束の農民たちが松倉家の城下町に流れるように侵入した。鉄砲や斧を担いで寺を壊し、神社に火をつけた。「サンチャゴ」を連呼する人波が巨大な生き物のように島原の城下をうねった。手当たり次第に家々に押しかけては食料を漁り、キリシタンになるかと問うて拒否すると躊躇なく火をつけた。海に面した鷹島大権現も、伸びた白い触手が到達するや一瞬にして炎に包まれた。

「いやーほっほー。この世は終わりだ。火ばつけれ、焼き払えぇ」

城下町の民衆が大混乱となって島原城に逃げ込んだ。遅れた者は否応なく白い群れに飲み込まれた。イエス・キリストを迎えるために武器・火薬を奪ってきた一揆勢が、大義を超えた蛮行に手を染めていた。キリシタンたちは秩序を持たない暴徒になっていた。

複雑な表情で眺める四郎に監物が声をかけた。

「戦《いくさ》になればこうなる」

「デウスを信じるあまりでしょうか」

「いや、信心ではない。人の欲望だ」

「聖戦ならば神の世にいく幸せがあります」

「その通りだ。しかし命をかけた者は代償が欲しくなるのだ」

島原城の麓は至る所が火に包まれた。虐げられてもおとなしかった百姓たちがデウスの掛け声で獰猛に変身した。

「信仰が人を別人にする。しかしいまはこの怪物の力が必要だ」

監物は話を打ち切って、空になった浜ノ城に登った。十年前に息子内蔵丞の首を一瞬で刎ねた城が朝陽を受けて怪物のように輝いていた。

――島原城代家老の岡本新兵衛が連子《れんじ》窓から外を見ていた。

「主水、見てみろ。すごい数だ。みんな切支丹か」

「昨夜はこれほどいると思いませんでした。引き返したからよかったものの、へたをすれば城中まで雪崩れ込まれたかもしれません」

「切支丹の大将は誰だ」

「四郎様と呼ばれた者が突然現れて、先頭に立ったとたんに百姓どもの勢いが強くなりました」

「四郎というのか…武家が百姓を扇動しているのか」

「百姓どもがそう呼んでいました」

「五千はいるぞ。これだけの人数を集めるならそれなりの人物だろう。すぐに見つけ出せ」

城下のざわめきが大きくなった。岡本新兵衛は一揆勢から目を離さずに、

「城内は何人だった」と聞いた。

「ご存知の通り侍が八十。兵はつごう五百です。すでに外曲輪から城内に移してあります」

兵といっても近隣からの士官、戦闘の勢いを見て優勢な方に寝返ることは当たり前。まして地元村人の半分がキリシタン側についた状態では油断ならない。

「唱えを聞いて切支丹に心変わりするかもしれん。そうなっては総崩れもある。よく検《あらた》めておけ」

「…そう簡単に本丸には入れません」

主水が自分に言い聞かせるように身震いを押し殺した。

「うむ。そこが頼りだ。必ず二ノ丸門でくいとめろ。本丸に一歩たりとも入れるな」

島原城は三ノ丸まで外郭に囲まれた平城《ひらじろ》である。本丸と二ノ丸は連郭式に並

んで周囲を水堀で囲まれている。さらに本丸と二ノ丸の間に堀を跨いだ廊下橋が置かれて、いざとなったらその橋を落とせば本丸の守りは固い。

岡本新兵衛は続けて右筆（書記係）を呼んだ。

「府内（豊後府内藩）の伝蔵殿（目付牧野成純）に大事をお知らせして沙汰を仰いでくれ」

「昨夜のうちに手配してあります」

「よし。それと熊本細川家と佐賀鍋島家に援軍を要請してくれ」

「え、直接ですか」

「なりふり構っている場合ではない。これだけの人数だ。気を抜いたらやられるぞ」――

島原城図

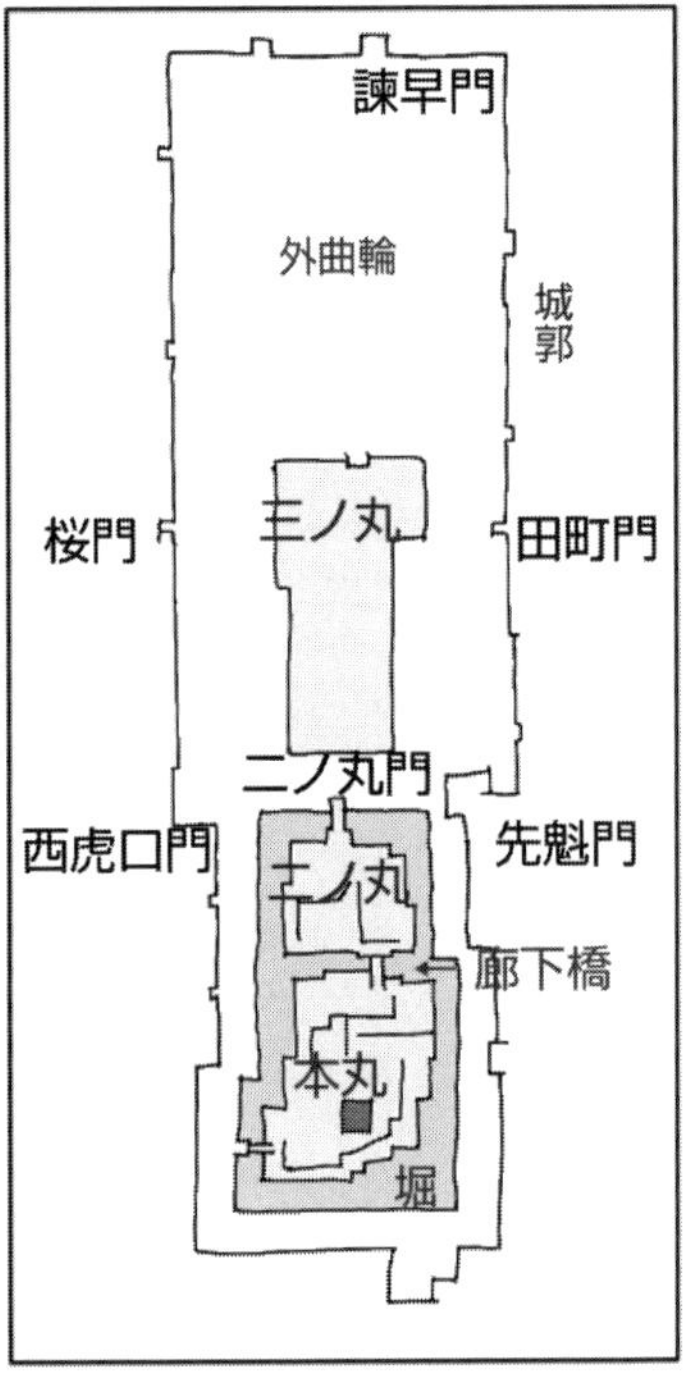

（島原城跡発掘報告より作成）

島原城襲撃@島原

島原城を取り巻く一揆勢。軍奉行有馬掃部は、水堀の外側に独立している三ノ丸を最初に狙うことにした。外から地続きで防御が行き届いていない。

「監物殿、まず三ノ丸に押して、それから二ノ丸門を打ち破りましょう」

「頼みます」

先鋒隊第一列に代官所から奪った真新しい槍が配られた。二列目以降は槍の代わりに脇差を棒の先に括り付けた。その後ろに鉄砲衆が並んだ。そして大膳が製作した五百挺に加え代官所と寺から集めた百挺、奪った火薬を積んだ荷駄隊が二手に分けられた。

跪く掃部の前に立った四郎が十字架を掲げて武運を祈った。美しい声が緊張する百姓たちの緊張を和らげた。

胸に闘志を漲らせた有馬掃部が本陣を構えた浜城から前線に降りた。

「三ノ丸を取るぞ。かかれ！」

待ちかねた百姓たちが威勢の良い雄叫びを上げると城下の侍屋敷に突っ込んでいった。左右から駆け込む百姓たちの身体に巻いた竹束（竹の鎧）がガチャガチャと音を立てた。騒々しくぶつかり合う音が百姓たちをさらに高揚させた。ここで命を落としてもすぐに新しい世になって生き返る。だから何も恐れず突き進む。猪突猛進とはこのことだった。

城下町の北側に武家屋敷、西に足軽町。屋敷は既に蛻《もぬけ》の空だった。一揆勢が抵抗を受けないまま諫早門を破って外曲輪《くるわ》を駆け抜けた。

三ノ丸の正面には城方についた安徳村が配置されていた。そこに一揆方の中木場村が駆け込んだ。隣同士の二つの村が三ノ丸門を挟んで槍を向けあった。村が五分五分に別れた三会村の百姓たちは双方に分かれた。敵味方とはいえ、迫ってくる顔見知りに突き掛けられず、翻って逃げ出す者もいた。イザとなったらどちらに付くのが有利か、それぞれが軸足を定めきれずに戦場に立っていた。

三ノ丸門の城方が狙い撃ちを始めた。しかし元気いっぱいに走り込んでくる一揆勢になかなか命中しなかった。

「おいたちは、まもられとぅ」

一揆勢の鉄砲が突撃する先鋒を援護した。槍や剣術に比べて技量の差が出にくい鉄砲は百姓の一番の武器である。日頃のイノシシ撃ちで培った百姓たちの腕前は城方に劣らなかった。時を追うにしたがってジリジリと手勢を進め、徐々に三ノ丸門に集まってきた。懲りない執念に気圧《けお》されて持ち場で寝返る城方が出始めた。こうなると城方と雖《いえど》も崩れるのが早い。一揆勢がドッと三ノ丸に侵入した。

「よし、進んだ」

手応えを感じた有馬掃部は、立木を切り倒して丸太を持ってこいと命じた。並行して城内に通じる搦手門を探させた。遊撃隊が堀の周囲を走り回って、西側に小さな虎口を一つだけ見つけた。石垣もそれほど高くない。百姓たちは呼びかけあって人数を集めた。しかし間口が狭い。攻めかかろうにもひとりが取り付くと残りの者が外側に溢れる。隠れる物陰もなく、城方の鉄砲の安易な餌食になった。

百姓たちが二ノ丸門に大きな斧を打ち下ろした。しかしカツンと乾いた音がして弾かれた。分厚い門扉は堅牢だった。二ノ丸門は平虎口（堀を渡ったところの小さな入口）である。押し込む人数が限られる。夕暮れ時の人だかりは城内から狙い撃ちにされた。倒れた者が瞬く間に門前に折り重なった。動けない怪我人を退ける作業が必要になった。城方の執拗な鉄砲にあった一揆勢の攻撃が停滞した。掃部が攻撃の手をとめ、暗くなったところでそのまま二ノ丸門を囲ませた。

城は戦乱の頃から地域の避難所で、騒乱が起これば住民が逃げ込む。早くに島原に乗り込んだ深江村の佐野源左衛門が、わざわざ三会村の十家族を連れて城内に紛れていた。掃部の手元に算段が届いた。

『頃合いを見て火をつける』

掃部はいつ火の手が上がるかと待ち続けた。しかし夜が更け、日が変わって、明け方が近づいても何も起こらなかった。

「こちらから頃合いをつけてくれる」

明るくなる寸前まで待った掃部が攻撃を再開した。二ノ丸門を囲んでいた村人たちが再び扉にたかった。昨日と同じく門扉に打ち下ろす斧の音が響き始めた。城内に響けとばかりに激しく、飽かずに振り下ろした斧の刃が門扉に食い込んだ。ここぞ、と斧を振るったところでバキンと鈍い音がした。ついに小さな穴が開いた。門に集っていた百姓たちから歓声が上がった。わずかな隙間に飛びついて覗き込んだ百姓の目がいきなり突き通された。守る城方が内側から穴に槍を突き出していた。一揆勢が怯んだ一瞬で門の穴が塞がれた。陽が昇って来た。二ノ丸門を突破できないまま、我を忘れて突進を繰り返す百姓たちは「サンチャゴ！」と絶叫して城方の鉄砲にパタパタと倒れた。

掃部が命じた丸太が運ばれてきた。六人が丸太を抱えて扉に突進した。門構えが揺れて、内側の松倉勢からどよめきが上がった。城方の銃口が丸太を抱え上げる六人に集中して何発もの銃弾が撃ち込まれた。倒れた者は乱暴にどけられて、次の六人が丸太を抱えた。扉が破れない。掃部に焦りが生まれてきた。

いきなり二ノ丸門の内側から幟が立ち上がった。百姓たちが何事かと注目した。それは幟ではなく槍に突き刺された首だった。五十個の首が次々と塀の外から見える高さに並べられた。佐野源左衛門と三会村の女子供たちの顔が、斜めに射した朝日に照らされた。一揆勢からサンチャゴの声が消えた。

監物は三ノ丸の白い砂利の上にいた。あの時のように正座して、その時の白砂利を懐から取り出して握りしめていた。砂利を踏む音が聞こえた。浜城の本陣から降りてきた益田甚兵衛だった。監物が立ち上がって襟を正し、丁重に頭を下げた。

「甚兵衛殿と四郎殿には重ね重ねお礼を申し上げたい」

「まだ終わっていません」

「そう、もうひと押しです。慌てず信じてその瞬間を待ちます」

「もし御子息の敵討でしたら、なおさら礼など不要です」

監物は黙って懐の砂利袋を撫でた。

「いえ。おかげさまでこうして島原城を追い詰めるに至りました」

「監物殿、ご無礼を承知でひと言ご注進を申し上げたい。いずれにしても既にひと晩を越えて未だ二ノ丸に入れる気配もありません。すでに二百を超える者が倒れました。これは正しい方法でしょうか」

監物は怒声の響く二ノ丸門に視線を戻した。城を包み込んだ白い怪物が厚い門扉を小さな爪で引っ掻いていた。

「…四郎殿は何と」

「正しい方法には神のご加護がある、と」

堂崎対馬が報告に戻ってきた。

「忍ばせていた源左衛門が討ち取られてしまいました」

「どうしてわかった」

「塀の内側から首が突き出されました。家の者や三会村の仲間五十人共々です」

甚兵衛の視線を背負った監物は唇を噛んだ。

「ここさえ突破すればすぐ本丸だ」

「いや、本丸大手門まで二ノ丸曲輪の石垣が続いています。入るまでわかりません。とにもかくにも二ノ丸門を破らないことには…大筒《おおづつ》があればこんな苦労は必要なかったのですが…」

その言葉を聞いた監物が刮目して対馬を見返した。

「石火矢（大砲）があれば破れるか」

「え、あるのですか」

「原城に、昔のものが仕舞われたままのはず」

「古くても錆びを磨けば使えます」

「龍造寺家に攻め込まれたときにポルトガルから仕入れて撃退したものだ。もう一度助けてもらおう」

そこに口之津村に戻った五郎作の使い番が駆け込んできた。檄文を受け取った口之津村の一揆勢が代官所に押しかけて松倉藩蔵奉行の三宅次郎右衛門を縛り上げた。三宅は命乞いをして一揆勢に寝返り、引き換えに松倉の隠し倉庫を教えた。開けてみたところ、米と、鉄砲と、そしてやけにたくさんの火薬があったという。

監物が広い背中を伸ばした。

「隠し倉庫を見て来てくれ」

堂崎対馬が数人の手勢を連れて直ちに発った。見守っていた甚兵衛が、「折り良い吉報は吉兆です」と表情を緩めた。

「忠兵衛がいたら、対馬の報告を待てと窘められたでしょう」

口之津まで海路三里、半日もすれば結果が届く。しかし待つ必要もない。監物は軍奉行の掃部を前線から呼び戻した。

「原城から石火矢を持ってくる。それまで犠牲を出さないように城を囲っていてくれ」

「いつまでですか」

「十一月十日に天草衆が蜂起する。そこでこっちも再攻撃する」

「わかりました。それであればまだ日数があります。一旦引き揚げて準備を整えるが得策かと」

「それで城を囲えるのか。兵糧を絶ってあいつらに飢えの苦しみを味わわせてやるんだ」

「攻め口がないということは奴らも出口がないはずです。気取られるような真似はしません」

帰陣の太鼓が打たれた。攻めかかっていた百姓たちにとって意外な合図だった。それでも膠着状態が続いていたから、大した疑問も持たずに戻ってきた。

白い怪物が摑みかけていた城から爪を離した。

　まだやる気に満ちている一揆衆の前に四郎が立った。

「ここまで二百を超える友人たちの魂がこの世を去って煉獄にあります。しかしデウスは僕たちの働きを見てくださいます。御言葉を信じ、同胞の魂を救うために祈りましょう。後生の扶かりに通じる真の道を忘れず、デウスを信じ、奉じ、頼り、この世でなすべき正しい行いを続けましょう。続けていればいつか神の国に至ります」

　監物が締めくくった。

「神のお導きによって近いうちに再攻撃に来る。各自怠りなく備えてくれ」

　百姓たちが少しずつ引き揚げた。汚れた白装束を引きずった泥まみれのキリシタンたちは意気揚々と目を輝かせていた。仲間を殺されて気持ちがおさまらない百姓たちを、有馬掃部が居残り組に集めて、島原城を睨む三方を鼎《かなえ》型に囲ませた。

　四郎が監物に複雑な目を向けた。

「信仰の名の下に身を委ねた村人たちが、いつのまにか手の届かない白い怪物に化けてしまった。驚きでした」

「私も白い怪物を利用しようと考えた時から城攻めが自分の復讐にすり替わってしまいました」

甚兵衛が「無闇な犠牲を出さず石火矢と火薬を揃える監物殿の判断は正しいと思います」と敬意を向けた。

「不躾ながら信心深くない私は現実の最善を尽くしてよしとしてきました。信じて待つといえば聞こえがいいが、さきほどは三ノ丸の砂利の上で意地に囚われていました。現実の最善ではなく、信者の命を自分勝手に扱っていたのです」

監物の頭の濁りが水晶のように透明になっていた。

島原城から引き上げた百姓たちは、城方の詮索に備えてしばらく周辺の山に隠れた。しかし有馬掃部に囲われた島原城は貝のように閉じこもったままだった。村人たちはまるで砂浜の蟹のように村に戻ってきた。監物の指図通りに古い槍先を研ぎ、具足を陽に当てて次の城攻めの準備に精を出した。

有家村に戻った監物は、松倉家の隠し倉庫を検分に行った堂崎対馬の報告を聞いた。

「口之津倉庫に鉄砲や火薬、それに米俵が山積みされていました。三宅次郎右衛門殿（一揆側に寝返った松倉家の蔵奉行）に手勢を預けて倉庫を見張ってもらっています」

「そうか、本当だったんだな。これで目処が立った」

想定通りの状況に満足し、留守を守っていた忠兵衛と次の相談を始めた。

「十一月十日に島原城を再攻撃する」

言い張る監物に忠兵衛が疑問を質した。

「監物、これから援軍が集まって来る。難儀じゃないか」

「武家諸法度の禁を犯してまで、誰があんな藩主を助けに来るものか」

「公儀からご下命が出れば厭でも腰をあげる」

「それまでに攻め落とす」

それならばと忠兵衛が江戸からの帰国日程を数えた。

「早飛脚の知らせが江戸に届くまで十日、長門殿が急いで島原城に戻って十五日、都合二十五日というところか」

「それから援軍を集めるとなれば十二月になる」

「では再攻撃ができるか」

忠兵衛は質問がなくなって筋の通った鼻尖《びせん》を掻いた。

「その前に十一月十日だ。天草衆が蜂起する。大混乱になれば援軍も簡単ではなかろう」

「ふむ。では下手に動かず準備だな」

忠兵衛が納得したところで、監物は大量の鉄砲を追加注文した。

「大膳に払うカネは足りるのか」

「年貢に取られなかったコメがあるじゃないか」

「そうだった。年貢が転じて松倉家を叩く。これは愉快だ」

島原城に張り付いていた有馬掃部が報告に戻ってきた。

「城は閉じたまま動きがありません。たまに兵糧米の調達に出てくるので飢え始めたと思われます」

「そうか。苦しめばいい。しっかり囲ってくれ」

「江戸から藩主が戻るまでに干し殺しにしてやります」

「北目（北部地域）の村はどうだ」

「城方についてますがこっちには仕掛けてはきません。逆に血気盛んな者どもが安徳村を襲いました。また三会村のなかで立ち帰らなかった者たちといざこざが起こっています」

「城方がそれを見て出張ると火種になりかねない。おかしなきっかけを与えないように三会村の衆をこっちに連れてきてくれるか」

「千人を超える人数です。どこに連れてきますか」

「原ノ城で石火矢を探すから手伝ってもらいたい」

麦も植えず、代官所に干渉されることもなく、年貢を納めず催促されることもない。

「これが生きてるってことか」

村人たちは未だ経験のなかった不思議な時間に出合った。胸に湧き上がる幸せは未知のものだった。率先してデウスに感謝を捧げ、二度と耶蘇教を棄てないと誓紙を認《したた》めて四郎のもとに列をなした。

南目に集まったギラギラした目の百姓たちが三千人にのぼった。騒ぎ出さないように堂崎対馬が槍や弓を教練した。百姓たちは嬉々として次の攻撃に備えはじめた。

忠兵衛は原ノ城で石火矢を探し始めた。三会村から来た温厚な信者たちが手伝った。軌道に乗った百姓たちを見た監物は、以前にマンショ神父に紹介された長崎の信者殿に会いに出かけた。

転びバテレン@長崎

十一月四日、監物が長崎に移動した。土地に明るい益田甚兵衛・四郎父子も、信者に会うと聞いて二つ返事で同行した。

十一月六日、長崎。坊主ならぬ商人の格好をした三人が指示された古町に向かった。若い四郎は丁稚を装った。

古町は長崎の興隆に合わせて筑前博多の柳町から遊女が集まっている界隈。昼間から香に誘われた遊客たちの流れに紛れて約束の場所に行った。身なりのいい老人が二人立っていた。侍の風体である。もし何かの罠であればすぐ逃げる、と心構えを申し合わせてから、監物が合言葉を投げた。

「長崎殿でしょうか」

背が低い老人が上目遣いで三人を品定めした。

「島原殿でしょうか」

監物は少し緊張を解いた。

「初めてお目にかかります。マンショ神父にご紹介いただいて参りました有家監物と申します。こちらは益田甚兵衛とご子息の四郎です。トマス殿でお間違いないですか」

「はい、今は荒木了伯と言います。元キリシタンでした」

小さいながらしっかりした体格からの低い声だった。監物は『元キリシタンでした』という二つの過去形に奇異な印象を受けた。四郎も同じように思ったのか幼い眉を上げた。

荒木と名乗った男が連れを紹介した。

「これは後藤了順と申します。おいと一緒に動いている者です」

痩せて背が高い男は、蟷螂《かまきり》のような三角の顔で、同じく元ミゲルです、と名乗った。

「こちらでお話ししましょう」

荒木が揚屋《あげや》のある路地に導いた。こじんまりした家の木戸を開けると、婆ぁと顔なじみの様子で「部屋を一つお借りします」と言って返事も聞かずに上がり込んだ。監物たちも警戒しながら荒木のあとについて薄暗い階段を二階に上がった。廊下の突き当たりの部屋に入って襖《ふすま》を閉め、対面で座ったところで、打刀を置いた荒木が口を開いた。

「自分は奉行所のものでして…」

そら来た！

甚兵衛が脱兎のごとく立ち上がって廊下に出る襖に手を掛けた。そこにミゲルと名乗った蟷螂男が立ち塞がった。甚兵衛が「四郎っ」と声を上げて監物と二人で押しのけようとした。

「ご安心くださいっ。捕えにきたわけではないです」

うしろから荒木の低い大きな声がかかった。

「おいの言い方がよくありませんでした」

慇懃に謝って座布団に戻るように促した。二階に上がったことを後悔した監物だったが、小西神父の紹介だったと思い直して、襖の奥に誰かいないか気にしながら静かに座った。

「おいは転びバテレンです。トマス荒木と名乗っていました」

転びバテレン、と言うことは元神父か。

「それがどうして奉行所にいらっしゃるのですか。金鍔神父のように潜り込んだのですか」

荒木がにこっと笑って用意していたような説明をした。

「奉行所に捕まって過酷な取り調べを受けました。ひと月くらいで転びました。しおらしくしたせいか、耶蘇教も南蛮語もわかるところを買われて長崎奉行だった権六殿（長谷川藤正）と河内殿（水野守信）に便利に使われました」

「悪名高い采女正《うねめのかみ》（竹中重義）殿も…」

「よくご存知で。奉行所では切支丹の取り調べに立ち会っています。外国からの宣教師を捕まえたときは、棄教させるか死ぬか、どちらかの結論になるまでやりました」

平然とした低い声だった。監物の表情が曇ったところを見て言い添えた。

「ははは。これでも奉行所からすれば得難い人材なのです。この後藤と、同じく転んだ沢野忠庵と共に幕府方として働いています」

「沢野…どなたですか」

「沢野忠庵はフェレイラ神父の日本人名です。お聞きになったことはありませんか。中浦ジュリアンが吊るされた時に転んだ元イエズス会日本管区長です」

淡々と話す口調に悪びれる様子がない。監物は戸惑った。この人物は敵か味方か。

「荒木殿、私どもはマンショ神父からご紹介いただいてここにきました。それでお間違いないですか」

「間違いありません。疑ってますか」

疑問が晴れない監物が質問を変えた。

「マンショ神父から、どんなお話だったのですか」

「マンショが突然現れたのです」

「いつのことでしょう」

「つい数ヶ月前です。処刑された金鍔神父からおいのことを聞いていたそうで、信心に戻りたいのであれば監物殿に会ってみたらどうかと誘ってきました」

「信心に戻りたい…」

「おいは奉行所に二十年近くいます。こんなことを続けるには十分な時間でした。最後はまっとうな信者に戻ってこの世を終えたいと思っています」

　単に長崎の知人を紹介いただいたと思っていた監物は、必要以上に警戒していた自分を恥じた。マンショ神父は自分の覚悟を聞いてから、わざわざ荒木殿を訪ねて長崎の手がかりをつくってくれたのだった。

「マンショ神父とどういうお知り合いなのでしょう」

「はるか昔です。マカオの神学校で日本から来た若いマンショに出会いました。純粋な少年で、神の信心が禁じられる日本にいたくないと言っていました。しかしいかにせん日本人は同宿《どうしゅく》（下働き）止まり。一緒に来た原マルチノと二人してローマに行くように勧めたのです」

「あ、ローマで叙階されたとおっしゃっていました」

「おいもローマで神父になって帰って来たところでした」

　監物の眉が再び上がった。平然とローマを口にする目の前の小さな老人はいったい何者なのか。あまりに自分の知らない世界に接して気が遠くなりそうだった。

「それで、私どものことをどうお聞きになりましたか」

「高来に世の終わりを信じ、イエス・キリストの降臨を迎えようとする人たちがいると」

「奉行所のお立場からすれば、けしからん戯言《たわごと》でしょうか」

「戯言というか、あり得ないと思っていたところに切支丹一揆が起こりましたから、とにかく驚きました」

「我々がその張本人です。信徒を束ねて一揆を起こしたきっかけは松倉家の非情な取り立てでした。そこにアニマのたすかりを望む村の者たちがこぞって耶蘇教に立ち帰り、結果的に五千人を超えました」

「高来に五千人の信者がいたなど、到底信じられんことです。焼け棒杭に火種が残っていたというわけですか」

「近年の凶作続きで痩せ衰えて、それでも藩主から収穫以上の重税を課せられます。村の者たちは窓から囲炉裏まで塞いで暗闇で生きています。どこにも行き場がありません。もはやこの世の終わりが近いと誰もが思っています」

　蟷螂顔の後藤が監物に尖った顎を向けた。

「一揆のことは各方面に連絡が回っています。長崎では切支丹が襲ってくると噂が出て、大村藩が警備兵を倍増しています」

　感情なく言葉を一言ずつ区切るような話しぶりだった。それを受けたように、荒木が「勝算はありますか」と聞いた。

　すかさず甚兵衛が反応した。

「島原に続いて天草で蜂起を考えています」

「…本当ですか」

「拙者と倅は大矢野島の者でして、先んじて島原の蜂起に参加しました。間も無く天草でも蜂起が始まります。そして長崎でも、とご相談したくてきょう伺っている次第です」

「高来のように追い詰められているわけではない天草が蜂起とは、どういうことでしょうか」

　父より早く、四郎が口を開いた。

「まもなくデウスを奉じる者だけの世界になります」

　唐突に美しい声だった。蟷螂の三角の顎が少し動いた。

「それは純粋な理由です。しかしそれで村人が反逆するのですか」

「僕たち天草の民は一度棄てたことを本当に後悔しているのです。寺沢家の治世が終わるとなれば、信者でなければ神の国に行かれないのです」

親子が同行してきた理由がわかった。荒木が三日月のように目を丸めた。

「お若いの、その通りです。ただし、うまく立ち上がればの話です。失敗すれば奉行所として取り押さえに行きます」

四郎が父に振り返った。父甚兵衛は落ち着いていた。

「荒木殿、神の加護によって天草が生まれ変わります。信者ならば奉行所で秘密を守ってください。神に誓う約束です」

「もとよりマンショが持ってきた話です。蔑ろにはしません。約束します。首尾よく天草が蜂起を果たしたときは、我々も長崎でひと働きしましょう。信心に戻る機会になると期待しています」

荒木がそう言って後藤を振り返った。

「浦上かな」

「この話を聞けば大喜びです」

笑わずに頷いた後藤。監物が確かめるように聞いた。

「どういうところですか」

「浦上は以前に宣教師が潜んでいた小さな地域です。信心組が自分たちで暦《こよみ》を持って決まった時に決まった事を守っています」

「いまだに続いているのですか」

「閉鎖的で他に広がる心配がないので奉行所はそのまま置いています。穢多《えた》の部落を間に置いて監視させていますが、彼らも実は信者です。事が起これば同調するでしょう。加えて長崎の牢を開ければ捕らわれている信者も合流します」

　そう言った後藤が「牢の鍵は手元にあります」と付け加えた。そうだった。浦上村は天領（幕府の直轄地）で長崎奉行所の管轄、長崎代官所の二人は強い味方になる。監物はマンショ神父の深慮に改めて感心した。

「ところで唐津の軍勢二千が富岡城に向かうそうです。奉行所に知らせが入っています」

　後藤の冷たい一言が三人を現実に引き戻した。富岡城と聞いた益田甚兵衛の息が止まった。

「…それは、島原藩への援軍ですか」

「いえ。天草に一揆の疑いありとする派兵です。間も無く唐津を出港します」

「…どういうことだ」

天草はまだ動き出していない。唐津から兵が来るわけない。甚兵衛の頭に疑問ばかりが渦巻いた。

「二日もすれば富岡城に到着するはずです」

甚兵衛の顔色が変わった。見て取った荒木が、「考え直しますか」と聞いた。

四郎が再び父を差し置いて答えた。

「いえ。神の御心に沿って始めたことです。藩方の到着などお見通しのこと、神がお見捨てになるはずもありません」

後藤が三角の顔を傾けた。

「二千の軍勢です。どうやって対抗しますか」

四郎は後藤ではなく監物に目を向けた。

「有家村で二度と信心を棄てない、と僕に誓った人がたくさんいました」

「その通り。四郎詣でに列ができていました」

「有家村に御組はありますか」

「南目のサンタマリアの御組と名乗っていました」

「大矢野村と上津浦村にも御組があります。御組では自身のヒイデス（キリストの教えの信仰）を共にする信者が助け合って生きていくのです。僕たちは海を隔てても同じデウスを奉じる信者です」

違いますか、と問いかけた四郎の清らかな瞳に、監物がスッと吸い込まれた。

堂崎対馬に血気盛んな者たちを鍛錬させたことを思い出した。

「有家から援軍を出しましょうか」

四郎が「お願いいたします」と頭を下げた。そして言葉を飲んだ甚兵衛に
「父様《とと》はすぐに大矢野に向かってください」と促した。

「おまえはどうする」

「僕は有家村の皆さんとあとから参ります」

父親に小気味良く指図する四郎に、再び目を三日月に丸めていた荒木だったが、ふと真顔になった。

「もしかして噂の少年大将殿ですか。島原城で少年が切支丹を率いていたと聞

いたが…」

「はい。有家村と大矢野村から頼まれたので引き受けました」

荒木の顔が温和に緩み、曇りが晴れたような満足が漂った。頭の中で嘘だと思っていた話と目の前の少年が繋がった顔だった。

「噂は本当だったのですね。素晴らしい指導者が現れたものです。戻る前に祝福を与えます」

荒木がそう言って名を聞いた。

「フランシスコです」

跪く四郎の頭に手を置き、額に十字を切って神の加護を祈った。笑わなかった後藤の口角が初めて少し緩んだ。

監物は何か一段上がって目の前がひらけた気がした。

「甚兵衛殿、長崎に同志ができれば間違いなく強力な味方になります。火薬、石火矢、そして長崎の同胞。思っていた以上の準備が整いました。大矢野松右衛門殿が語っていた通り、有明海の入口三角地域に神の国を確保できます」

「それにはまず唐津藩を打ち返さないと」

「我々の運命の時が近づいています。島原城の再攻撃を遅らせて天草に応援を出します」

三人が茂木の船着場に戻ってきた。甚兵衛が急いで大矢野島に帰っていった。見送った四郎が監物に話しかけた。

「監物殿、僕は荒木殿に少し違和感がありました」

意外な感想だった。

「天使のような四郎殿に、苦手があるのですか」

「荒木殿の話は何が本当なのかわからなくなりそうで、信じる神がおぼろに感じます。いま僕たちはヒイデスについて心の隙間を作ってはいけないと思うのです」

監物は、四郎がすこし大きくなったと思った。

第三章　天草一揆

啖呵@大矢野村

大矢野村に島原の騒動が伝えられると、村の者を煽り立てて無人の寺に火をつけたり、勢いづいて旗指物を掲げて闊歩するなど、大矢野に不穏な輩《やから》が跋扈するようになった。

「始まってしまったのか。ひと月近く早い」

千束善右衛門が苛立ちを抑えるように膝を揺すり始めた。伝兵衛は気が気ではない。

「お城（富岡城）がこっちに出張ってくるんじゃなかろうか」

「そう狼狽えるな。城の兵は少ない。島原城で騒動と聞こえてもしばらくは様子見だろう。それよりこっちはどのくらい集まりそうか」

「御組（大矢野と上津浦）あわせて三千というところですか」

「四郎殿がおらずに富岡城まで行けると思うか」

「…難しいでしょう」

「そうだろう。ここは慌てず、四郎殿が戻るまで待つことにしよう」

腹を据えた善右衛門は、その場で同志たちに向けて「富岡城の動きに目を光らせているよう」に指示を出した。


十一月六日の夕方、消えてしまった益田父子を待ちわびていた渡辺伝兵衛が思わず喜びの声を上げた。

「おお、甚兵衛殿ぉ。やっと戻ってくれたか。二人がいなくなってから…」

「伝兵衛殿っ、そんなことより、唐津の軍勢がやって来ます！」

走って来た甚兵衛の息が収まっていなかった。伝兵衛が息を呑んだ。

「…そうか、今度は唐津藩か」

甚兵衛は落胆する伝兵衛に拍子抜けした。

「どうしました…伝兵衛殿、一大事です。二千の唐津軍がここにくるのです」

「実は、息子（小左衛門）が捕まった」

「なんですと」

「一家を連れに行って、熊本藩に…」

「え、宇土で捕まったのですか」

甚兵衛がしばらく声を失った。

「しかし実家《うち》を訪ねただけで捕まるものですか。もしかして密告…」

「いや、そうじゃあ無いんだ。実は大変な知らせが来た」

伝兵衛が経緯を語り始めた。


――きのう（十一月五日）の昼過ぎ、見知らぬ男が一人で訪ねてきた。

「宇土江部《えべ》村ん庄屋次兵衛んところん弥兵衛て申します」

江部村（熊本県宇土市）は益田甚兵衛の在所である。大矢野島から海を隔てた熊本藩の領地になる。

「益田甚兵衛殿はこちらにおんなはるか」

男が慇懃に尋ねた。隣の国から藩境を超えて村の使いが来るなど尋常ではない。警戒感が勝《まさ》った伝兵衛は努めて平静に答えた。

「…いや、おりません。何でしょうか」

「江部村から益田甚兵衛親子ん姿が消えまして探しとります。こちらにおんなはるて聞いて罷り越した」

伝兵衛は怖くなって咄嗟にしらばっくれた。

「甚兵衛殿は滅多に来ませんが」

「では、もし見かくることがあったらこん手紙ば渡してはいよ」

弥兵衛と名乗った小男が丁重に二通を差し出した。一通は江部村庄屋次兵衛から自分宛、もう一通は付け紙に『渡辺小左衛門から益田甚兵衛殿』とあった。

「戸馳村（大矢野島の隣の小さな島。熊本藩領）に使いば待たするけん、一両日でご返事ばいただきとうお願いします」

上目遣いに顔を覗き込まれた伝兵衛は狼狽える姿を見透かされたかと心臓が縮んだ。しかし弥兵衛はそれ以上何も言わずに引き上げていった。視界から消えてから、もどかしい手で封を開けた。

『ご子息小左衛門殿が実家見舞いに来られた折に切支丹の穿鑿があり御奉行がお留置されました。益田甚兵衛親子が戻れば小左衛門はお返しなされる。少しでも早く戻してください。

大矢野村大庄屋渡辺伝兵衛殿　江部村庄屋次兵衛』

小左衛門が宇土で捕らえられた！

伝兵衛の背筋に悪寒が走った。間違いなく小左衛門の字だった。しかしこれは現実なのか。伝兵衛は目眩がした。

「拙者と四郎を江辺村に戻せ、ということですか」

伝兵衛は黙って付け紙のついた二通目を渡した。甚兵衛は付け紙に書かれた自分の名前をじっと見て封を開けた。

『切支丹検《あらた》めがあって甚兵衛親子が帰らないと戻してもらえない』

「ふく（小左衛門の嫁つまり甚兵衛の娘）と吾子も、ですか」

「恐らく。家を確かめたら閉まったままでしたから…」

「わざわざ実家に行って共に熊本藩の手に落ちたわけですか」

「…小左の不調法で申し訳のしようもない」

「それで、大矢野の皆さんはどのように仰っているのですか」

「いや…まだ話していない」

「え、なぜ」

「こうなっては蜂起を見送らざるを得ないだろう。そう思うと言い出せなくて……」

「何を言っているのですか」

「わしは逃れられんだろうけど、見送れば村の者たちが助かる。その方がいいんじゃないかと思う」

「ここは熊本藩とは違う。他国領まで来るとは限りません」

「…来なければ取り決めた通りに立ち上がる。だからこれはわしだけ知っていればいいのだ」

「伝兵衛殿、その妙な理屈はよくわかりませんが、とにかくふくの家を見て来ます」

　翌日（十月七日）朝。甚兵衛が力無く現れた。

「自分で出たのでしょう。きれいに片付けられていました。誰もいない暗闇でふくを待っていたら、いつのまにか朝になりました。どうやらお話は本当ですね」

「申し訳ない…」

「一通目の江部村庄屋殿の手紙を拝見できますか」

奥から持って来た手紙を受け取った甚兵衛が、一言ずつ区切って声に出して反芻した。

「実家見舞いに来られた折に…と書いてあります。つまりマルタ（甚兵衛の妻：四郎の母）、お萬（四郎の妹）、それにおふく（四郎の姉：小左衛門の妻）と小平（小左衛門とおふくの子）が捕らえられた…そしてこの手紙を書いた次兵衛（江部村庄屋）殿も捕まった…」

しばらく考えた甚兵衛が深く息を吐いて手紙を返した。

「伝兵衛殿、もう結構です。拙者がこの仕事に関わるべきだと決心したのですから、何があっても覚悟のうちです。小左衛門殿が迎えに行かなくても、いずれ家の者に償いようの無い迷惑が及ぶこともわかっていたはずです」

笑顔の甚兵衛の目が泣いていた。

「拙者の話に戻しますがよろしいですか。長崎奉行所が言うには、島原の応援ではなく、この天草に不穏な動きがあるとして二千が派兵されたそうです」

伝兵衛は言葉が出ずに小さな目をしょぼつかせた。

「こちらが動く前に、唐津本藩から兵が来るなど、どうにも不可解です」

「……言いにくいが心当たりがある」

甚兵衛の眉が思い切り上がった。

「まだ何があるのですか」

「高来の一揆を見た富岡の城代家老が本渡《ほんど》に出張《でば》ってきたのだ」

寺沢家の天草統治は、富岡城を本拠として天草諸島の三か所（本渡・河内浦・栖本）に郡代官を置いていた。地侍を中心に総勢五百人が配置され、富岡城の三宅藤兵衛城代家老がそれを束ねていた。そのうちの本渡は天草上島と下島を繋ぐ要所である。

「それで本渡で何かあったのですか」

「本渡で切支丹の唱えをする一家を捕まえ、マリアの生まれ変わりと騒ぐ女を簀巻きにして首を切ったと聞いた。島原一揆に呼応する輩があちこちに現れたので様子を見て回ったものと思う」

「その程度のことで本藩に応援を仰ぎますか。しかも二千です。何か我々の蜂起を察知したに違いありません」

伝兵衛が小さな口をモゴモゴ言わせた。

「それも小左なのだ…」

甚兵衛は刮目して息を飲んだ。

「…宇土に行く前に、栖本の代官所で啖呵を切ったらしい」

「いったい、どういうことですか」

「さきおととい（十一月四日）、小左の遊び仲間の杢右衛門《もくえもん》を見かけたので声をかけた」

「捕まったと知る前ですか」

「うむ、宇土に行ったまま何日経っても戻ってこないので気を揉んでいた」

伝兵衛が、長い話になるが、と言って訥々と話し始めた。

「おいっ、杢坊。小左は一緒じゃないのか」

「こりゃ大庄屋様。おととい栖本《すもと》（天草諸島の中南部）で別れたとです」

「栖本だと…反対方向じゃないか。何しに行った」

　杢右衛門はキョトンとして、「ご存じなかったと。みんなして代官所に行ってきた」と答えた。

「嘘を言うんじゃない。宇土に行っているのだ。栖本の代官所に行く用などない」

「あん証文ば返してもらおう、て言い出して、おれたちば引っ張り出したとです」

「何、本当なのか。何人で行ったんだ」

「五十人くらいやったて思う」

「それで、何事もなかったのか」

「はい。栖本代官所に着いて面会ば頼むと中庭に通されて、代官が出て来らした…」

「大矢野村がこんな大勢で来るとは何事だ」

　代官の石原太郎左衛門が出てきた。小左衛門が訴えを始めた。

「おれたち大矢野村は税の重さに耐えきれません」

「何かと思えば、そんなことを言いにきたのか。上納の直前だぞ」

「聞けば唐津では収穫を見て決めていらっしゃるとか。大矢野も同じようにお願いできませんか」

「お前ごときの言うことではない。すぐに帰って本途物成（年貢米）の用意をしていろ」

「いや、もう納められません」

「おいおい、何事だ」

「ないものは払えません。もう納めないことにしました」

代官は、小左衛門が錯乱したと思ったようだった。

「これまで収穫が不足した穴埋めにウチの銀を使ってきました。しかしこの凶作続きで底をつきました」

「そんなこと、聞く耳持たん」

「お役人がおいでになっても、もう納められません。いたぶられて殺されのが怖かったのですが、でも、覚悟ができました」

小左衛門が明るく嬉しそうに言ったので、代官は不思議がって聞いた。

「覚悟とはどういうことだ」

「最近、天使が現れて前触れがありました」

「天使だと」

「はい。望みのないこの世が終わってデウスの御代になります。おれたちはこれまで米を差し出し、城の普請に働き、領主様の言いつけをすべて守ってきました。正しくつとめて来ましたからアニマ（魂）を扶《たす》けていただけます」

「お前、自分で言っていることがわかっているのか」

「わかっています、だから覚悟していると申し上げました。今日は大矢野村の転び証文を返していただきたいと思って来ました。この世はもう終わるのでお返しいただけなくてもこだわりません。おれたちはデウスの信心に立ち帰ることにいたします。その旨、しかとお伝えいたします」

「聞き捨てならん。村の庄屋として来たのか」

「この大勢です。お判りいただけると思います。おれたちは寺沢家の飛び地支配から解放されて神の国に参ります」

大矢野村の有志たち五十人はそれで代官所を出た。それで小左衛門だけ分かれて栖本から宇土に向かったと言う。

伝兵衛がそこで言葉を止めた。甚兵衛が食いつくように聞いた。

「いつのことですか」

「十月二十七日だそうだ」

「その結果、栖本代官所が富岡城に駆け込んだ。そして富岡から唐津に派兵要請が出た…」

「…おそらく」

甚兵衛は考えをまとめようと身体を前後に揺すった。

「不可解の裏に大変なきっかけがあったわけですか…。大事の直前に、絶望的な状況になってしまったわけだ」

「これは誰にも話してない」

天を仰いでいた甚兵衛は呆れた。

「伝兵衛殿…それでは済まないです」

「いや、代官所は来ていない。わしの腹におさめている」

「いいですか。栖本どころか富岡城が出張ってきます。あと数日で目の前に唐津本藩が来るのです。しかもそれを長崎奉行所が知っているのです。何をボヤッとしているのですか」

「甚兵衛殿、そう言ってくれるな…」

「ここで思い詰めていても何も進まんでしょう」

「熊本でも唐津でも、来ればわしだけで済む…」

　息子の小左衛門がちょろちょろ動いたおかげで熊本藩と唐津藩に知られた。伝兵衛はそう言って丸い頭を抱えた。

「甚兵衛殿、巻き込んでしまって申し訳なかった。宇土のご家族までわしが命を奪ったようなものだ。取り返しがつかないことで、もう言葉がない」

　伝兵衛は両手をついた。甚兵衛に詰《なじ》られるはずだった。しかし額をつけて体を震わせる伝兵衛を見おろす甚兵衛の言葉は自然だった。

「伝兵衛殿、拙者は無学な一介の信者ですが、四郎に、正しいことをしていれば神様が見ている、と教えてきました。生きている間には信じられない形で自分の運命が変わることがある。そのとき正しいと思えたらあとは神様に委ねていい。そう言ってきました」

「…」

「いま、伝兵衛殿は大きな影響があることを誰にも伝えずにいます。ひとりで運に身を任せることは伝兵衛殿にとって正しいことですか」

伝兵衛が身を起こした。

「わしは、この身がどうあれ村が助かるようにするのが務めと思っている。それが正しいことだと思っている」

甚兵衛がゆっくりと話し出した。

「努力を尽くしたなら神が見守ってくださる。しかし何もせずに時間を過ごしている伝兵衛殿の態度は、神からいただいた御大切を蔑《ないがし》ろにしていると思うのです」

「神の御大切を蔑ろ…甚兵衛殿ほどではないかもしらんが、わしもデウスを信奉する身だ。だからこそこうして踏み出した」

「伝兵衛殿、拙者が思う御大切をお話しします。誰にも話したことがありません」

伝兵衛は何のことかわからず反応できなかった。

「実は、拙者も一度だけあの方のお声を聞いたことがあるのです。夏の暑い日、四郎が生まれた時でした。正確に言えば四郎が生まれる前の夜、あの方が拙者にこう仰いました」

伝兵衛が視線を上げた。

『多くの純粋な信徒が教えに殉じた。代わりに子を授ける。もし私の声を聞き、私の約束を守るなら私の宝となる』

伝兵衛の背筋に冷たいものが流れた。

「それは…西坂（元和の殉教）のことか」

「そうです。十五年前の夏、拙者は長崎にいました。そのときあの方が四郎を下さったのです」

「まさに御大切《おたいせつ》（御慈悲）…」

「はい。あとで御大切を教えられてそう思いました。あの方は先に四郎を下さったのです。伝兵衛殿にもそういうことがあったと思うのです」

「わしは大矢野家に仕えて入信したが、そのような覚えはない」

「間違いなくあったはずです。あの方が先に与えてくれたから、いま伝兵衛殿は懸命に責務を果たそうとしているのです」

「…強いてあげれば、仕えていた大矢野家が小西家に降った折に故あってこの島の庄屋になった。そのときは運命だと思った」

「そのことかもしれません。それが何かは伝兵衛殿だけがわかることです。大事なことは御大切があったから責務を果たしていることとです。苦しい時は自力で自分を救えるものではありません。御大切に信心を持って正しいことをして、そして救いを求めればいいと思うのです。何もせずに御恵みを願っても顧みていただけません。だからみんなに聞いて貰えばいいのです。そして良い道を探り出すことができれば、それこそ神が見守ってくださる正しい行いです」

伝兵衛のしょぼついた目が助けを求めるように甚兵衛を見た。

「伝兵衛殿、これからの方が長いのです。まず拙者の報告をきいてもらえますか」

甚兵衛はそう言って安心できる微笑みを向けた。

「唐津からの軍勢に対して、高来の監物殿が援軍を出してくださいます。四郎が連れてくるはずです」

「本当か。それは大変な力になる」

一瞬だけ喜んだ伝兵衛だったが再び唸って俯いた。

「しかし熊本藩が来たらもろとも捕まってしまう。それは監物殿に申し訳ない」

「ですから、神を信じて自分の務めを果たせばいいのです」

もう一度促された伝兵衛は、千束善右衛門と大矢野松右衛門、および森宗意軒、志岐丹波と本渡但馬を呼んだ。そして腑《はらわた》を締め付けられる思いで経緯をすべて話した。みなあんぐり開けた口がふさがらなかった。ここまで慎重に運んで来たというのに、小左衛門が勝手に栖本代官所に出かけて啖呵を切った。そのおかげで唐津藩に知られ、そのうえ宇土に出かけて熊本藩に捕らえられてしまった。まだ蜂起する前である。膝頭を摑んだ善右衛門から、こみ上げた笑いが起こった。

「なんとまあ、あまりに阿呆らしいオチだ。まさか始める前に追われるとは思ってなかった。とはいえ座していればますます不利になる。やると覚悟している以上、ここは先手だ」

　全員が即時蜂起で一致した。その場で「あす（十一月九日）蜂起」を決めて、大矢野村と上津浦村の小村に伝令を走らせた。

「一日早いがどのくらい集まるだろうか」

　善右衛門の質問に森宗意軒が「およそ千人」と答えた。参加する信者たちは家族ぐるみで女子供年寄りもいる。動けるものはその半分。唐津軍二千に到底太刀打ちできるものではない。自分たちの村が壊滅する。その光景がそれぞれの目に浮かんだ。誰もそれを口にしなかった。

　針の筵に座ることになった伝兵衛が、重苦しい雰囲気に包まれながら坊主頭を撫ぜた。

「その…蜂起の前に小左衛門を取り返せないだろうか」

　恐る恐る口に出した言い草に厳しい視線が集中した。善右衛門があからさまに呆れた顔を見せて、言下に退けた。

「伝兵衛、まだわからんか。お前は小左に引っ張られすぎだ」

「でも唐津軍が来る前に宇土を襲えば勝ち目があるのでは…」

「はっきり言ってやる。大国の熊本藩を相手に大矢野島の百姓風情が渡海して簡単に取り返せると思うのか」

一同が頷いた。善右衛門の語調が一気に強まった。

「そもそも宇土は他国だ。熊本藩領に入る理由など何もない。そんな大義のないちょっかいを出してきっかけを与えたら、大矢野などあっという間に蒸発してしまう。いいか、おれたちは吉利支丹に立ち帰った天草の住民だ。敵は寺沢、目的は富岡城。小左衛門は諦めてしっかり腹を据えろ」

伝兵衛は主張を引っ込めたものの腑に落ちない。唐津が来る前にできることは限られる。それが顔に出ていた。煮え切らない伝兵衛に、大矢野松右衛門が黙っていられなくなった。

「勇ましいことを言う前に宇土の状況を見たのか。熊本は高来の騒乱で軍勢を集めて番台（監視所）を置いているはずじゃ」

伝兵衛は何も答えず小さな口を尖らせた。

「相手の様子も探らずに血迷わんでくれ。熊本が動く時は川尻から渡ってくるんじゃ。まずそこに見張りを出して、いざ渡海が始まるようなら狼煙を上げさせたらよかろう」

伝兵衛を諌めた松右衛門は、この話は終わりだとばかりに話題を変えた。

「しかしイキがった小左衛門を見て迷わず派兵要請したとなれば、富岡城もなかなかじゃ。城代家老はもと細川家じゃから熊本と連絡を取り合っているやもしれん。唐津軍と挟み撃ちになるんじゃぞ」

「うむ、すでに富岡城から天草各地に斥候《せっこう》が出ているはずだ。ここの壁に耳があっても不思議では無い」

本渡但馬の一言に、伝兵衛が思わず背筋を伸ばした。言葉もなく天井を見上げた奥の間に女中の声が届いた。

「旦那様ぁ、お手紙が来ました」

緊張した空気を気にもせずに手紙を運んできた。

「お使いの方がご返事をお待ちになっています」

恐る恐る開いた。戸馳村の庄屋から伝兵衛に返事の催促だった。今度は『甚兵衛親子を宇土に送ることが身のためだ』と脅しがついていた。目をしょぼつかせる伝兵衛に、松右衛門が指図した。

「とにかく時間稼ぎじゃ」

　伝兵衛はその場で『二人とも長崎に行っていて不在』と書いた。覗き込んだ松右衛門が「日付を十一月十日と偽っておけ」と念を押した。伝兵衛から返書を受け取った女中が、引き換えるようにもう一通を差し出した。裏を返すと、差出人は有家村に行った四郎だった。伝兵衛の声が少し大きくなった。

「これは、いつ来たのだ」

「先ほどです。皆様が真剣なお話をされていたので控えていました。ではこれはお使いの方にお渡しします」

　伝兵衛の手元に注目が集まった。

『有家監物殿が援軍二千を派遣いただけます。用意出来次第参上します。十一月十日に少し遅れます』

「二千……」

　それなら唐津軍と戦える。その場が、驚きと喜びと安堵が混ざった空気になった。それまでの落胆が一瞬にして勇気に変わった。善右衛門が伝兵衛の肩を強く叩いた。なんとなく伝兵衛側にいて口を開けなかった父甚兵衛の顔が緩んだ。明日に向けて心構えを新たにして、それぞれが戻っていった。

夜が更けた頃、松右衛門が再び訪ねてきた。寝つかれない伝兵衛が、何事かとビクビクしながら玄関口に出た。

「きょうのうちに伝えておこうと思ってな。あのあとすぐに宇土に舟を出して様子を窺わせた」

松右衛門が連れて来た男を促した。

「郡浦《こおりうら》（小左衛門が上陸した場所）にようけん軍勢が集まっとー。二里にわたって海岸に篝火が焚かれとう」

伝兵衛が小さな口を固く結んだ。

「よいか。熊本藩の大軍が押し寄せてくるのも時間の問題じゃ。天草を神の国に戻す最初で最後の機会、腹を据えてかかってくれ」

背水蜂起@大矢野村

十一月九日。天草衆が神の国に向かう朝がきた。この時をじりじり待っていた村人たちが勇んで寄り合った。ようやくの行動開始に安堵の雰囲気すらあった。およそ五百人、ほとんどが家族を連れて、妻や子にも白装束を着せていた。打刀を差した者、鎌を尻に引っ掛けた男たち。祖父譲りの槍を不慣れに持つ者もいた。

「寺沢、見ていろ。お前が何もしなかったツケを払わせてやる」

千束善右衛門が感慨深げに群衆を見つめた。肘で促された伝兵衛が坊主頭を掻いて大きく息を吸った。

「大矢野島のみなさん」

群衆が「惣代殿だ」と囁きあって伝兵衛に目を向けた。

「わしら大矢野の民は長らくデウスを奉じ、キリストの教えによってお互いに助け合って日々を暮らしてきました。五十年前にこの大矢野を治めた領主（大矢野種基）は飢えた領民に施しを行なって吉利支丹の島に変えました。しかし唐津藩は我々の信じるデウスを快く思わず、近年は取り締まりの網を大矢野まで広げようとしています」

そうだっ、と勢いのある掛け声が上がった。

「尾張からやってきたいまの領主は、顔も見せずに遠く唐津から天草を搾取しています。天下様はまったく音沙汰なく、山の神も町外れの坊主も、天神様もお稲荷さんも、いくら拝めど誰もわしらに手を差し伸べてくれません。わしらにはデウスの他に拠りどころがありません」

湧き上がった声援が伝兵衛を高揚させた。自分のような庄屋でも総代と言って盛り立ててくれる。伝兵衛はこの仲間たちに報いようと気持ちを奮い立たせた。

「知っての通り、領主に苦しめられていた高来の衆が行動を起こしました。民を人と思わぬ領主に不届きの報いを与えようと、耶蘇教に立ち帰って行動したのです。そして今日はわしらが動く番です」

集まった者たちは、かつて平穏だった吉利支丹の生活を思い、それを取り戻したいと願った。

「みなさん、天草四郎をご存知でしょう」

そう言った瞬間に村人たちの歓喜が渦巻いた。

「わしらはきょう、これまでのような希望のない日々を送ることをやめます。かつての信者に立ち戻って、絶望ではなく新しい世界を目指します。まもなくこの世が焼き尽くされて、信者だけが残る神の国が出現します。その証拠に神は四郎を遣《つか》わしました。スイソ（この世の最後の審判）の前触れです。まもなく天使四郎が我々の前に現れて、わしらを神の御許に導いてくれるでしょう。これから選ばれた者だけの神の国を目指して富岡城に向かいます」

うおーと響き渡る声が一斉に上がった。村人たちは誇りを持って胸に大きく十字を切った。善右衛門が駆け寄って伝兵衛の肩を強く叩いた。甚兵衛が「お見事でした」と称えた。伝兵衛は勇気を出して群衆の先頭に立った。白装束に身を包んだ五百人がぞろぞろと動き出した。

上津浦でもおよそ五百人の村人が同様に家族単位で集まっていた。一足先に上津浦村に入っていた松右衛門が、庄屋の梅尾七兵衛と二人で大矢野衆が現れるときを待っていた。

「松右衛門殿、また慈悲役の出番がきましたな」

「なにより御組を復活できて喜ばしい限りじゃ」

「今朝ほどお城の者を見たと報告がありました。唐津の軍勢が到着したかもしれません」

「もはや止めることもないじゃろう。この機会を形にするまで負けられん」

大矢野衆が伝兵衛に率いられて到着した。上津浦の浜に合計一千人の白い集団が誕生した。

「下津浦村がまだです。赤崎村、合津《あいつ》村からも来ます」

梅尾七兵衛は御組頭でもある。それから二日間、集団を待たせた。遅れた者が合流し、多くの百姓たちが参加して八村二千人に膨らんだ。さらに村の意思と別に四郎の噂を聞きつけた個人が九村から千人にのぼった。

「寺沢はこれほど民に恨まれていたのか」

善右衛門は自分の起こした行動が正義であったと納得した。三千人のキリシタン勢が集結して、ひときわ騒がしくなったざわめきが松右衛門の自信を深めた。

「やはり天草の民はデウスに縋って生きたいのだ」

十一月十二日、この時期にしては暖かい朝だった。朝凪《なぎ》の靄《もや》の中に舟影が現れた。静かな海の上を音も立てずに向かってくる。伝兵衛はよもや唐津藩、と息を殺した。ぼんやりとした姿がはっきりするにつれ舳先にクルスの影が見えた。海岸に乗り上げたその舟から四郎が降り立った。

「天使さまやなかか」

上津浦の浜に隊列を整えていた百姓たちが、姿を認めて海岸線に駆け寄った。密な人の帯が息をのんで見つめた。年寄りたちはその姿を押し戴いて祈った。

四郎は着物の上に白い綾をつけて袴をはいていた。苧《お》（からむしの葉で作った衣料用の繊維）を引いた細紐を三つ組にした被り物をつけて、額にクルス（十字）を立てていた。注目を集めて浜砂利を踏み、落ち着いた足取りで伝兵衛に近づいた。

「遅くなりました。手紙にご返事できず、すみませんでした」

奇妙な格好は幻ではない。伝兵衛が長らく待ち詫びた四郎が戻ってきた！しかもたくさんの援軍を連れて。ここまで辿り着いた感慨に伝兵衛の言葉が震えた。

「なあに、ただの催促だ。戻ってくれればそれでいい」

「お手紙差し上げましたとおり、有家村の監物殿が加勢を出してくれました。多勢になりましたので揃って渡海するまで日数がかかりました」

「父上からすべて聞いた。これからはこっち（天草）を頼む」

四郎の背後の静かな海の上で、櫓を漕ぐ音が重なった。途切れることなく現れる幾多の舟影はどれも舳先にクルスをつけていた。神の国を目指すキリシタンは、たくさんの舟で埋まった海を、胸に勇気の沸き立つ思いで眺めた。大矢野・上津浦の百姓たちの間を朝の海風が颯爽と流れた。

「百艘で二千人です」

伝兵衛が小さな声で「夢か」と呟いた。

「加えて火薬を分けていただきました」

「火薬…そうだった」

「何より必要だろうと積んでくださいました。存分に撃って余りあります」

「ありがたい……」

伝兵衛は立ち止まって有明海越しに見える雲仙の島影に頭を下げた。なによ
り四郎の姿を見て大きな不安が消えた。援軍の兵と火薬を授けてもらって武器
の不安が解消された。残る心配ごとはひとつ。それを察した大矢野松右衛門が
声をかけた。

「狼煙は上がってない。熊本藩は動いていない」

伝兵衛が泣きそうな顔で笑顔を作った。

傍の父甚兵衛が満足そうに海上の舟の群れに目をやった。

「四郎、お前が先頭を務めたのか」

「はい。島原州を前に有家監物殿にご指名いただきました」

「それで従う人数でもあるまい。どうしたのだ」

「高来衆にその気になっていただきました」

四郎が出陣の様子を説明した。

――有家村の船着場、百隻の新しい船が舫杭に繋がれていた。居並ぶ血気盛んな男たちは、舟が出来上がるまでの五日間、堂島対馬から戦いの指導を受けてうずうずしていた。監物に紹介された四郎が島原衆の前に立った。初めて間近に見る天使に注目が集まった。四郎はひとつ深呼吸して呼びかけた。

「南高来の皆さん。僕はみなさんから天草四郎と呼ばれています。神の遣わした天使と呼ばれていることも知っています。その通りです。僕は、みなさんを束縛から導き出す神の使徒です」

おおっとどよめきがまき起こった。それはしばらく静まらなかった。

「みなさんは島原の悪魔を追い詰めました。いまは次の戦いでこの世に安息をもたらす、その束の間の休息の時を過ごしています。しかし休息とは現実から逃避するときではありません。休息は命とすべてのたまものを与えてくれた神に感謝をするときです。みなさんはまだ束縛のうちにいます。束縛とは自分自身に囚われることです。自分自身に囚われた人は自分の背が高くなったと感じます。そして自分と他人の間に溝を掘ります。このような自分になるとほろしも（隣人）を忘れてしまいます」

四郎はクルスを取り出し、大矢野島の方角に高く掲げた。

「みなさんの思い遣りを大矢野のほろしもに向けてください。思い遣りは常に人に向けられる大切なものです。それこそが神のくださった御大切です。そして穢れのない思いで束縛を解決したときに真の休息が訪れます。それこそ僕たちが神から与えられる真の休息です。信じる者だけが与えられるたまものに預かりましょう。僕たちの救いは神にあります」

高来の衆が、熱い血気に使命を与えられて、高らかにサンチャゴの叫び声を上げた。四郎がその声に押されて先頭の新しい舟に乗った。舳先にクルスが立てられていた。父甚兵衛に遅れること五日、四郎が百隻の舟を付き従えて、有家村の岸から離れた。

出発前の様子を聞いた甚兵衛が目を細めた。太陽が真上にきた。千束善右衛門が「こちらも始めよう」と声をかけた。集合した天草衆の前に四郎が進み出た。五千人の顔が陸と海から四郎に向いた。

「親愛なる兄弟の皆さん。おわかりでしょうか。今日はイエスのおたんじょうびです」

衆目の真ん中で美しい天使の声が響いた。

「きょうは記念すべき日になります。高来で蜂起した兄弟が僕たちを助けにきてくれました。こうして集うことができたイエスの導きに感謝します。これから参加して来る兄弟が増えます。大矢野村と上津浦村だけでなく、どの村のものでも、女でも、非人や穢多も兄弟です。お互いを助け合う心が我々を強く結びつけています。私たちは愚かにも一度ヒイデス（信仰）を棄てました。皆さん一人一人が良心の大きな悔恨に苦しんだことでしょう。しかしデウスは憐み深くおわせます。二度と棄てないと誓いましょう。そして信じる者みなデウスの懐に参りましょう」

海岸線は見渡す限り人で埋まっていた。四郎の額のクルスがきらりと光った。

「イエスの最期を知っていますか。イエスは、自分が真理の証ですと言って十字架の上で息絶えました。そして神の子イエスは復活して真理を私たちに授けてくださいました。イエスが身をもって私たちに与えてくれた真理こそ、私たちが我が身に変えても守らなければならない真理です。私たちには真理の世界がふさわしいのです」

　広い静寂の浜に四郎の声が染み渡った。聞き入る聴衆は胸の前に両手を合わせて指を組んだ。

「私たちは真理を追い求めなければなりません。そのために戦わなくてはなりません。これから真理へ向かう道を邪魔する悪魔が現れたときは戦ってください。戦うために武器が必要です。村の倉庫や寺が隠し持つ武器をことごとく奪ってください。天草のため、僕たちの魂のために必要です。みなさん、自我を捨てて戦ってください。デウスの他に神はなし。御大切を与えられた我々だけが真理を実現し、イエスをお迎えできるのです」

　四郎の効果は絶大だった。白装束の男たちが腰の鉈や鎌に手を当てて一本道を西へ歩き出した。たくさんの家族が付き従った。それぞれの胸に、戻ることがない道に踏み出した覚悟が生まれた。三千人の百姓たちが海沿いを歩き、二千人の舟がそれに合わせて進んだ。足音と櫓の音が重なり合って、ゆっくりとした大軍のうねりとなった。

逆転@天草島子・本渡

上津浦から一里ほどのところに百人程度の小島子村《こしまご》（天草市有明町）がある。

軍《いくさ》奉行を自認する善右衛門がここで隊列を止めた。

「唐津藩がこの先の大島子村に駐留を始めている。およそ五百。さらに先の本《ほん》渡《ど》に千人を超える本隊がいる」

横道のない一本道。このまま進んで正面衝突となれば犠牲が多くなる。

「いよいよ初戦だ。準備を整えてから一気に攻撃する」

善右衛門が本渡但馬と志岐丹波を呼んで手筈を練り始めた。

十一月十四日の早朝。小島子で一晩を過ごした白い軍勢が二手に分かれた。

甚兵衛と本渡但馬が陸路の百姓たちを指揮して前進、四郎と志岐丹波は高来衆を率いて海から大島子村に乗り付けた。

「矢を放てぇ」

千束善右衛門の声がかかった。海と陸から唐津藩の陣に向けて一斉に矢が射かけられた。襲撃を予想していなかった唐津勢が大慌てで起き出した。

「鉄砲隊、続けーぇ」

石を退けられた蟻のように唐津兵が右往左往する。そこに鉄砲隊が弾丸を浴びせた。油断していた唐津勢に応戦の弾をこめる暇を与えない。銃身が長い天草筒は射程が長く命中率が高い。善右衛門の作戦で唐津藩の上級武士を狙い撃ちした。

太鼓と鐘が打ち鳴らされた。鉈を括り付けた長棒を突き出して突進した。すぐ後方から勢いに乗った百姓たちが手斧を振りかざして突撃した。唐津勢は隊列を組むこともできず、飛び交う怒号が虚しく押し太鼓の響きに包まれた。五百の唐津の軍勢は一揆勢の圧倒的な人数に押されて崩れた。

「舟、回れぇ」

志岐丹波のかけ声で先回りした島原勢の舟が唐津勢の退路を塞いだ。唐津藩の指揮官三宅重元が大声で鼓舞した。

「引くな、相手は百姓だ」

しかし大混乱に陥った兵を留められない。大混乱の中から一揆勢に寝返る兵が出る始末だった。唐津勢の塊が秩序なくぼろぼろと崩れ、槍や鉄砲を捨てて我勝ちに本渡に向かって逃げ出した。

それを有利と見た大島子村の村人たちが一揆勢に加勢を始めた。殺到した百姓が勢いに乗って潰走する唐津勢を追いかけた。

見境なく興奮する村の衆を見た善右衛門が制止した。

「槍を拾え。敵が残した武器をぜんぶ頂くぞ」

百姓たちは散らかった唐津軍の武器を掻き集めた。善右衛門、そして本渡但馬と志岐丹波の見事な作戦勝ちだった。

初戦に勝った百姓たちは狂喜乱舞した。不安をかき捨てて城方を打ち破った。自分たちの手で作り上げた勝利に喜びが突き抜けた。いつも脅されていた「力」がいま自分たちの手にある。百姓たちは集めた鉄砲や槍を愛おしげに撫ぜ回した。

伝兵衛はつい数日前を思い出した。小左衛門の捕縛を聞いて背筋が凍った。熊本からの追手に怯え、目を瞑って見切り蜂起した。小左衛門を見殺しにしたが、それでも総代として前に立った。考えてみればこんな思い切ったことは初めてだった。何事も思い通りにならない不満を飲み込んできた自分が唐津藩を打ち破った。新しい世界の実感が湧き上がった。

島原衆の舟が島子の浜に着岸して四郎が上がってきた。

「四郎、次は栖本の代官所を潰そう」

伝兵衛の目に自信が溢れ、小左衛門を失った恨みが宿っていた。それを察した四郎が難色を示した。

「寄り道はいけません」

「なんの、栖本は小さい。この勢いで取り掛かればすぐに終わる」

「御組が一丸となって正しい道を進んだからこそ、神が導いてくださったのです」

伝兵衛はイラついて吐き捨てた。

「…やはり天草の気持ちはわからんようだな」

軍奉行の善右衛門が収めに入った。

「手分けして小隊で向かえば良かろう。伝兵衛に一隊を預けるぞ」

「いけません。そちらに導かれていません」

　四郎は折衷案にも冷たかった。伝兵衛の顔に義理の叔父の意地が滲んだ。長老格の大矢野松右衛門が、「時間が経つほど熊本から追手が来るんじゃ、余計なことに手をつけておられん」と宥めた。口を尖らせる伝兵衛に「我々は確かに守られている。四郎殿の託宣に従おう」と納得させた。

　四郎は何事もなかったかのように自分から一揆勢の前に進み出た。海岸線を埋めた村

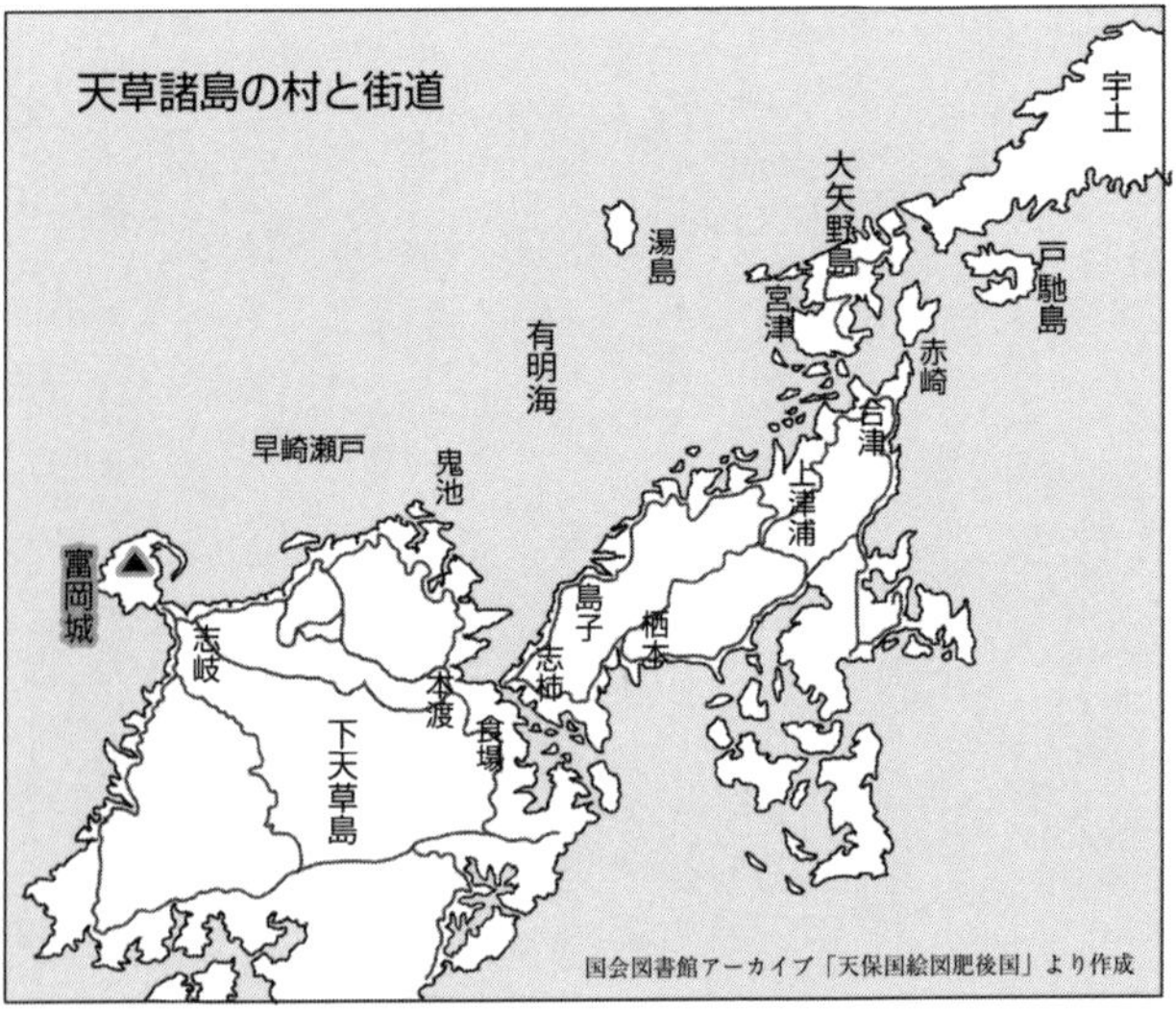

国会図書館アーカイブ「天保国絵図肥後国」より作成

人たちを見渡す高台である。

「注目されよ、天草四郎である！」

美しい声が四方に届いた。五千人が息を呑んで静まり返った。

「私たちはイエス・キリストをお迎えするために富岡城の頂に登る。唐津の先陣を退けたといってもまだ先は長い。熊本藩が後方から軍を差し向けるかもしれない。しかし主は先導者を差し向けた。それが私だ。私はあの方から善良なる天草の吉利支丹を導くように命じられた。もし行く手が阻まれることがあれば海を割る力さえ授けると仰せいただいた」

白装束の聴衆が陶酔した。

「これは天啓である。旱《ひでり》と蝗《いなご》と嵐《あらし》に見舞われた天草を、神に与えられた場所に変えるために私がここにいる」

四郎の顔が明らかに紅潮した。

「よいか。一物無きところに天地万像を作りあらせ、萬のものを支配なさる御手は諸善万徳の源、量り無きお知恵、万事叶いたる自在の主デウス御一体在《まし》ますこと、これを信ずる者を吉利支丹という。このこと、ご記憶を新たに願いたい」

四郎は自分に注目する一万の瞳を睥睨した。

「もう一度言う。天地の作者デウスは御一体のみにて在《まし》ます。これはすなわち私たちの現世後世《げんぜごせ》をともに計らいたもうた主である。デウスの他に神はない！」

額のクルスを手に取って高々と掲げた。背に太陽の光を浴びた四郎の手の先に光が射した。

「私たちは、デウスから御大切をいただいた吉利支丹である。デウスに選ばれた私たちの感謝は命を顧みるものではない。天草の民を奴隷のままにしておきたい寺沢家は天草に蔓延る悪魔。一掃してイエス・キリストをお迎えする日を迎える。御身のグラウリア（栄光）と私たちのアニマ（魂）の扶かりを願う。強く心得おかれよ」

――島子から二里ほど離れた本渡《ほんど》は上島と下島の接続部分にあたる要衝である。富岡城の城代家老三宅藤兵衛はそこに出張って本部を置き、援軍を率いる唐津藩家老岡崎次郎左衛門と組頭の原田伊予を迎えていた。本渡の本部に千人、小左衛門が啖呵を切った栖本代官所に二百人の守備兵を置いた。併せて海への警戒として鬼池（天草市五和町）に舟を配置し、そして大島子に三宅城代の嫡男三宅重元が率いる先遣隊五百を出した。その布陣が完成したところだった。熊本藩からの使者片山左助が状況を調べるために来ていた。

「素早いご布陣に感服いたしました。ご要請の援軍は既に整えてございます。府内目付殿からご下命あり次第渡海いたします」

府内目付とは豊後府内藩（大分市）に駐在する江戸幕府の出先機関である。九州の各藩は公儀の代官として指示を仰いでいた。

三宅城代が礼を述べながら本藩を持ち上げた。

「熊本藩には万端な援軍ご準備をいただき痛み入ります。栖本に間抜けな庄屋が現れたことから異変を事前に察知できました。唐津が素早く動いて頂きましたおかげで、先回りして切支丹どもを抑え込むことができます」

「いや、その間抜けな庄屋ですが、宇土に現れたので捕らえてございます。どうやら妻の実家を訪ねており、その益田甚兵衛と息子四郎がこの一揆を策動した模様。切支丹にございます。当藩の者が御領内で騒動を起こし、まことに申し訳なく」

使者が恐縮すると援軍大将の岡崎次郎左衛門が余裕を見せた。

「御心入れ痛み入る。いや切支丹のことは国を越えます」

原田伊予が、「庄屋一家をお引き渡しいただけると一網打尽にできるのですが」と軽口を付け足し、緩やかな雰囲気に浸っていた。

そこに使い番が転がり込んできた。

「島子の先遣隊が壊滅にございますっ」

「なんだと。詳しく話せ」

三人が報告を聞き始めた。間も無く打ち破られた島子の兵が転がるように戻ってきた。その後ろに奇声をあげて進んでくる白い列が見えた。島子から繋がる海岸沿いの一本道。一揆勢が長く列をなし、一筋の白い線が遥か後ろの山までつながっていた。

「…これは大変だ」

身構えた原田伊予がすぐに迎撃体制を指示した。熊本藩の使者は本部を飛び出すと報告のために海に漕ぎ出した。

ゆっくり動いていると見えた白い蛇がみるみる大きくなった。現れた百姓の軍勢は数千人に及ぶ大軍だった。そして海から百隻の小舟が鐘を打ち鳴らして向かってきた。それは三人の想像を遥かに超えていた。

先頭のクルスを立てた舟に少年が見えた。額の鉢巻にクルスを差し込み、尺を振り上げていた。

「あれが少年大将かっ」

四郎の尺が富岡勢の本陣に向かって振り下ろされた。白い軍勢が津波のようにのしかかり、勢いのままに本渡に雪崩れ込んできた。

本渡は入り組んだ川筋に交差する道が何本も通っている。そこに陸と海から膨大な人数の一揆勢が走り込んだ。縦横に入り組んだ道に染み込むように白装束が広がった。援軍大将の岡崎次郎左衛門が怒鳴り散らした。しかし駆け戻って来る敗走兵が出る兵と交錯して形にならない。踏みとどまれず、流れにのまれて押し込まれた。至る所で槍の叩き合いが始まった。槍がぶつかり合う怒号に混じって発砲音が町中にこだました。一揆勢の押し太鼓と鐘に乗せて、「進めぇ、天草の神の真理を妨げる者は打ち払えー」と鼓舞する声が聞こえた。騒乱の喧騒に似つかわしくない、若い、よく響く声だった。

押し寄せた一揆勢は地形を味方に使った。川と道をよく知っていて、高台に登った鉄砲隊が唐津の上級武士を狙い撃った。土地に慣れない唐津藩の援軍はあっというまに押し込まれた。行き場を失って大混乱となった。大口を叩いていた岡崎次郎左衛門が青ざめた顔で喚《わめ》いた。

「伊予殿、このまま長崎まで戻るっ」

「御家老、敵前逃亡など許されませんっ。踏ん張りどころです」

原田が岡崎の襟首を摑んだ。しかし押しとどめた岡崎次郎左衛門の腰は完全に引けていた。藩方がジリ貧となると本当に逃げ出してしまった。

雪崩れ込む百姓の勢いに押し込まれた三宅城代は追い詰められた。逃げ道を求めて広瀬浜に沿った深田に足を踏み入れたところで馬が足を取られて動けなくなった。

「これはまずい」

急いで馬から飛び降りた。脛までズッポリと埋まった。足が動かない。両手で摑んで引き抜こうとした。しかし手間取った。一揆勢がみるみるあふれてきた。三宅城代は大声を出して味方を遠ざけた。

「伊予殿ぉ、構わず戻れぇ」

一揆勢の矢が雨のように降って来た。足が埋まった三宅藤兵衛はもはや抗することができなかった。渾身の力を振り絞って「早く城を固めろ。やられるぞっ」と怒鳴ったところで、これまでと自分で腹を切った。

原田伊予が「城代の本懐っ、捨て置くなっ」と怒鳴りつけた。足を取られながら駆け寄った城方の兵が三宅城代を介錯した。そして敵に渡すまいと首を急いで深田に埋めた。しかし押し寄せる一揆勢がそれを見ていた。城方が矢の雨に堪りかねて退いたところで、百姓たちが怒涛の如く駆け寄って素手で掘り返した。

「こりゃおれたちば牢に放り込んだ富岡城の城代家老やなかか」

小躍りして三宅藤兵衛の首を槍の先に突き刺した。

「大将ば仕留めたぞ。おれたちはこいつに苦しめられてきたんや」

槍を高く掲げた。天草一揆勢の士気が最高潮になった。

城方は必死に逃げた。一揆勢の雄叫びが地響きとなって後ろから伝わった。

追いつかれたら殺される。振り返りもせず、恐怖心に駆られてひたすら逃げた。志岐の富岡城に転がり込むと城門を固く閉めた。

「百姓だと思って舐めて構えたのが失敗だった」

「二千と聞いていたが、その倍はいた。あの人数では敵わん」

命からがら戻った者どもに戦意は残っていなかった。敗走の恐怖が生々しく染み渡り、「城代家老を失った富岡城は捨てたほうがいい」と言い出す者が出るほどだった。援軍大将だった岡崎次郎左衛門が消えてしまって、まとめる者もいなかった。

大島子先発隊だった三宅重元が本渡からの殿《しんがり》を務めた。ようやく富岡城に辿り着いたところで城内の体たらくに啞然とした。しばらく我慢していたものの、軍議も開かない弱気に堪え切れなくなって、ついに大声を出した。

「城代が百姓どもに討たれたと言うのに、各々方はこのまま城を退くのか。逃げたいならばさっさと城を出ろっ」

大きな身体から迸《ほとばし》る迫力に気圧《けお》されて一同が押し黙った。

「大将がいなくては戦にならん。城代なき後を伊予殿にお頼み申したいっ」

重元が原田伊予を睨みつけた。唐津藩の原田伊予は平安から続いた筑前原田家の系譜、熊本の加藤清正に追放されて寺沢家にいた。このとき五十四歳、煽るような重元の言種《いいぐさ》も城代家老が討たれた唐津藩の危機と理解した。

「これからこの原田が指揮をとる。この富岡城、百姓に取られるほどヤワではない。百姓どもに寺沢家が天草の主《あるじ》たるを見せてやる」

しっかり準備すれば怖がることはない、と上擦る家臣を落ち着かせて籠城を決した。

「いずれ暴れた百姓どもは残らず成敗する。今はこの場をしっかり守れ」

富岡城は海（天草灘）に突き出した陸繋島の山の上にある。蟷螂の腕のように回り込んだ砂嘴《さし》に囲まれた巴湾の際に建ち、本丸の背面は急峻な崖が湾に落ちる。海からの攻撃は叶わない。城に迫るためには、志岐から幅一町（約百メートル）もない長い砂州（本渡と島の接続部分）を渡って麓から登っていくことになる。原田は城に通じる砂州に大急ぎで柵を敷設させた。

山頂の尾根に本丸、二ノ丸、三ノ丸が直線的に並ぶ連郭式の縄張りは築三十年を超えて老朽化が進んでいた。原田は唐津援軍の生き残りを含めて城にいた侍九十一名をそれぞれの部署に配置し、敗残兵を休ませながら城の防御工事をさせた。塀の上の屋根は敵が乗り込みにくいように全て取り外した。塀のないところには板を立ち並べ、裏に土嚢を積んだ。その土嚢の隙間を狭間にして鉄砲を突き出した。下屋敷の者たちを全て本丸に移した。食料を運び入れ、武器を揃え、そして地元の村が途中で裏切らないように人質をとって城内に囲った。

富岡城襲撃（一回目）＠天草志岐

軍奉行を務めた千束善右衛門は有頂天だった。

「寺沢め、自業自得だ。思い知ったか」

坊主頭で顔を崩す伝兵衛に、「ちっとはわかったか。帳尻合わせでちまちま考えても事態は変わらんぞ。かっはっは」と高唱した。

戦闘を指揮した本渡但馬と志岐丹波も興奮が収まらなかった。

「藩方はこっちの底力を見損なっていましたな。この勢いで富岡城も押し込みましょう」

大矢野松右衛門もはしゃいだ。

「熊本の追手が来る前に勝った。この調子じゃったら、天草は日を待たずに吉利支丹の島になる」

本渡で勢いに乗った一揆勢は三宅藤兵衛の首を掲げてこの世の終わりを宣伝

し、誰彼構わず捕まえては「吉利支丹になれ」と脅した。これまで様子見していた村人たちが考え始めた。

「ほんなこて終末が近かとか」

「吉利支丹でなかれば生き残れんとか」

立ち帰りを申し出る村人が次々と現れた。海岸線の道筋にある十六村が次々とキリシタンに寝返った。城方が逃げ去った本渡の本陣に百姓たちが溢れかえった。

「神罰が降った。神はおいたちば導いた」

勝ち誇る烏合の衆の前に四郎が出た。

「われわれの大勝利は神の扶け、たまものである。神が煉獄にいる兄弟を救い出して勝利に結びつけた。これで分かったであろう。われわれは悪魔を地獄に落とした。我々は負けることがない。本当の勝利によって天国に召されるまでみな共に戦うのだっ」

高揚した「サンチャゴ」の大合唱が四郎の短い勝利宣言をかき消した。

「二つ勝ったんはまぐれやなか」

「なんもかも四郎様ん言う通りや」
海際に幟を並べた騒ぎは夜通し収まることがなかった。

翌十一月十五日の朝。善右衛門に率いられた百姓たちが、富岡城の建つ志岐に向かって動き始めた。下島を横断するおよそ六里の山道に侵入した白い集団は、村を焼き住民を飲み込む凶暴な濁流となって西に流れていった。

四郎はじめ大矢野・上津浦の一揆首謀者たちは海路を取った。山中を進む善右衛門たちと合流する頃合いに合わせて、出立を一日遅らせて島原衆の舟に分乗した。船団は鬼池沖に出ていた唐津軍を警戒して四郎が乗る舟を中程に囲んだ。四郎は板の盾で覆われた屋根の下で背を丸め、ただ盾の隙間から海面に上下を繰り返す舳先を眺めた。

船団は下島北端を反時計回りにゆっくり進んだ。警戒していた唐津勢はすでに引き上げていた。鬼池を過ぎて緊張を解いた。板の盾がどけられ、四郎は顔を出して全方位の広い空を仰いだ。弱い風が冷たかった。はるか大矢野島の方向を振り返った。ぼんやりと煙が見えた。

「松右衛門殿、あれば狼煙《のろし》ではないですか」

同乗していた松右衛門がしょぼついた目を凝らした。熊本藩が兵を送り出せば川尻を監視する大矢野村の見張りが狼煙を上げる手筈である。海原を越えて灰色に霞む彼方、微かに見える陸の影。老いた松右衛門の目では判別できなかった。

「煙は見えん。気のせいじゃろう」

四郎は何となく納得した。早崎瀬戸の急な流れに艪が軋んだ。揺られる四郎が船縁を摑んだ。舳先のクルスに斜めに横切るちいさな亀裂が目に入った。気にするまでもない小さな不安に巻きつかれた四郎は再び身を横にした。

船団は天草灘に抜けると順調に進んだ。合流地の志岐《しき》で山道を抜けて来た善右衛門たちが待っていた。さほど広くない志岐に溢れんばかりの百姓たちが屯していた。総勢一万を超えた一揆勢。天から降ってきたような成功を見た地元の村人がなお止むことなく詰めかけていた。

善右衛門は村に火を放って広い場所を作らせ、入りきれない家族は少し離れた三江あたりに場所を分けた。善右衛門と共に陸路を率いてきた上津浦村庄屋の梅尾七兵衛が、上陸した四郎に嬉しそうに語りかけた。

「この人数、この満面の笑みを見てください。こんな光景は初めてです。我々は間違いなく正しいことをしています」

表情を変えずに頷いた四郎が「本陣を設けましょう」と言って、志岐八幡社を神官巫女もろとも焼き払わせた。一揆勢は富岡城を目の前に改めて評定を行った。総大将益田四郎、軍目付益田甚兵衛、軍《いくさ》奉行千束善右衛門が確認された。

「どんどん攻め手が増えている。勢いのまま攻めかかれば落とせる」

善右衛門が相変わらずの大声で本渡但馬を呼んだ。

「善殿、急ぐことはないでしょう。待って多勢になれば確実です」

伝兵衛が善右衛門に意見した。そして小さな口を開けてはっはっはと笑った。小さな目に大勝利の余韻が漂っていた。四郎は黙って明るいやりとりを見ていた。

あちこちから押し寄せるにわかキリシタンは、足手纏いになる親を置き去りにしてきた。この世の終末に残す我が子が不憫になって、死ぬことを喜びと言

富岡城周辺

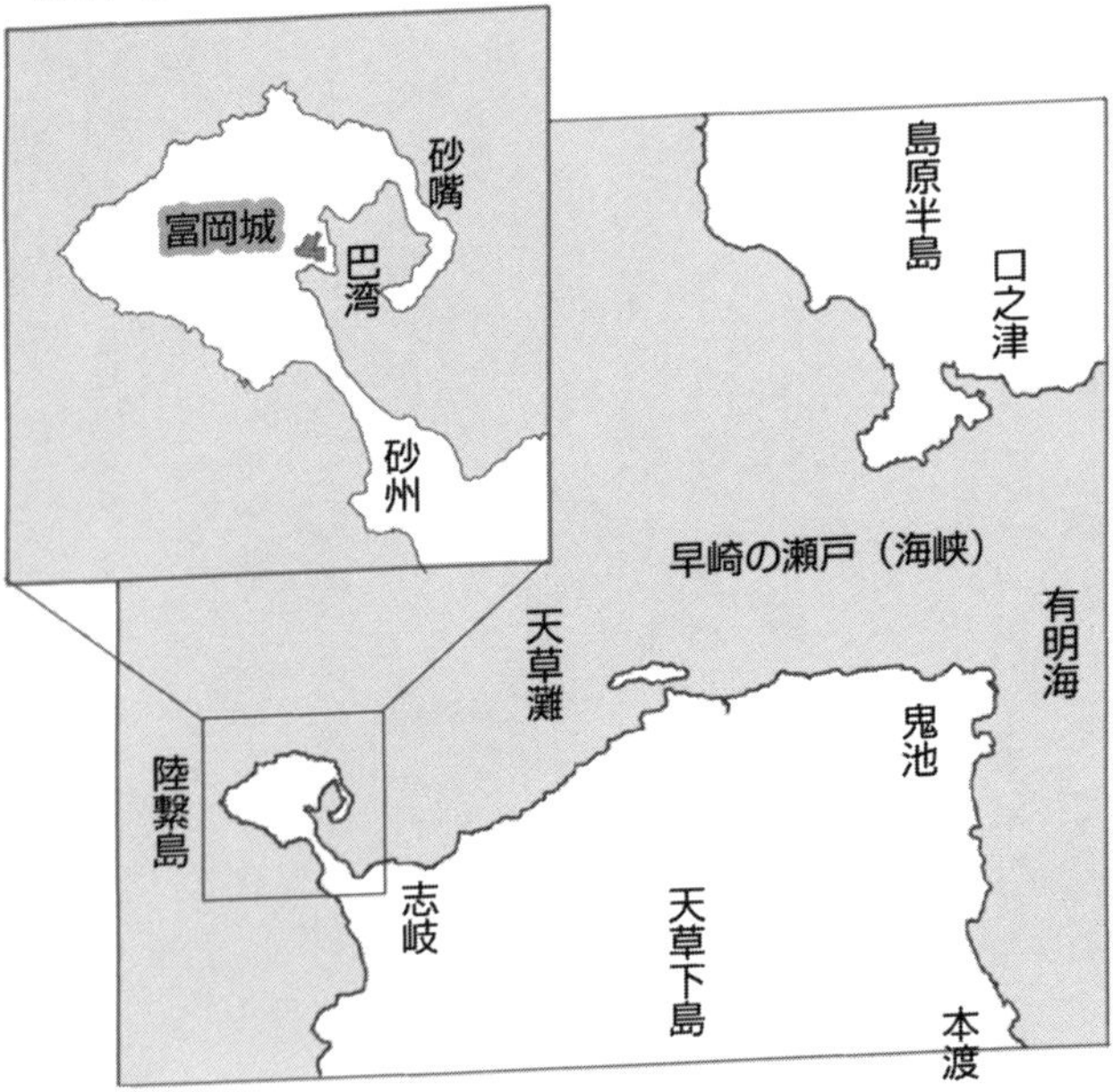
砂嘴
富岡城
巴湾
砂州
島原半島
口之津
早崎の瀬戸（海峡）
有明海
天草灘
鬼池
陸繋島
志岐
天草下島
本渡

い含めて殺した親もいた。それでも夢の空間に集った百姓たちはこの世の別世界を噛み締めた。それから二日間、天草一揆勢が爆発的に膨らんで総勢一万五千人を超えた。城方は篭ったままだった。

十一月十七日。三日目の朝。善右衛門が小当たりに仕掛けた。大手門に兵を寄せて大きな斧を打ち込ませ、海側からは巴湾に幟を掲げた舟を出して崖をよじ登らせた。天草の一揆勢は自分たちが建てた富岡城の構造を心得ていた。重い労苦にかり出された感傷に浸ることなく攻め口を確認して回った。城方が狙い撃ちを始めるとあっさり引き下がった。狭間から撃ちかける様子を見た善右衛門は、城内の兵や鉄砲がそれほど多くないと見た。これは勝てるという雰囲気が漂った。

「四郎殿、もう島原衆の助けを借りなくても大丈夫。一旦お返ししてはどうでしょう」

頭を撫でる伝兵衛の提案に、四郎は即答しなかった。

「父様《とと》はどう思われますか」

「お預かりした島原衆を欠けることなくお返しできれば何よりだ」

軍奉行の善右衛門殿に先に聞け、と言わんばかりの目だったが、四郎はそのまま「わかりました。神が後押ししてくれるでしょう」と答えた。

伝兵衛はその場で監物への礼状を書いた。四郎父子とともに島原の船団が留まる富岡湾に出向き、島原衆を前に「この度の御援助に衷心より感謝申し上げる」と礼を述べた。伝兵衛の短い言葉を不十分に感じた甚兵衛が続いた。

「高来《たかく》（島原半島）の兄弟の皆さん、お助けいただいて心よりお礼申し上げます。おかげさまで富岡城代を討ち取り、唐津藩を蹴散らしてここまでこられました。これより先は天草のもので富岡城を取り戻します。皆さんは次の島原城攻撃に備えてお戻りください。そのときはこちらから応援に行きます」

四郎が前に進み出て祈った。

「これからも互いにほろしも（隣人）を思い遣って神の国を作っていきましょう。高来の兄弟に主の恵みがもたらされますように。アーメン」

その場の天草衆も口々に礼を言って見送った。島原の援軍船団が舳先のクルスを有家村に向けて帰っていった。

本陣の千束善右衛門は山の上の富岡城を見上げていた。唐津藩の先代藩主寺沢広高が唐津城とほぼ同じ時期に建てた城が三十五年間孤高にそびえていた。

志岐丹波が城の様子を確かめて戻ってきた。

「籠城を決め込んでいるようです。出てくることはないでしょう」

島原衆の見送りから戻った四郎に、善右衛門が「城壁の際《きわ》まで詰めます」と告げた。

「大胆ですね」

「大丈夫。見切りました」

「攻め手はどのくらいになりますか」

「ざっと六千」

簡潔な答えに満足した四郎が頷いた。善右衛門は一隊を率いて、置かれた柵を退けながら砂洲を渡った。粛々と進む善右衛門のうしろに腰に鉈を差した百姓たちが付き従った。細い砂洲は溢れるほどの百姓たちで白い帯となった。それでも城は沈黙したままだった。善右衛門は富岡城に登る入口に陣を定めると、討ち取った城代家老三宅藤兵衛の首を、城から見える正面に突き立てた。

十一月十九日。志岐集結から五日目の未明。準備を整えた善右衛門が合図を送った。四郎が前に立った。本渡の戦いをはるかに超えた、見渡すほどの百姓の群れが四郎に注目した。

「親愛なる兄弟の皆さん、いよいよこの日が来ました」

白装束で居並ぶ百姓たちが静まりかえった。

「神はアブラハムに、カナンの地に行くように導きました。アブラハムは御言葉を信じて馴染みのない土地に移りました。そして喜びと祝福を手に入れました。我々たちは気づきました。領主たちに虐げられることは神の罰ではありません」

立ち帰った喜びに満ちた聴衆が力強く手を合わせた。

「そのために我々がどれだけ強い絆でいるか、それを行動で示すときです。デウスを信心している皆さんはご存知でしょう。ドチリナ・キリシタン（イエズス会の教理本）十のマンダメントス（デウスの十戒）に、殺してはならないと言う教えがあります。人は皆キリストの血に値するから殺してはいけないと教えています。皆さんは間違っても人の命を粗末にしてはいけません。あなたたち兄弟は神の作品です。しかし、きょう戦う相手はキリスト者ではありません。世の中には神の作品でない者がいます。その者どもは信心しない限り人ではありません。今日の敵を殺すことに躊躇はいりません」

次の言葉を続けようと息を大きく吸った。突然、四郎の喉が詰まって、ほんの少しの間が空いた。百姓の群れが轟音のような唸りを上げた。これまで自分達たちをねじ伏せていた城の奴らは「神に選ばれていない人間、信心しなければ人ではない。殺して躊躇のいらない悪魔」である。お墨付をもらった百姓たちから迷いが消えて一切の気後れがなくなった。

善右衛門が立ち上がった。腹に力を入れて「ぃえい、えい」と二度太い声を出すと、百姓たちがあらん限りの声で「おぉーっ」と魂のこもった声を絞り出した。そして、四郎に向かって「サンチャゴ！」の連呼を始めた。昂る百姓たち。善右衛門が山の上の富岡城を指し示すと吸い込まれるように駆け出していった。

続く言葉を飲み込んだまま取り残された四郎に、父甚兵衛がそっと近づいた。

「いまひとつ調子が出ないようだな。どうした」

四郎は返事をしないで空を見上げた。声にならない言葉が四郎の唇の先で震えていた。心中を噯《おくび》にも出すまいと自分に言い聞かせている。父甚兵衛にはよくわかった。

法螺貝が吹かれた。太鼓が打ち鳴らされて百姓たちの攻撃が始まった。評定で取り決めた通り、一揆勢約六千が二手に分かれた。志岐丹波の小隊が山の周囲を海沿いに回り込んで大手門に向かった。大手門の左右に二つの門（北口門と渡戸口門）があって、それぞれ三ノ丸の東西につながっている。しかし富岡城の大手門は裏側にある。狭い斜面の道は大挙して進むには兵が入りきれない。そこで善右衛門は、これらの大手門口を閉鎖させるように仕掛けた。小隊が大手門と左右二つの門に火矢を打ち込み、門の内側の米蔵や城代家老の屋敷を焼き払った。守城方がこの三門を固く封じた。これで攻め口が正面側に絞り込まれた。

正面側の「西の半門」は急な斜面をよじ登ったところにある。城の普請に関わった一揆勢は、ここが弱点だと知っていた。裏手を攻め立てた志岐丹波の小隊から少し遅れて、本渡但馬の本隊が正面の半門に押し寄せた。高さ四間（約八メートル）ある城壁の下で火をつけた松明に縄をつけて振り回し、思いっきり本丸に投げ入れた。城壁に当たって火の粉を撒き散らしたが、慣れるに従って何本もの松明が城内に放り込まれた。投げ返される様子を観察した百姓たちが石垣を登り始めた。城方は鉄砲で狙おうにも急すぎる角度のために銃身が真下に向いて弾が転がり落ちる。代わりに石打棚から石を落とした。直撃された百姓が石垣から剝がれて転がり落ち、斜面の杉の立木に引っかかって止まった。背中に白い指物を差した一揆勢は命を惜しまず、むしろ喜んで向かっていった。飽きることな

富岡城図

国会図書館「天草富岡城」より作成

く繰り出された百姓たちの波を城方が必死に守った。膠着した戦況だったが、時間を追うに従って、力攻めで寄せる一揆勢に優勢が傾いた。日暮れが近づいたころになって、もうひと押しで半門を破れる雰囲気になった。千束善右衛門は、明日は打ち破れると見た。

大手門口を封じ込めていた志岐丹波も勝負は明日と火縄を消す指示を出した。そのとき北口門が突然開いた。五十人ほどの城方が飛び出してきた。門前を固めていた小隊は意表をつかれて逃げ出した。城方が追いかけて背中から切りつけた。巴湾の北の海辺まで逃げ降りた。騒ぎを聞いて駆けつけた志岐丹波の小隊が合流して踏みとどまった。一揆勢は犠牲に怯まない。手斧や鎌を振り上げて襲いかかり激戦になった。剣術は間違いなく城方のものだった。手当たり次第にたくさんの百姓を切り捨て、体力が尽きてくると一目散に城に逃げ帰った。何人か深傷を受けたはずだったが、城の外には誰も倒れていなかった。一方で一揆勢は三十人を超える犠牲となった。志岐丹波も刃を浴びて絶命した。駆けつけた善右衛門と本渡但馬は、息が乱れてしばらく収まらなかった。

「ううむ、ここで奇襲に出てくるとは」

「むこうも必死だ。明日はどうするか」

「そうだな。攻め手を考え直そう」

動かなくなった志岐丹波を二人して丁寧に筵《むしろ》で包《くる》んだ。


翌十一月二十日、善右衛門は攻撃を仕掛けなかった。圧倒的な人数が富岡城の麓を埋めていたから急ぐ必要がなかった。城を囲んだ態勢のまま次の攻撃に向けての準備にあてた。城方も籠もったまま出てくることがなかった。静かな睨み合いが終日続いた。

夜になっても牡蠣のように閉じこもっている城方。様子を見ようと善右衛門が西の半門に一人で近づいた。人の気配はなかった。高い城壁の上を見上げた。そのとき石打棚から石が落とされた。暗闇を落下した子猫くらいの石が善右衛門の頭部に命中した。ボクッという鈍い音とともに善右衛門がその場に崩れた。

本陣に運ばれたとき、すでに息がなかった。首が折れて静かになってしまった善右衛門の傍で伝兵衛が肩を落とした。

「善右衛門…無鉄砲でも正義感の強いお前がいたからここまで戦うことができ

た。優柔不断に生きているわしが生き残っても役に立たない。順番が違うだろ」

涙を流すでもなく、嗚咽が込み上げるでもなく、ただぼそぼそと語りかけた。

キリシタンの国を目指すと心に誓っていた長老大矢野松右衛門も、一方で善右衛門の猪突猛進する行動力を羨ましく思い、自分にないそれをあてにしていた。

「お前は寺沢憎し一辺倒でしょうもないやつだったが、みんなのために懸命だった。力尽くの争いでは神は冷たい…煉獄で待っていてください」

善右衛門の亡骸は志岐丹波や他の犠牲者と共に富岡城の麓に埋められた。

「神の御許《みもと》に召されよ、永遠の命を賜りますように」

四郎が静かな祈りを捧げた。伝兵衛も松右衛門も敬意と感謝を込めて手を合わせた。甚兵衛が白いクルスを静かに墓に立てた。四郎の乗ってきた船の舳先から外したものだった。誰も小さなひび割れに気づかなかった。四郎が月のない暗闇に包まれて墓を降りた。表情は見えない。悲しみと不安を読み取った甚兵衛が父親らしく声をかけた。

「何か気になることがあるのだな」

四郎が俯き加減に答えた。

「父様、悪い方に転がっていませんか。いま悪魔の力に押されていると思うのです」

「お前らしくないな」

「…実は、あの方のお声がないのです」

灯し火の炎よりかぼそい声だった。

「…もしこのまま聞こえなかったらどうすればいいでしょう。天草の民をここまで連れて来て、福音に浴すに能わずとはいきません」

父甚兵衛に驚きはなかった。

「四郎、そのような心配はいらない。いま自分が成そうとしていることは何だ」

「…いま僕は、キリストの教えに従って天草の人々を神の国まで導こうとしています。そのために心を強く持とうとしています。疑問が入り込む隙もなく、強い信心を心に打ち立てています」

「四郎、それで良い。それだけを考えていなさい。もし迷った時は賜った御大切（神の慈悲）に立ち帰ればよい。霊性はお前のなかにある」

満天の星空に浮き上がった富岡城が二人を見下ろしていた。

翌朝。晴天は様相を変えた。薄暗い雲が富岡城の上を流れていた。

「善右衛門殿なきあとの軍《いくさ》奉行ですが……」

聞かれた伝兵衛は、待っていたかのように続きを遮った。

「甚兵衛殿がよろしいのでは」

真剣な話を茶化されたと感じた甚兵衛が珍しく眉を顰《ひそ》めた。

「宇土から来た拙者が天草衆に受け入れられるとお思いですか」

「いや、ともかくわしにはとても務まりません」

取り付く島がない。甚兵衛は仕方なく「二連勝を飾った本渡但馬殿のお力なら立派に善右衛門殿のご遺志を果たされると思います。総大将から任じてもらいますか」と返した。

伝兵衛が小さな口を捻った。

「それは四郎殿の御託宣ですか」

「……いえ」

「であれば、年嵩《としかさ》の宗意軒殿にお務め願いましょう」

宗意軒を名乗る森三左衛門は若い頃にポルトガルに渡った経験を持っていた。朝鮮戦役で小西軍の荷駄を扱い、大坂の陣で真田幸村に従軍した。とはいえ、軍奉行どころか戦闘命令を出したこともなかった。しかし話を聞いた森宗意軒は二つ返事で引き受けた。

「やる気はじゅうぶんある。ならばやれる」

齢《よわい》七十、人生最後のひと働きをする充実感で漲っていた。伝兵衛が「お引き受けいただいて忝い」と頭を下げた。それを聞かされた松右衛門は「よろしく頼むぞ」と信頼を寄せ、本渡但馬は「お助けします」と気にすることなく受け入れた。

富岡城襲撃（二回目）＠天草志岐

きのう一日を喪に服した一揆勢が、暗いうちから三方向に動き出した。正面の西の半門、裏手の大手門と前回の奇襲があった北口門で同時攻撃の手筈を整えた。十月二十二日、夜半から雨が降り出していた。高く茂る木の枝から滴る雨粒が集まった百姓たちを濡らした。夜が明けないうちに森宗意軒が出撃を命じた。善右衛門が用意していた二度目の攻撃が始まった。前回とは逆に大手門から攻め込む算段だった。

百姓たちは松明に火をつけて一斉に大手門の内側に投げ込んだ。順番を待つ松明が暗い山肌に短い筋となって浮かび出た。大手門隊が押し込みを始めた。わっしょいの掛け声が聞こえると西の半門でも百姓たちが松明を投げ入れた。東西で上がった火の手。百姓たちが粛々と湧き出して門にたかると、胴体に竹束を巻いた白装束が赤く浮かび、城方の鉄砲に撃たれた。塀によじ登って鎌を振り回す百姓が城方の槍に突き返された。重なる死体は年寄りたちが手早く片付けた。穴を掘り、土を盛って白い十字架を立てた。犠牲が百を超える頃、数に負けた城方の防御が間に合わなくなった。

一揆勢がついに大手門を破った。三ノ丸で鬨の声が響くと手応えが全軍に行き渡った。まるで命を失うことを喜んでいるような凄まじい勢いを目の当たりにした城方が、これは危ないと見て三ノ丸からスッと退いた。整然とした退却だった。

「今こそ神の導きだ」

森宗意軒が突撃命令をかけた。百姓たちは三箇所の門を勢いよく打ち破った。東西から雪崩をうった百姓たちが二ノ丸に駆け上がった。城方はさらに本丸に引き揚げた。三ノ丸から二ノ丸まで、広い場所がすべて百姓たちで埋まった。しかし、その先の本丸への門が堅く閉じられていた。

前に進めない百姓たちが後続に押されて身動きもままならない大混雑になった。雨が土砂降りに変わった。大粒の雨が地面を叩いた。ザアザアという雨音が周囲の音をかき消し、それが妙な静寂をもたらした。

そのとき、二ノ丸に充満した百姓たちに向けて、本丸から大砲が撃ち込まれた。ドーンと鳴った轟音とともに、二ノ丸の真ん中で犇きあう一団が吹き飛ばされた。何が起こったかわからない。百姓たちが恐怖に土を掻いて引き返した。悲鳴をあげて離れようとする者たちが、押しかける者たちと逆方向でぶつかった。折り重なったかたまりは団子状態のまま我れ先に二ノ丸門から転がり出た。百姓たちは門の外でバラバラとほどけると、身を縮めて怯えた。

「お、おっかなかぁ」

「今んは何や」

二ノ丸の広場の真ん中に大きな穴が開いていた。みるみる雨水が集まって水たまりができた。穴を囲むように倒れた百姓が散らばっていた。強い雨が泥を跳ね返し、点々とした死体が赤黒く地面に塗り込まれていった。

門の内側では踏み潰された者が呻いていた。白装束が鼠色にかわっても、誰も手が出せなかった。

「入ったらまた爆発するんやなかか」

森宗意軒が檄を飛ばした。

「怖気づくなっ。デウスに献身する者の後世は安泰だ」

しかし大砲の轟音を神の祟《たた》りと思い込んだ百姓たちは竦んだまま動けなかった。ざあざあと降り続く雨が本丸から川のように流れ出し、泥水となって動かない百姓たちの足首を洗った。手に持つ鉄砲がずぶ濡れとなった。火皿に雨が入り、火蓋に口薬を入れても濡れてしまう。しまいに火縄も消えてしまった。胴火（火縄を濡れないように入れておく箱）を持たない百姓たちは鉄砲が使えなくなった。援護がなければ踏み込めない。恐る恐る広場を窺ったまま陣笠もかぶらず三ノ丸で固まった。一揆勢の攻め手がとまった。

森宗意軒は雨を恨んだ。しかし城方も打って出られないとみた。枯れた声で「二ノ丸を囲え」と指図した。

「おれたちは二ノ丸まで到達している。城中は大した数ではない。雨が上がって鉄砲が使えれば最後の一押しで本丸を奪うっ」

百姓たちはその場所で火を焚いて鉄砲を乾かし始めた。雨に打たれたままの膠着状態。弱まる気配のない雨音を長い時間にわたって聞いているうちに百姓たちの集中力が切れてきた。

突然、分厚い本丸門が開いた。一揆勢のど真ん中を吹き飛ばした大砲が、木車の台に乗ってギシギシと音を立てて現われた。大雨のなかに押し出された黒い砲身。それを目にした百姓たちが大慌てで二ノ丸の塀の外まで逃げ出した。

「退くなっ、進めー」

森宗意軒の叫ぶ声は耳に入らず、むしろ瞬間的な恐怖がまさって百姓たちは塀の外に逃げた。砲台の車輪の軋む音が止まった。再び祟りに見舞われる恐怖で頭を抱えた。ぬかるみに埋まった黒い大砲の後ろから城方がどっと出てきた。繰り出された兵たちが、あっという間に二ノ丸を取り返して門を閉じた。素早かった。森は呆然とした。驚きと後悔と落胆が入り混じった顔で天を仰いだ。雨粒が追い討ちのように顔を叩いた。

そのまま夜の帷《とばり》が降りた。二ノ丸の外に締め出された百姓たちが暖をとる小さな火が点々と浮き上がった。

四郎が麓の本陣から小さな火を見上げて独り言を呟いた。

「雨なのに火が見える。山の柴が燃えているのか」

父甚兵衛に促されて、「御心によってもたらされている雨なら止めてください」と祈った。

翌十一月二十三日の朝。祈りが通じて雨が止んだ。城を囲む百姓たちは四郎の力が通じていると喜んだ。どんよりした雲に覆われた空を見あげた四郎が、戦勝を願うために進み出た。パンッという鉄砲の音が静けさを破った。動けない一揆勢を狙って城方が狙い撃ちを始めた。森宗意軒と本渡但馬がすぐさま駆け出していった。

塊となった百姓たちは湿った竹束を身体に巻いたまま火を囲み、まだ濡れている鉄砲を懸命に拭いていた。薄陽がさすにつれて寒気のなかの白装束から湯気が上がった。すると散発的な鉄砲が止んで湯気を目がけて火矢が飛んできた。油を浸した布が炎と共に降り注いだ。湿った竹束に矢が突き刺さると、百姓たちは濡れた頰被りを外して火を消した。動かない白装束は城方の餌食となった。反撃ができないまま退却するわけでもない。迷いと恐怖で浮き足立ちそうになる一揆勢を、森宗意軒が鼓舞して回った。

「四郎様が雨を止めた。天はおれらに味方している。鉄砲が乾くまであと少し堪えろっ」

百姓たちには手応えが見えなかった。一度乗り込んだ二ノ丸から追い出されてしまった。その記憶が城に入《はい》れない限界として闘志を塗りつぶしていた。いたぶられるような火矢の雨。目指す神の国はもう目の前にあるはずだ。しかしあと少しが遠い。実はまだ手の届かないところなのかもしれない。時間がそう思わせた。百姓たちの挽回心が削がれていった。

濡れた百姓兵たちから不安が漏れ始めた。

「神はこがん試練ばくださるとか」

止んでいた雨がまたポツポツと落ちてきた。

「ここぞと言うときに鉄砲が使えん。ひょっとして、おれたちは見放されたんか」

「四郎様はどこにおらす」

訓練されてない百姓の精神力は脆い。城を囲う前線の百姓たちの心に、それまでなかった恐怖が芽生えた。

それを察した本渡但馬が麓の本陣に報告を上げた。益田甚兵衛が、前線から森宗意軒と本渡但馬を呼び戻した。

「鉄砲が乾いてからやり直しですか」

森が口篭った。本渡但馬が代わって答えた。

「…二ノ丸から追い出されましたし、なにより城方の人数がそれほど減っていない。まだひと苦労いります」

ここまで五百人を超える犠牲を出していた。一万五千人に膨れ上がった一揆勢には勢いで参加している者も多い。力ずくで連れてこられた者も少なくない。形勢不利となれば戦列から抜けだす者が出てくる。時間が経つほどに内部から破綻が起こるかもしれない。そうなればこの場が崩壊する。

空気が分水嶺を告げていた。森宗意軒が頭を横に振って言葉を絞り出した。

「…ここで諦めるわけにいかない」

しかし対策がなかった。誰からも声が出なくなった。

後方の志岐に置いていた村人から伝令がきた。

「四郎様はいらっしゃるとっ。唐津から援軍が到着すると噂が出とーと」

森宗意軒が怒鳴るように聞いた。

「何っ。どんな噂だ」

「唐津からん第二陣がすでに長崎ば回ったそうばい」

ここで背後をとられたらひとたまりもない。

「いま鉄砲を集めて乾かしている。明日になれば一斉攻撃できる」

もう少しなんだ、待ってくれと両の指を組んで震わせた。本渡但馬がかろうじて「鉄砲が乾けば攻められます」と言い添えた。

「とにかく四郎に伝えましょう」

甚兵衛に促されて、森宗意軒と本渡但馬が摑み所のない報告をした。黙想していた四郎が、「噂が相手では戦いようがないです」とあっさりと答えて黙った。森宗意軒がすぐに駆け寄って、「託宣をいただけませんか」と求めた。余裕のない切羽詰まった口調だった。

「いま僕には、お伝えできる言葉がないのです」

四郎は、わずかに口元を引き締めただけだった。

森は意味がわからなかった。

「四郎様、雨を止めてくれたじゃないですか。唐津の援軍をとめてください。何か与えてください」

「…それはきっと僕ではなかったのです」

　縋っても四郎はそれ以上答えなかった。沈黙が長かった。梅津七兵衛が声を殺して、「みんな噂を聞いてオロオロしている。どうすればいいだろうか」と聞いた。伝兵衛が後方から襲いかかってくる敵を想像したのか、「腰がムズムズする」と身体を揺すった。甚兵衛が大きく息を吐いた。

「唐津から来るには早すぎる。根拠のない噂を取り合う必要はありません」

　甚兵衛は伝兵衛たちを戻して四郎と二人で向き合った。

「お前が上津浦の浜に戻って来たときとても立派になっていた。それから信じられないほどの勝ち方で唐津を蹴散らしたではないか」

「…今となっては絵空事に感じます」

「お声が消えるわけもない。お前が何かで耳を塞いでいるのではないのか」

「いくら考えても思い当たらないのです。これまでの二つの勝利は、そもそもお望みだったのでしょうか」

「出口のない悩みに取り憑かれたなら、自分を制約するこだわりを外して役割に身を委ねてはどうだ」

「僕が、何かに拘っているのですか」

「物事を知るほどに、その知識と引き換えに霊性が失われることがある」

「…」

「迷っているうちは人前に出ないように」

甚兵衛は四郎をひとり残して戻った。待ちかねた軍奉行の森宗意軒が駆け寄った。

「四郎殿の御託宣はありましたか」

「いや。御心を測り兼ねています」

「…ではこのまま神の御許に近づいていくのみ」

落胆して思い余った森宗意軒を甚兵衛が静かに諭した。

「神の導きがあってこそ聖戦。神の国が成就しなければ犬死にです。天草の村人たちをこぞって追いやることは許されません」

「ほろしも（隣人）とともに信じる神に命を投げ出して、それが犬死ですか」

「さらに五百人を煉獄に送れば満足ですか」

七十歳を超えた森宗意軒が皺だらけの顔をくしゃくしゃにした。

腹を切らんばかりの面持《おも》ちを見かねた伝兵衛がなんとか慰めようとした。

「戦場経験がないと承知で善右衛門の代わりをお願いしてすまなかった。宗意殿は精一杯やっていただいた。そう嘆かないでください。誰のせいでもない」

「…ここまで村人たちを巻き込んで来て、しかも指揮をお任せいただいたのに、寺沢の世直しに至らず慚愧の念に堪えません。おれたち小西家の魂で、天草衆が幸せに暮らす神の国を作りたかった…伝兵衛殿、甚兵衛殿、みんなにも、あいすまない」

言葉に詰まった森宗意軒は拳《こぶし》を握ったまま暫く俯《うつむ》き、ようやくのように立ち上がった。

「力不足で申し訳のしようもありません。貝を吹かせてきます」

そう言い残して一人で前線に戻っていった。

すでに昼を過ぎていた。天気も状況も好転の兆しは見えなかった。城方からの火矢は減ったものの、濡れ鼠になった百姓たちは行動の方向性が見えないまま
その場で耐えていた。

その頃になって前線に噂が到達した。

「…あん鉄砲音は、もしかして唐津が来たかぁ」

猜疑心の傷に噂が垂らされて、疑心暗鬼が伝染した百姓たちはみるみる色を失った。緊張が雪崩の前兆のようにギシギシと音を立てた。恐怖心の突支棒が外れてざわつく前線はもはや闘争集団としてのまとまりを失った。

森宗意軒が断腸の思いで引き上げの貝を吹かせた。軍奉行の最後の仕事だった。雨と泥に塗れて城を囲っていた白装束たちは、突然の合図を助け舟に引き揚げ始めた。城方が百姓たちの背中に追い撃ちをかけた。もはや引き取るものがいなくなった死体が点々と残った。二ノ丸門の前に、森宗意軒の横たわった身体が取り残されていた。

もはや純粋ではなくなった百姓たちは、それでも四郎を求めて戻ってきた。

「四郎様はどこにおるとかね、なして姿ば見せんばい」

それを受け取るように甚兵衛が前に出た。

「神はすべてをご覧になっています。いま四郎がその先頭におります。祈りを続けましょう。いつか願いは成就します」

百姓たちは唖然として言葉がなかった。雨に汚れた顔が白けた表情に変わった。

「何ば言いよーったい。いったいこの世ん終わりばどうなったと」

緊張が切れた百姓たちが無遠慮な声を上げ始めた。

「もっともらしいこと言うばってん四郎様も坊主と同じ生臭やった。ほんなこて助けてくるるわけやなかと」

「そがん夢はお天道様が見よう間だけんことや。お天道様から見えんくなったら夢は夢や」

おさまらない不満が白装束を烏合の衆に変えた。甚兵衛に構わず、周囲に聞こえるようにわざと大きな声を出すものもいた。

「おいは、いつかよかことがあるって信じとったんばい。どうすりゃそうなるとかわからんけん、坊主でも宣教師でも言うこと聞いて精進したし金も払うた。全部無駄なことやったんか」

「おれたちに来世なんかなかばい。これだけデウスに付き従うてん何もなかったやなかか」

「ああ、いっそそう言ってくれたらよかばい。坊主は南無阿弥陀仏ば唱えればって言うばってん何もならん。天地ば作った神に祈れば次は天国だって言われてん神は出てこん。いつかよかことが、って信じたおれたちが間抜けってこと。ああ情けか…」

「結局、おれたちは虫ケラと何も違わん。這いつくぼうて死んで終わり。それで何もおかしゅうなか。いたらん期待ばさせるけん、短か命がなお無駄になる」

伝兵衛が「いずれ神の恵みの来る日がある」と声を張っても届くわけもなく、ついさっきまで神の降りる場所を求めていた百姓たちは囲みを崩し、終わりを待つことなく次々とその場を去りはじめた。城に石を投げて絶叫していた地元の者たちは何事もなかったかのように村に戻って行った。そして大矢野村と上津浦村をはじめ家を捨ててきた者が残された。四郎を信じて帰る場所をなくした多数の信心深い一家が途方に暮れた。

――富岡城から見下ろしていた城方の見張りが歓声を上げた。三宅重元が駆け寄った。

「伊予殿っ、持ち堪えましたなっ」

原田伊予の身体からスッと力が抜けた。死を覚悟して生に執着した極度の緊張が、ひとつずつ身体から不器用に出ていった。

「ほとんど損失なしに守り切りました。お見事です。大砲を押し出したのが決め手でした」

「ああ、見せるだけだったが、役に立った」

効果的な一発を放った大砲は、後装の砲尾に亀裂が入って二発目が撃てなくなっていた。割れた砲尾は簡単に治らない。幸い外見に異常がないところを見て二ノ丸に繰り出させた原田伊予の苦肉の策だった。

「唐津の援軍の噂も効いたと思います」

「そうか……」

原田が腑抜けた顔を緩めた。重元は甘やかさなかった。

「しかし、そんな嘘は、すぐ気づかれます」

「うむ、そうだな。取って返して来るかもしれん。警戒を解くな」

そう命じた原田の身体はすでに弛緩していた。三宅重元は原田の統率力を見込んだ自分の目が正しかったことに密かに満足した。そして百姓どもが去ったところで、ひとり城から出ると、父の首を槍から外して持ち帰った。

再構築@天草上津浦

あてを失った百姓たちが富岡城から四方八方に離れていった。一揆を主導してきた天草四郎と益田甚兵衛父子はじめ、渡辺伝兵衛、大矢野松右衛門、本渡但馬、梅尾七兵衛が力無く海岸線を北に歩いた。これまで先頭にいた千束善右衛門、志岐丹波と森宗意軒がいない。その現実も引きずって、それぞれが強烈な喪失感を背負って下を向いていた。あふれる敗北感が尋常ではなかった。

気の抜けた列に、突然、鉄砲が撃ちかけられた。山あいからの散発的な銃声。城方ではなく周辺の村の衆だった。勝敗が決したところで、それまでの様子見を翻し、去る者たちの背中を撃った。トボトボ歩いていた百姓たちが蜘蛛の子を散らすように逃げた。倒れた者は置き去りにされた。

四郎たちも走った。志岐から二里ほどの坂背川で舟を見つけると迷わず舫縄を解いた。それを見た百姓たちが罵声を浴びせ、川の上から怒りに任せて鉈を投げ下ろした。重い刃が回転して櫓を握っていた杢右衛門《もくえもん》の首を抉った。船縁を赤く染めて動かなくなった杢坊を、伝兵衛がそっと川に流した。

「…神に与えられた長い時間は何も産まんじゃった」

岸から離れて一息ついた。失敗に終わった落胆が、大矢野松右衛門の口から漏れた。人生最後の賭けが虚しく潰えた松右衛門の、手応えのない思考がカラカラ回る音が聞こえるようだった。

「もう二度と天草を吉利支丹の国にする機会はないじゃろう。この日に限って大雨を降らすとは、神は何をしろと言ってなさるのか」

無言の舟が早崎瀬戸を時計回りに大矢野島に向かった。慣れない櫓を漕ぐ七兵衛が忘れていた心配事を思い出した。

「大矢野は熊本藩が来ているかもしれません」

「そうじゃった。上津浦に着けるしかないじゃろう」

伝兵衛が我に帰ったように、「その前に有家村に寄れるか。監物殿に報告しなければ」と聞いた。無言で首のコンタツを繰っていた四郎が手を離した。

「…僕が島原衆を預かってきました。報告は僕のつとめです」

甚兵衛が父親らしく「頼む」と短い返事をした。舟を鬼池に寄せて、置かれていた舟にひとり乗り移った四郎が、分かれて有家村に舳先を向けた。

伝兵衛たちの舟が上津浦に到着した。重い足どりで梅尾七兵衛の家に忍び入った。

「熊本藩の影は見えません。幸いでした」

七兵衛の声を聞いてホッとした伝兵衛が、未練がましい繰り言をずらずらと口にし始めた。

「いま思えば島原の応援部隊を帰さなければよかった…」

「いや、人数は十分だった。それより志岐で二日待ったことが悔やまれる。善右衛門殿が言ったように一気呵成に攻めていれば勝っていたかもしれない。少なくとも善殿が死ぬことはなかっただろうし、あの雨にあわなかった」

本渡但馬の指摘が千束善右衛門を思い出させた。

「わしが人数が増えるから待った方がいいと進言した。城方に猶予を与えてしまって、善殿に合わせる顔が無い…」

伝兵衛が後悔を隠すように目をしょぼつかせた。

「雨の中で本丸門まで詰めたんです。やはり大砲で吹き飛ばされた衝撃が痛かった。みんな縮こまってしまった」

噛み合わない会話が沈黙を生んだ。

「あとは捕まって殺されるだけか」

もはや誰もがわかっていることだった。居た堪れなくなった甚兵衛が責任感で発言した。

「勝てなかったが、負けたわけでもない。身勝手に諦めるものではなかろう」

甚兵衛は家族を犠牲にして四郎と共に神の僕《しもべ》となる道を選んだ。それを後悔したくないのだろう。カラ元気がそういう姿に映った。

翌日。同じ顔ぶれが再度集まった。しかし一晩経って話が進むわけもなく、暗い部屋は重苦しい空気に沈んでいた。

表に人が来た物音がした。

「すわ、唐津か、熊本か」

座の者たちの腰が浮いた。見知らぬ小男が裏庭に回ってきた。

「監物殿ん使いで来た、口之津村庄屋五郎作んところん者《もん》ばい」

小男は人が集まっていると思っていなかったようで、慌てて邪魔することになった無礼を詫びた。

「あっ、あのときの…」

甚兵衛が声を上げた。四郎と二人で請われて島原に向かった舟の漕ぎ手だった。

「そん節はお助けいただいて忝く存じとります」

頭を下げた小男が、「渡辺伝兵衛殿はいらっしゃると」と問いかけ、坊主頭を確かめてから書状を差し出した。伝兵衛が一読している間に「四郎様はご無事で原城に到着されとーと。ご心配は無用ばい」と伝えた。はっきりした口調にその場に少し笑顔が戻った。

伝兵衛が手に持った書状を広げて見せた。

「監物殿からだ。有馬の原城で準備をしている。参加できる者がいたら来てほしい、とある」

一同が顔を見合わせた。伝兵衛が小男に聞いた。

「原城は監物殿から聞いたことがあります。どんなところですか」

「海に面した山ん上ん城ばい。だいぶ昔から廃城になっとらした」

「準備とは何のことでしょう」

「島原ん城ば攻め取る準備やと思う」

いい話のようだ。その場にもう少し元気が出た。乞われて高来に出かけた益田甚兵衛が、そのときを思い出した。

「監物殿は原城で石火矢を探していました」

これで一同が色めき立った。反応を見た甚兵衛が「願っても無い話じゃないですか」と水を向けると、座の目が伝兵衛に集まった。天草の蜂起に失敗した以上、唐津藩に捕縛されれば一族で殺される。逃げるか、進むか、二つにひとつ。しかし伝兵衛は焦点の合わない目線で小さな口を動かしていた。聞こえない声を聞いた梅尾七兵衛が諭した。

「伝兵衛殿、蜂起を悔やんでいますか」

伝兵衛は口を閉ざしたままだった。

「我々は天草の領民たちを寺沢家から解放しようと一揆を起こしました。御組に立ち帰った村の衆が従った。しかし結局何も実現できなかった。村は壊れて、行き場を失った者たちで溢れている。まだ生かされている我々なりに、最後まで報いるべきでしょう。監物殿に命を預けて神の国を目指してはいかがか」

聞いた誰もが少し恥ずかしそうに、でも嬉しそうにうなずいた。寺沢家への私憤であれ、不公平な扱いへの不満であれ、神の国への憧れであれ、次の世代のために蜂起した者どもは、それを形にできなかった心残りをやり直す機会を得て、組の総代の一言を待った。

「…いや、わしは原城に行かれん」

伝兵衛が坊主頭を両手で覆った。

「伝兵衛殿、他に手はないのです。なぜ二の足を踏むのですか」

「…監物に惨めな結果で顔を合わせられん」

七兵衛が呆れたように声を呑んだ。誰も声が出なかった。

七兵衛が伝兵衛を諭した。

「いいですか、惣代って筵は一つしかないのです。そこに座っているならつまらん感情でものを言わないでいただきたい。惣代として最後まで天草の者を救ってくれ」

伝兵衛は小さな口を尖らせて黙っていた。松右衛門がひとつ咳払いをして小男に振り返った。

「監物殿に、ありがたくお受けいたしますとお伝えください」

使いの小男が畏《かしこ》まって戻っていった。

「善右衛門がいたら何と言ったじゃろうかな」

伝兵衛の代わりに本渡但馬が答えた。

「しのごの言わず、さっさとやれって言うでしょう」

「そうじゃ。行くも行かぬも、それぞれが決めるんじゃ」

冷たい目線に責められた伝兵衛が、渋々と村への回状を書いた。

『島原で神の国を待ちたい者は自分の舟で原城に渡れ』

差出人に「御組の惣代」と記した。それを組親の七兵衛が村々に配った。

案の定、受け取った村人の反応は以前と同じではなかった。

「御組やと、たいがいにせろ。あれだけ懸命に戦うてん、神はおらさんじゃった。もう切支丹に関わらん」

「死んだとうちゃんはほんなこて天国に召されたんか」

嫌気がさした村人たちは熊本藩領に逃げた。およそ二千人が大矢野村・上津浦村から離れた。

一方で行き場を失った信者たち、あるいは来世とアニマの扶かりを信じている者たちが、神の国を目の前にして後戻りはできないと舟を引っ張り出した。およそ三千人が三々五々原城に向かい始めた。いずれも長らく天草波太で生きて来た人々の最後の選択だった。それで大矢野村・上津浦村から人がいなくなった。

伝兵衛はせめてもと残った武器を掻き集め、恥を呑み込んで舟に乗った。しかしそれを言い聞かせた梅尾七兵衛は舷《げん》を跨がなかった。

「おい待て。組親だってひとりしかおらんだろ」

「だからここでまっとうする。またどこかで会おう」

梅尾七兵衛が伝兵衛の舟を海に突き放した。

舟が見えなくなった。共に岸から見送った大矢野松右衛門に声をかけた。

「慈悲役殿、戻りますか」

「そうしよう。わしも大矢野で留守番じゃ」

「ははは、もはや留守を荒らす盗人もおらんでしょう」

松右衛門が少し笑った。

「そうじゃな。不思議なことに川尻（熊本藩）からは狼煙が上がらず仕舞い。それでつい夢を見た」

第四章　神の国

合流@島原半島原城

十二月三日。原城の南側にある大江川河口の船着場。有家監物と芦塚忠兵衛が天草から着岸する舟を眺めていた。

「天草衆と話を始めてどのくらい経つかな」

「監物宛に手紙が来たのは初夏だったから、まあ半年くらいか」

「おかげで忠兵衛の狙いが実現したではないか」

「うむ。これで天草衆が城を取っていたら大成功だった」

「それでも四郎殿と天草衆が高来に合流してくるのだから悪い結果ではなかろう。そういえば四郎殿が見えないが」

「相変わらず籠ったまま出てこない。まあ父上殿（益田甚兵衛）が来れば顔を見せるだろう」

「天草衆と北目（三会村）が入り終われば、あとは石火矢次第でいよいよ再攻撃。肝心の子砲はどうした」

　忠兵衛が原城の奥深くから探し出した石火矢は、原形も朧げなほど緑青《ろくしょう》のコブが吹き出していた。監物は砲身の後部にポッカリ開いた穴に見覚えがあった。その昔、藩主有馬晴信が手に入れたポルトガル製の大砲は、砲弾を詰めた子砲を入れて発射させる形式だが、肝心の子砲が見つからなかった。忠兵衛が仕方なく鉄砲屋大膳に製作を頼んでいた。

「そろそろ約束のひと月になる」

「まだ見通しが立っていない。なにしろ古い石火矢を現物合わせで作るので、やってみないとわからんことも多い」

「大枚叩いて工房をここに移したのだ。何とかしてもらわんと」

「藩主（松倉勝家）が帰国したからには、島原からいつ来ても不思議じゃない。間に合わんかもしれんな」

　監物が眉を寄せた。忠兵衛は冷静だった。

「そういうこともあるから備えを固めておく」

　監物が不満そうに沖に目を戻した。数隻の舟が近づいて来た。先頭の舟で、男が立ち上がって思い切り元気な声を出した。

「監物殿っ、ご無沙汰しております」

被っていた日除けの手拭いを外して振った。男の坊主頭が見えた。

監物と忠兵衛が桟橋に出た。わざとらしく装う心中を察して明るく迎えた。

「伝兵衛殿、よくおいでくださいました。富岡城のことは四郎殿にお聞きしました。なによりご無事の様子で安心しました」

優しい声に救われた伝兵衛は、おかげで二の句が継げた。

「四郎殿にお聞きしました。残念です…」

「途中までうまく行っていたのですが…何の災いか、善右衛門が死んでしまい、それから攻めきれませんでした」

「手元の武器をありったけ持ってきました」

「頼もしい。天草筒の噂は聞いています。城内に鉄砲鍛治を置きましたから数を作らせましょう。他の皆さんは別の舟ですか」

「甚兵衛は大矢野村に行っていまして後から参ります。善右衛門は富岡城で戦死しました」

「天使の噂を広めてくれた松右衛門殿もこれからですか」

「大矢野でしんがりを務めると居残りました」

「居残った…。高来を立ち帰らせてくれた恩人です。お越しいただきたかった…」

「本来であればあわせる顔などありません。わしも恥を忍んで参りました」

顎の震えた声だった。

「天草を壊してしまったわしらに声をかけていただいてお礼の言葉もない…ここからは監物殿を大将と仰ぎます。わしら一度無くした命、島原と天草の信者を神の御許に届けるために捧げます」

「伝兵衛殿、私心なくやられたことです。そうご自身ばかりを責めず。ともかくお互い、まだこの世で生かされています。もう一度、島原城を攻め取るつもりです。お力をお貸しください」

伝兵衛のしょぼついた目に涙が浮いた。監物は伝兵衛を誘って二ノ丸に上がった。一周すれば一里はあろうかという広大な城塞が目の前に広がった。島原湾（有明海）に突き出した長い岬の高みに、北から三ノ丸、二ノ丸、本丸と連なっている。

「その昔ですが、私がお仕えしていた藩主有馬晴信がここにあった小さな古城を作り直させました。太閤様（秀吉）が朝鮮に出兵したときの城郭設計を踏まえ、海に面したところにポルトガルの船をつけられる城門を設けてあります」

伝兵衛は予想を遥かに越えた巨大な原城に圧倒された。

「…当時の最先端の城ですか」

「いまだに最先端です。公儀が新たな築城を禁止しましたから」

「それにしても、そのまま残されていたとは…」

「松倉家はここ（原城）も日之江城も破却しませんでした。きっと切支丹の城など忌々しくて、島原城の建設に使いたくなかったのでしょう」

城に入った村人たちが二ノ丸奥に住居小屋を建てていた。巨大な城はひとたび事あれば近隣の村人たちをまるごと囲える要塞となる。島原半島の村々から集まった一家は、それぞれ鍬や鋤はもちろん鍋釜まで風呂敷に包んで持ち込んでいた。煮炊きのために共用の大きな台所が奥まったところに配置され、傍の蔵にことし収穫した兵糧雑穀が運び込まれていた。

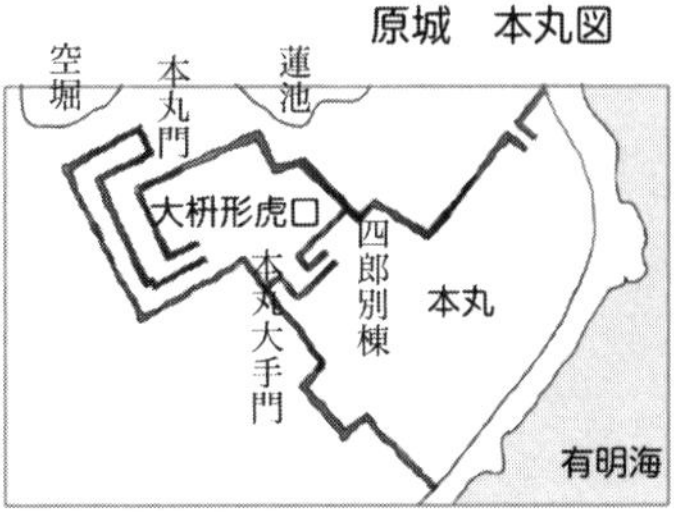

（南島原市　原城紹介リーフレットより作成）

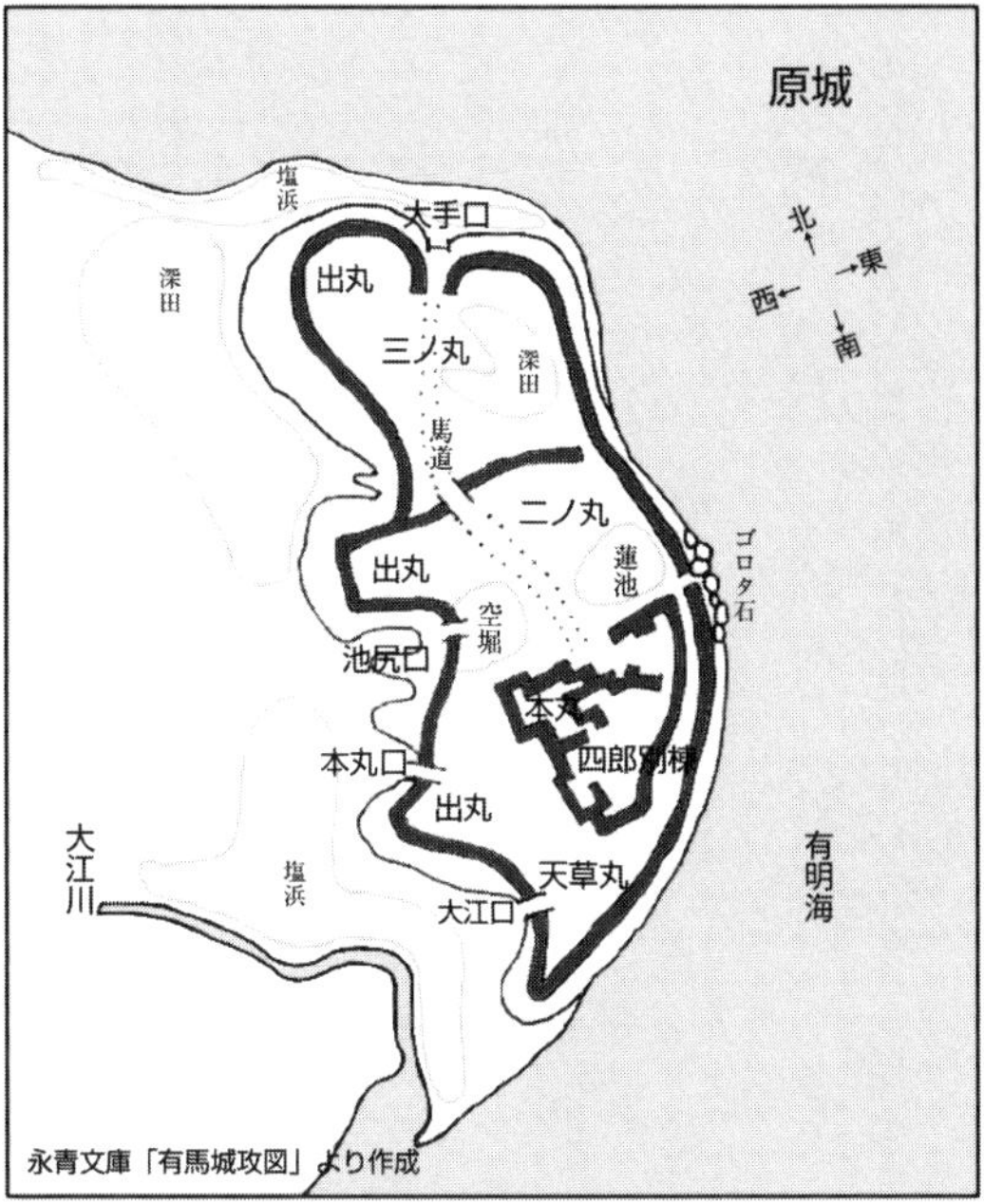

「わしら、自分の食い扶持も持たずに申し訳ない」

「そんなことお気になさらず。今年は久々の豊作でした。年貢にとられることなく手元にあります。仲間が増えたとて勘定するに至りません」

蔵に積み上がった米俵は一万石以上。自分たちの米を自分たちが食べる。村人が幸せを実感するキリシタン国の新しい生活環境が出来上がりつつあった。

「天草丸をご案内しましょう」

二人は馬道を登って本丸大手門に出た。伝兵衛たち天草からの渡海者のために、本丸南側に新しい居住区が作られていた。大きな出丸をすべて使った長屋は他の島原衆と同じ大きさだった。

「…色々、誠に忝い」

伝兵衛が恐縮して何度も坊主頭を下げた。

「同じ吉利支丹です。故郷を捨ててきたほろしも（同胞）を迎えるに当然のことです」

「監物殿、お礼にもなりませんが、わしらが乗ってきた舟を必要なところに使ってください」

「壊してしまって、よろしいのですか」

「もとより戻るつもりがありません。お役立てください」

「では城の備えを始めている忠兵衛に伝えます」

伝兵衛は対岸の熊本に目を遣った。灰色に凪いだ海の遠くに大矢野島の姿が見えた。いつものように島の上を雲が流れていた。

「いいものをお見せしましょう」

監物が得意げにそう言って、本丸の隅に設けた倉庫に案内した。

「伝兵衛殿、これを見てください。松倉が隠していたものです」

五千石の米俵が山のように積み上げられていた。

「わかりますか、増し分（幕府公認の石高以上に徴収した年貢）です。村から搾り取って隠していたコメです」

「増し分が、こんなにたくさん…」

「…そう、こんなにたくさん搾り取られた。このために牛馬のように働き、このために殺された村人もいました。コメというより、煉獄（神の国に行く信者の待機場所）から見ているやつらの汗水を取り返したぞって、思います」

監物は米俵を掌《てのひら》で撫でた。ざらざらと伝わる感触に感情を撫で返されたように、「…うちの息子は脇庄屋で、デウスの信心に戻りたいと言って殺されました」と呟いた。

「えっ…」

「不作続きで、年貢を納めるためにデウスに祈ろうとしたのです。それで殺されたんです。馬鹿げていると思いませんか」

「…そんなことがあったのですか」

「昨年の凶作でも法外な年貢を吹っ掛けられて妻を連れていかれました。恨めど何もできない自分が悔しくてたまりませんでした。心から悩んで、自分が吉利支丹だったことを思い出しました」

「それで耶蘇教に立ち帰ったのですか」

「いえ、思い出しただけです。恥ずかしながら、私は信心深くないのです。それでも考え抜いた末に、自分が存在しているこの世の役割に思い至りました。それでいまここにいるのです」

松倉藩の蔵奉行から寝返った三宅次郎右衛門が、口之津の隠し倉庫から武器弾薬を運び込んできた。積まれた米俵の前に、鉄砲五百挺、鉛丸七箱、銃薬五十箱、そのほかの武器が所狭しと置かれていった。しょぼついた目を丸くする伝兵衛に気づいた三宅が、「口之津に松倉家の武器倉庫がありまして」と親切に教えた。

そこに火薬の樽が含まれていた。

「監物殿、これが譲っていただいた火薬ですか…こんなに大量だったのですね」

伝兵衛が申し訳のように尋ねた。真面目な三宅が「普段はこんなに置きません。長崎で思いがけず手に入ったので入れておいたのです」と説明した。

それを聞いた瞬間に監物が口を挟んだ。

「長崎で…。三宅殿、火薬はどのくらいあったのですか」

「もともとは二十四樽です」

監物は胸に漣《さざなみ》が立ったように樽を覗き込んだ。

「それは、ひょっとしてマカオの火薬ですか」

「よくお分かりで。そうか、これが読めるのですね」

三宅が樽の表示をポンと叩いた。「荷受人が現れずにポルトガル商船から没収したものだそうです。夏頃でしたか。長崎代官殿（末次平蔵）から買わないかと持ちかけられて引き受けました」

監物が嬉しそうに樽に近寄ってツルツルした樽を撫でた。

「回り回って届いた私の樽だ。何という巡り合わせだろう」

伝兵衛が訳もわからず調子を合わせた。

「え、監物殿の火薬だったのですか。それはなんとも…まさに運命でしょうか」

「運命というか、ツキのない人生に足掻いて巡り合いました。マンショ神父のご縁です」

伝兵衛は顔を空に向けた。

「宮津で金鍔神父を助けたところから繋がって、いまわしは高来の原城で監物殿とマカオの火薬を目に前にしている」

「神父様を助けた…そんなことがあったのですか」

「小左衛門が見つけたのです。さらにいえば小左がふくと夫婦になっていなければ、四郎が加担することもありませんでした。結局、監物殿と四郎が出会う運命だったのでしょう。わしなど関係ない存在だったのかもしれません」

「私のツイてない人生に巻き込んでしまいましたか」

「その小左衛門は熊本藩に捕えられました。やはり関係ない存在だったということです」

「えっ、熊本藩…」

「ええ。間抜けなことに一家揃って宇土で捕まりました」

「それは、私がご家族を連れてきた方がいいと言ったから、宇土に四郎殿のご家族を迎えに行って…」

「いや監物殿のせいではありません。そういう運命だったのです」

「ご無事なのですか」

「わかりません。なにせ他国（熊本藩）で探りようもありません。甚兵衛もわしも考えないことにしています」

伝兵衛がそう言ってしょぼついた目を顰めた。監物は居た堪れなくなった。

「伝兵衛殿、これが運命なら過酷に過ぎます。だから足掻いてツキのない人生から抜け出なければならんのです」

「そうですな。万能の神ならば、せめて天使を遣わした代償などお取りになららないでいただきたい」

十二月六日。芦塚忠兵衛が作業部隊を三つに再編成した。それまでの武器食料調達部隊と運搬部隊に天草衆を入れて、さらに三つ目の部隊を新設して原城の備えを始めた。天草衆が乗ってきた何十艘もの舟が分解されて大きな舟板が大江の河口に積み上がった。その船着場に益田甚兵衛が到着した。

監物は、大矢野島からの殿《しんがり》を笑顔で出迎えられなかった。

「甚兵衛殿、ご家族が捕らえられたと聞きました。私が四郎殿のご一家を匿うようにと口走ったためです。申し訳のしようがない」

「何をおっしゃる。拙者こそ多くのご支援をいただきながら富岡城を落とせなかった。にもかかわらずお声がけいただき、また四郎までご厄介になり誠に痛み入ります」

甚兵衛が丁寧に頭を下げた。

「四郎殿は大江村で匿っております。ご心配なく。ただお元気がない様子でずっと籠りっきりです」

「そうですか。ずっとですか」

　甚兵衛には心当たりがあるようだった。

「はい、ここにおいでの時から覇気がありませんでした」

　監物が原城に現れたときの四郎の様子を説明した。


――もう十日以上前になりますか。南から来た小舟が徐々に近づいて城の麓に着岸しました。そこから四郎殿が一人で降りてきたのです。報告を受けて耳を疑いました。その四日前に応援部隊が帰ってきたばかりだったからです。出かけて行った者たちは破竹の連勝に興奮して、この聖戦に負けることはないと喜びあっていました。伝兵衛殿の篤い礼状も拝見しましたが、そこには勝利を確信している様子が溢れ出ていたし、いずれ吉報が来るものと待っていたところでした。四郎殿の悲しそうな顔を初めて見ました。

「監物殿、無念ながら神のご加護にあずかれませんでした」

「…富岡城で負けたのですか」

「僕の力不足です…」

「それで、大矢野の皆さんはどうなりました」

「上津浦に戻りました…」

「とにかく生きて戻ったなら良かった」

「高来の信者をお借りして富岡城に向かいながら…申し訳ないことです」

「いえ、そんな中で無事に返していただいてこちらこそ申し訳ない。しかしどうして我々がここにいるとおわかりになりましたか」

「有家村に行くつもりで漕いでいましたら、崖の上の廃城に人がたくさん見えて、監物殿が古い城で石火矢を探すと言っていたことを思い出しました」

「四郎殿、ここは原城と言って、その昔にドン・ジョアン（有馬晴信）が改築した城です。落成の折に宣教師が祈りを捧げました」

そう説明すると、沈んでいた四郎殿が「本当ですか」と明るい顔に変わりました。

「ここから島原城を取りに行きます。周到に準備をしています。神に守られたこの場所にこれから信者が集まってきます」

四郎殿が何か迷われたようでしたから、「四郎殿にはここにいて私たちを導いていただきたい」と申し上げました。引き締まった顔も一瞬のことで、「…お役に立てる自信がありません」と言うのです。百艘を率いて天草に漕ぎ出した時と別人のようでした。もどかしそうに顔を顰《しか》めて、「僕はもう天使ではありません…実は、あの方のお声が聞こえないのです」と言いました。もはや四郎殿から霊性は感じられませんでした。私はそれでもかまわず「何卒お頼み申します」と頭を下げて大江の空き家に匿ったのです。

甚兵衛は、監物の説明を口を固く結んで聞いた。

「そろそろ着くころです」

促された甚兵衛は黙ったまま本丸大手門の大枡形虎口に上がった。大枡形虎口は下から窺えないように石垣で囲まれていた。そこに警護隊に囲まれた四郎が連れられてきた。大江の隠れ家から出て来た顔はやつれて青白かった。

「父様《とと》、富岡城の顛末を監物殿に報告いたしました」

「うむ…まだ埒《らち》が開かないか」

四郎が黙って頷いた。殊勝な息子を気遣った甚兵衛が「土産を持ってきたぞ」と言って小さな竹行李《こうり》を指し示した。

「…何でしょう」

「村中から掻き集めて持って来た。役に立つだろう」

麻縄を解くと書物が束になって詰め込まれていた。四郎が少し嬉しそうに顔をあげた。

頃合いを見た監物が新しい建屋を指し示した。

「四郎殿に祈っていただくために別棟を作りました。我々を勝利に導いてください」

大手門を上がったところ、周囲から絶妙に見えにくい位置に平屋が建てられていた。総大将の居場所にふさわしい三十間四方（およそ六十メートル四方）の棟高。四郎と父益田甚兵衛が顔を見合わせた。

中に入ると通常の部屋割りに加えて二十畳ほどの広い部屋が作られていた。その西側の、少し高いところに窓があった。下には畳二枚分の祭壇らしき設えができていた。

「あの旗は…」

四郎が隅に立て掛けてあった幟旗に目を留めた。

「松倉家口之津の隠し倉庫にあったものです」

近づいて旗の端を持ち上げた。一辺が三尺あまり（約九十センチ）の正方形、キラキラした正絹製の旗の中央に聖杯と聖餅が描かれ、両脇に二人の天使が向かい合って合掌している。絵の上部にラテン語らしき文字が綴られてあった。

監物が「何と書いてあるのですか」と聞いた。

「尊き聖体の秘蹟讃えたまえ。…最後の晩餐でイエス・キリストが弟子たちに与えた聖体を描いたものです」

四郎は旗の端を元のようにそっと垂らすと、跪いて胸に十字を切った。そして顔を上げた。

「監物殿、この旗に出会えたことは導きによります」

少し元気を取り戻したように見えた。

「導き…四郎殿にふさわしい」

監物が懐に手を入れて、片手ほどの黒い漆箱を取り出した。

「もうひとつ四郎殿にお持ちいただきたいものがあります」

四郎は跪いたまま受け取った。そっと開けると白の正絹で包まれた黄金の十字架が現れた。眩い黄金の光が四郎の手元を照らした。監物も初めて目にした輝きだった。

「これは、いったい…」

「ドン・ジョアン（有馬晴信）がローマ法王からいただいたものです。有馬家秘匿の家宝として保管していました」

横一寸（三センチ）、縦一寸半、金線を縒り合わせた立体的な構造の十字架が窓からの光を受けた。やんごとなき輝きを四郎が自然と押し戴いた。十字架の下の部分が球形に膨らんで編まれていた。四郎はそのなかに小さな古い布切れを見つけた。

「この小さな布は…」

「イエス・キリストのご聖体です」

誰かが固唾を飲んだ音が聞こえた。監物が藩主有馬直純に命じられて原城の奥深くに隠した黄金の十字架が、三十年の時を経て、いま天草四郎の手に収まった。

四郎は震えるように黄金の十字架を見つめた。

「…お導きに感謝いたします」

長く眺めるを憚ったようにそっと箱蓋を閉じた。天使の旗の元に置いてしばらく小声で祈った。それから両手でゆっくり取り上げて懐深くに収め、祭壇の前で胸に堅く十字を切った。


外で大きな歓声が湧いた。別棟を出た監物が声の聞こえた二ノ丸を見下ろした。遅れていた三会村の信者組が城内に入り終えたところだった。普段は往来のない村々から集まった多くの人々が、同じキリシタンの兄弟に囲まれて喜び合っていた。そのバラバラで共通の百姓たちが、見えない虎口を見上げて「サンチャゴ」の掛け声を始めた。

「四郎殿、ここに登ってくるところを見られたようです。集う信者に姿を見せていただけませんか」

監物の求めに、父甚兵衛が、「人の前に立つ覚悟はできているのか」と静かに聞いた。四郎はかろうじて「僕が祝福を与えないと…」と懐に手を当てた。

外からの呼び声が大きくなった。

「長らく姿を見てなかったから期待が高まっているのでしょう」

監物の言葉に四郎が小さく頷いた。このまま無視を続けるわけにいかない。

甚兵衛が「では本丸に上がりなさい。あとは父が引き受ける」と送り出した。

本丸最上階、重層の回廊に四郎が姿を現した。続いていた呼び声がぴたっと止んだ。

「神の子のみなさん。神の国のために集まったみなさんは、等しく全能の神に救われます。信じて待ってください」

四郎の発した声は美しかった。天使の青ざめた顔色はむしろ神々しかった。人々を導き、虐げる権力から解放した神の使い。高来の信者がその姿を仰ぎ見た。

「天草四郎は本当だった」

人々は身を震わせ、手を合わせたまま次の言葉を待った。しかし衆目を集めた四郎は、そこで言葉を止めて父に一瞥を投げた。それは逆に多くを語らぬ天上の天使と映った。

甚兵衛が本丸大手門の石垣に立ち上がった。

「回廊を見上げてください。四郎が見えますか」

息を飲むキリシタン衆は、突然現れた甚兵衛を神父様だと呼びかけあった。

「みなさんが天草四郎と呼んでいる天使《あんじょ》は、イエス・キリストの降臨を伝えるために遣わされました。信じる者の目には見えるはずです。天草ならぬ天から降りて来た天《あま》の四郎です。我々が四郎を戴く限り、神は我々を見捨てません」

次々と人が集まってきた。

「いま我々は、領主のいない世界に生まれ変わる瞬間に居合わせています。これからの苦難は産みの苦しみ、我々の場所を作る我々自身のための苦難です。これまでのように虐げられて耐える苦難ではありません」

甚兵衛の言葉を聞いた人々は、新しい顔も立場もこだわらないキリスト者としての仲間意識で結ばれた。新しい場所で、新しい日々に向けて、立ち帰った自分たちを誇らしく感じた。

二ノ丸で敬虔に鎮まりかえる百姓たち。

『大きな規模の一揆を起こして松倉の非道を天下に知らしめる』

芦塚忠兵衛の発案から決心して一年余り。高来がデウスの教えに立ち帰り、島原城に向けて蜂起した。同じ耶蘇教を奉じる天草衆が、小西家で信者となった武者たちに率いられて唐津藩の心胆を寒からしめた。それがこうした形で百姓たちの絆と悦びを生んだ。

監物は感慨を覚え、甚兵衛に替わって石垣に登った。

「みなさん、この原城に総勢約三万が入りました」

これまでとは別のどよめきが起こった。

「天草からの渡海組が三千、高来組が一万二千、合わせて一万五千の動けるものたち。それに家族と年寄りです。われわれの目指す神の国は島原の城にあります。来年の復活節の頃、そこに降り立つイエス・キリストをお迎えします。新しい世に生まれ変わります」

この場に参加して幸せな運命に集った三万人の目に火が灯った。

「天の四郎は、現世の総大将天草四郎時貞となって我々を導きます。導きにあずかって聖戦を勝ち抜く大将は、私《わたくし》有家監物が務めます。心してついてきていただきたい」

監物の檄に、振り絞った雄叫びがこだました。松倉家の残酷な仕打ちに耐えかねた島原衆、寺沢家の差別から逃れて神の国を作ろうとした天草衆、それぞれの頭《かしら》たち、帰農した武士たち、村の百姓たちとその家族。同じ人間だと証明したかった穢多、名前が欲しかった女たち。この世を捨てても虐げられることのない来世を望んだ百姓たちが、天使に導かれてここに至り、この世にも幸せがあると知った。その喜びに巨大な原城が何度も揺れた。

迎撃@原城

十二月八日の朝。明みがさすと寒風に乗ったトンビが空を舞う。ピーヒョローと鳴く平和な声に誘われた有家監物が城から外を眺めた。平穏だった松林で何か動くものを感じた。目を凝らすとザワザワと入り込んでいる人影があった。

監物の背筋に緊張が走った。信じたくない気持ちが見たものを嘘だと否定した。忠兵衛が本丸に上がってきた。

「あそこに何か見えるか」

聞かれた忠兵衛が眉を寄せて松林に眼の焦点を合わせた。

「あれは、人か…」

忠兵衛がそう言った。間違いであってほしいが、敵が来た！

「監物、なにやら長い棒を持っている。木立の合間に騎馬の影が透けて見える。

これは、軍勢だ」

　監物の内臓が上擦って膨んだ。もう少しで石火矢ができるはずだったが松倉が先に来た。いつも愈々《いよいよ》というところで後手に回る。その度にもがく。苦労が絶えない人生だ。

　監物の言葉にならない嘆きは忠兵衛に伝わらなかった。

「いよいよ来たか。紙一重だった」

　監物は思い直した。城に入り終わってよかった。もし数日前だったら、普請の途中、四郎を戴く前の烏合の衆だった。そして備えを整えていた深慮に感心した。

「さすがだな、忠兵衛」

　益田甚兵衛が小走りに出てきた。

「監物殿、何者かが現れました。四郎が戦勝祈願を始めています」

　もはや見間違えではない。監物はしゃがみ込んで狭間から観察した。蠢く集団に松倉家の九曜紋が見あたらない。

「誰だかわからんが、たいした人数ではない…蹴散らしてやる」

監物は強い言葉で自分を奮い立たせた。主だった者たちを集めて檄を飛ばした。

「我々が島原城をとる前に敵が現れた。何者だろうが外道どもは撥ねつける。乱れは禁物である。慌てずそれぞれ担った役割を果たしてもらう」

監物は持ち口（守備箇所）ごとに責任者を決めた。本丸と出丸を監物が受け持ち、二ノ丸に有馬掃部、三ノ丸に堂崎対馬、そして天草丸は本渡但馬を大将とした。その下にそれぞれ鉄砲頭を配置した。鉄砲頭はすべての持ち口で天草筒に長けた天草衆が担当した。配給の必要がある武器や兵糧に奉行を割り当て、必要に応じて使えるようにした。すべて忠兵衛が考えた布陣だった。加えて島原十三村と天草三村の頭《かしら》を設定した。これからの時間を共に過ごすサンタマリアの御組の再現だった。かつてを知るキリシタンたちは抵抗なく受け入れた。この縦と横の組織を動かすために評定衆（評議を行う仕組み）を決めた。最後に守備組織を確認した忠兵衛が、それぞれの持ち口に鉄砲を配った。

「忠兵衛殿のおかげで勝てそうだ」

受け取った本渡但馬が礼を言い、短い会話が戦いに臨む者たちの緊張を平常心に戻した。余裕ができたキリシタンたちは自分たちの幟《のぼり》を作り始めた。絵師の山田右衛門佐が晒しに紺紋で縦に長い十字を描いた。十字の端の三箇所に、それぞれ三つの丸印で薄赤い花形を加えた。高く連なる城壁に、六寸（約二メートル）の乳付き旗が一間ずつの間隔で立ち並んだ。それは桜の並木のようだった。十字で囲われた原城は、城下の敵から隔離された神の国に見えた。

敵方は時間を追って増えた。並ぶ旗印をみれば近隣藩が集っていた。久留米の有馬家、柳川の立花家、そして一万をゆうに越える佐賀の鍋島家が城の正面に堂々と展開していた。

「援軍が到着したようだ」

監物はなにより九曜紋を探した。遠くにそれらしき旗紋が見えた。

「忠兵衛、あれが松倉家か」

「さて、幟旗が赤ではないようだ」

九曜巴《ともえ》が少し離れた小高い丘に陣を張っていた。斥候が戻ってきて「板倉内膳殿でいらっしゃる」と報告した。

「なんと、江戸から譜代がお出ましですか。もはや松倉家の援軍ではない」

「忠兵衛、嬉しそうだな」

「これこそ松倉家の悪政を公儀に知らしめた証です。ついにやりました」

監物がやっと見つけた九曜紋（松倉家）は本陣の傍にあった。せいぜい二千程度だった。それからみるみる増えた幕府軍は、夕方に総勢三万を超えた。思った以上の編成で現れた幕府軍を前にして、監物が広い背中を伸ばした。

原城に聳える本丸は三層櫓で幅百四十間（二百八十メートル）、高さ十八間（三十六メートル）の威容を誇り、南側には長さ百四十間（二百八十メートル）の出丸が懐を広げていた。海に突き出す三方の崖は急峻で、船で回って取り付けるものではない。大軍の攻め口は地続きの西側に限られる。しかしそこには高い城壁が連なって、西の平地に集結した攻め手の前に巨大な屏風となって立ち塞がる。

攻め手から見て左手の大手口（北口）が崖の上に至る唯一の入口だが、その前に広がる深田が攻め手の足に絡む。守備よく大手口を破ることができれば三百間（六百メートル）の馬道が直線的に三ノ丸、二ノ丸を通って本丸に至る。

ただし馬道の道幅は十間（十八メートル）に満たず、大軍が押し寄せるには狭い。さらに本丸前の空堀と大きな蓮池が防御になっている。そのほかの攻め口は二ノ丸出丸下の池尻口（西口）と本丸奥の大江口（南口）だが、いずれも高い城壁に開く小さな通用門で大勢が押し込むことはできない。しかもその一帯は大江川流域からの塩浜（塩田）が広がって足場が悪い。

巨大な城を忠兵衛がさらに堅牢な要害に固めた。

城内の壁に松や大竹を編んだ畳を入れて土で塗り込み、長い城壁の上に天草衆が乗ってきた舟板を立てて高さ六尺余り（二メートル）の塀を作った。城壁の裏には塹壕を掘った。百姓集団とはいえ動ける者たち一万五千人が持ち口についた。大手口に三千人、それぞれの口に千人単位の守備隊が手配りされた。

城内に住居を整えた女たちは海岸に降りて石を拾い、投石用に山積みに蓄えた。登るに従って細くなる馬道の両側には槍を構えた防御の者が置かれた。ひとたび侵入者があれば挟み込んで殲滅できる。幕府軍といえども容易に乗り込めるものではない。

「さあどうする。公儀の威信に賭けて来てみろ。忘れられない戦にしてやる」

監物が手ぐすねを引いた。

十二月十日の早朝。三ノ丸下大手口に九曜紋と黒地に白一引《いちびき》の旗印が現れた。監物が待ち兼ねた松倉家の登場である。案の定、松倉勢は深田に足を取られて思うように進めない。旗奉行の中沢源右衛門が後ろから太鼓を鳴らして兵を追い立てた。

「のろのろ来よるわ。対馬、頼むぞ」

監物は三ノ丸を守る堂崎対馬に「足をとられた奴から狙え」と指示を出した。対馬は慌てなかった。ようやく深田を抜けて疲れた兵が坂を上がり始めるまで待った。大手門の手前の落とし穴に足腰を取られたところで、待ち構えていた鉄砲隊に狙い撃ちさせた。

三ノ丸は南目四村（有馬村、有家村、布津村、堂崎村）の受け持ちである。布津代右衛門も堂崎八兵衛も「松倉家を生かしておくな」と叫んだ。前のめりに放たれた恨みのこもった銃弾が動きの鈍い松倉家の兵を射抜いた。松倉勢の鉄砲がポツポツと反撃するも、一揆勢の気迫に押されたように力無く外れた。

第二陣の有馬玄蕃頭勢が三町（約三百メートル）ほど離れて現れた。様子を窺いながら進む及び腰を見た堂崎対馬は、これは動きが鈍いと見切った。有馬勢に構わず松倉勢を集中して狙わせた。先手の松倉勢があっという間に百人の犠牲を出した。倒れたものたちが肩に担がれて、これはたまらんとばかりに退散し始めた。そのとき監物の目に、松倉勢の最後尾で兵を押し込む一人の騎馬武者が映った。

「…あいつだ」

あの尖った顎を忘れることはない。眼前の兵たちが踵を返すと、騎馬武者は綺麗な手綱捌きで戻っていった。

すぐに後詰《ごづ》めが来ると予想した堂崎対馬は、第二波に備えて鉄砲と投石の準備を指示した。村の女たちが重い石や弾丸をせっせと運んだ。しかし有馬勢も松倉勢も引き返したまま戻ってこなかった。待ち構えていた百姓たちから歓声が上がった。女たちも一緒に楽しそうな笑い声を上げた。

三ノ丸下への攻撃をあっさり諦めた攻め手だが、正面に大軍を並べる鍋島勢が池尻口のある二ノ丸出丸下に梯子《はしご》を掛け始めた。池尻口は安徳村と中木場村の持ち口である。二ノ丸を受け持つ有馬掃部が、対馬と同様に気の逸る村人たちを待たせた。城壁に取り付いた兵が中腹あたりまで登ってきた。掃部が合図を出すと白い鉢巻に襷掛けの女たちが現れた。加津佐村、口之津村、そして村を割って参加した三会村の女たちが、よじ登ってくる敵兵に細腕を振って石飛礫《つぶて》を投げた。頭や顔に石を受けた鍋島家の兵たちがパラパラと落ちた。運良く石垣の上まで登れた兵は、城壁の上に立てられた船板の塀に阻まれた。そこで五郎作が率いる口之津村の衆が、櫂を槍に持ち替えてまごつく鍋島兵を突き落とした。

落ちていく鍋島家の兵たちはろくに竹束もつけていなかった。鍋島勢はこうした攻撃をしばらく繰り出したが、強い戦意が感じられなかった。本陣の後ろに控える譜代勢も落ちていく鍋島兵を眺めていただけだった。遠い本陣から苛立つような押し太鼓が打たれても、攻め手の動きは鈍いままだった。迫力のない攻撃はすぐに止んだ。敵を退けた百姓たちが大喜びで「勝った、勝った」と歓声を上げた。

待ち構えていた初戦に拍子抜けした監物が腕を組んだまま顎を引いた。

「大和五条から来て不調法な政道で百姓を怒らせた松倉家だ。手堅い地元の鍋島家が助ける道理がない」

　忠兵衛もそう感じていた。

「それなら後詰めがなかったことも合点がいく。しかしまだ始まったばかり。気を緩めるのは早い」

「忠兵衛、それより松倉勢の攻め手にあの多賀主水がいた」

「見たのか」

「忘れる顔ではない。奴がいるなら長門殿（松倉勝家）も来ているに違いない」

「ああ、そうかもしらん。城方が南目の村を焼いて回ったと聞いたが、そんなくだらんことをするのはあの藩主くらいだろう」

「よし。島原城に攻め込むまでもない。ここでケリをつけてやる」

「待て。これだけの大軍に打って出ても勝ち目がない。それこそ向こうの思う壺になってしまう」

「だから密かに忍び込んで陣屋ごと吹き飛ばしてやる」

　監物の目に火薬の樽が浮かんでいた。

「ともかく確かめよう」

忠兵衛がすぐに斥候を出した。

翌日は攻め手が出てこなかった。代わりに遠目から大筒が撃たれるようになった。頑丈な城壁に着弾しても大した損傷にならなかった。安心した百姓たちは城を守れる自信を持つようになった。

物見が対岸に上がった細い煙を見つけた。熊本川尻あたりである。伝兵衛が説明した。

「監物殿、細川家の出陣を知らせる狼煙です」

熊本藩細川家は九州大名の筆頭格。出陣となれば数万の兵を軽々と送ってくる。

「腑抜けた攻撃は、つまり細川家を待っていたのか」

原城を囲う海に船が出回り始めた。旗印は細川家（熊本藩）に加えて黒田家（筑後藩）。北側と南側を仲良く分担して見回っていた。一、二隻の大型番船に多くの小早《こはや》（速度が速い小型船）が交じっていた。有明海は干満差が大きい。特に大きな潮流が出入りする早崎瀬戸の流れが早い。原城のあたりも一日に二度ほど潮が止まるほかは船を安定してとどめることもままならない。

「この海を知らん者が何も出来んやろ」

城内はたかを括っていた。ところが船上から撃たれた鉄砲で負傷者が出た。

「さすが腕のいいのを集めたようだ。ゆるりと来るか」

徐々に厚くなる包囲網。物見からの報告が頻繁になった。

「つぎは搦手でしょう」

忠兵衛が城内の蓮池に見張りをつけた。蓮池は本丸の麓にある大きな池で、防御の水堀であると同時に城の水源である。またしても忠兵衛の読み通り、裏手から蓮池の下に穴を掘り始めていた者が見つかった。佐渡の金掘り（鉱夫）だという。水を抜き、あわよくば城内への侵入路を作ろうと企てていた。ただちに穴が埋め戻され、金掘りは崖の上から投げ捨てられた。

「本陣に府内目付が到着した模様」

報告された府内目付は江戸に取次をおこなう窓口で、豊後府内藩（大分市）に駐在する。九州各藩は府内目付を通して公儀への報告や伺いを立てていた。しかし預かり人（松平一伯、家康の孫）の監視を主業務としていたため、自らは動かず、身を入れて問題に関わることはなかった。その府内目付が揃って戦線の前線に呼ばれた。

「これは本腰ですな。ここまで公儀を動かしたとあれば愉快です」

忠兵衛が鼻筋を掻いて、監物と二人して笑った。

平釘抜の馬印が上がった有馬陣はいつのまにか一万近くに倍増していた。

「有馬家に大将が着陣したごとある」

傍で大矢野の伝兵衛が残念そうな声を出した。

「寺沢家が見えません」

これだけ揃った幕府軍に天草領主が姿を見せていなかった。

「大矢野衆がここにいると知らずに天草を捜索しているのでは」

冗談めかした忠兵衛に、伝兵衛が「そう言うところが寺沢家らしい」と苦笑いした。

本陣周辺に公儀旗本の印が上がった。長崎奉行（榊原飛騨守職直と代官馬場三郎左衛門利重）が着陣したと報告された。

「長崎も固められたか」

監物は緊張した。同時蜂起の準備をしている荒木と後藤が動けなくなる。

「…荒木殿にこの状況を知らせたほうがいいのでは」

「いや、代官所なら拙者たちよりわかっているはず。単なる知らせは控えていたほうが安全です」

冷静な忠兵衛が再び鼻の頭を掻いた。

直接的な攻撃がないまま日が過ぎた。それでも松倉勝家の姿が確認できなかった。監物は苛々しながら藩主松倉勝家の所在確認を待った。本陣のすぐ後ろに陣を張る松倉家に容易に近づけない。それはわかっていたが、やきもきして毎日斥候を急かした。

三ノ丸下に立花勢が集まって竹束で仕寄柵を作り始めた。初戦で惨めに退いた先手の松倉勢より三十間（六十メートル）ほど前に出ていた。

「おや、松倉家はお役御免か」

松倉家は必ず先頭で出てきてもらいたい。そう願っていた監物は少し残念だった。三ノ丸を受け持つ堂崎対馬が仕寄柵を組む作業兵を撃った。二、三人が倒れて動けなくなると、立花勢は作業を中断して引き上げていった。

徐々に増えていた幕府軍が六万を超えた。籠城する百姓勢は三万。並んだ大軍を見る忠兵衛から余裕が消えた。

「さらに細川家と黒田家の二藩が来ると関ヶ原を超える」


十二月十九日夕方。諸藩の軍勢が城を囲みはじめた。

「熊本（細川家）と筑前（黒田家）を待つのではないか」

「いや、この様子は今夜だろう」

忠兵衛の正確な読みを信頼する監物が城内に備えを命じた。それぞれの持ち口を固める百姓たちは、初戦で幕府軍を追い返して自信を持っていた。待ってましたとばかりに篝火を焚いた。

「今度は本腰を入れてくる。四郎殿に鼓舞してもらいたい」

忠兵衛が監物に頼んだ。本丸重層で姿を見せた四郎はそれから別棟に籠ったままだった。城のキリシタンたちの前から姿を消して既に十三日が経っていた。

監物が別棟を訪ねた。四郎はひとりで部屋にいた。身を清め、蝋燭を焚き、コンタツ（ロザリオ）を繰りながら祈っていた。表情に余裕がなく、灯し油の火に照らされた頰に痘痕《あばた》の凹凸が浮かんでいた。

「誠心誠意努めましたが、どうにもお声をいただけません」

どうすればいいのか、何が理由なのかわからないと下を向いた。床にたくさんの書物が広げられていた。

「父が大矢野を引き上げるときに持って来てくれたみやげです」

「野暮な質問ですが、何を調べていらっしゃるのでしょう」

「いや…調べているわけではありません」

重苦しい口調で質問を遮断された。監物は問い返すを憚った。

「何か必要なものがありますか」

「…もしトマス荒木神父に来ていただけるものなら…」

不可解だったが、監物はやはり聞き返すことなく、自身が忠兵衛から言われた通りの返事をした。

「長崎に近づけば、かえって荒木殿の身を危うくします」

「…わかっています。無理を言ってすみません」

目的通りに話しかけられなかった監物は、そのまま別棟を辞して父甚兵衛を探した。

「四郎殿に覇気が感じられない。代わりに城内を鼓舞していただけませんか」

甚兵衛は一言ですべてを理解した。背に指物を差すと、数頭だけ持ち込まれていた馬を引き出して駆け回った。

「四郎殿の御託宣。我らにデウスの加護あり。公儀といえども寄手に攻める理あるまじ。持ち場の務めを必ず果たせっ」

城内の隅々に緊張感が行き渡った。三万人が篝火の中で身構えた。

三ノ丸下に仕寄を作っていた立花勢が暗闇に紛れて再び大勢を集合させていた。鍋島勢もいつのまにか二ノ丸の城壁の下に小屋を連ねて兵を並べていた。

「不安が先行しては余計な面倒になる」

忠兵衛に助言された監物は、暗闇にめくら撃ちをしないように、それぞれの持ち口に指示を出した。城内は静かな緊張の中で夜通し敵の来襲を待ち構えた。

寅の刻に入るころ（午前四時）。空に白みが出るまで、まだ暫くある。眠気を吹き飛ばすように鬨の声があがった。三ノ丸の大手口だった。先手が立花勢、その後ろに松倉勢が詰めてきた。順序が入れ替わっている。しかも兵の数が前回の比ではなかった。立花勢は威勢よく仕掛けてきた。十日前の攻撃で、大手口の上り口は手狭で足場が悪いとわかっていたはず。すぐにたくさんの兵で詰まった。犇《ひし》めく兵団に堂崎対馬が火矢を射かけた。立花勢の兵が炎に照らされた。

二ノ丸出丸下池尻口でも鍋島勢が鬨の声をあげて城壁を登り始めた。まるで前回同様だったが、今度はほぼ同時。しかも胴に竹束を巻いていた。有馬掃部は暗闇から登って来る鍋島兵が城壁の上の篝火に映されるまで待たせた。至近距離から発砲した。鍋島兵は城壁に竹束を砕かれながら転げ落ちた。

天草丸下の海岸あたりの闇から三回目の鬨の声が上がった。いくつかの散ばった場所から聞こえたが姿が見えない。持ち口の上津浦衆が、これは「から攻め」の合図とすぐに見透かした。天草丸を指揮する本渡但馬が鍋島勢の小屋に火矢を射たせた。照らされて姿を見せた兵は、大江口から上陸を始めた船手の小勢だった。鉄砲衆が造作もなく狙い撃ちした。

日の出とともに攻め手が見えるようになった。二ノ丸に多くの黒い点が取り着いていた。鍋島勢は引も切らずによじ登ってきた。城壁の黒い点がみるみる増えた。

本丸下の城壁に突然大きな音が響いた。本陣の旗本勢が大筒を撃ち込んだものだった。しかし鍋島の攻め手を避けて撃つから見当はずれに着弾する。一揆勢側に損害が出るわけもなく、ただ二ノ丸の城壁を登る鍋島兵が怖がって足を竦《すく》めた。本丸を守る監物が側面から狙い撃ちさせた。湧いた湯に水をさしたように黒い点の勢いがおさまった。

それでも二手から上がって来る兵は途切れることがなかった。押し込まれそうな持ち口ができると、あらかじめ用意された遊軍が五百人単位で駆けつけて防戦を助けた。城内の女たちは弓矢、鉄砲、投石の補充のために駆け回った。

三ノ丸では姿を現した敵兵に急拵えの投石機を向けた。丸太の先の網に石を括って飛ばす簡易なものだが思いのほか命中した。かいくぐって大手門の坂を登ってきた兵には大石を転がした。足を折られ内臓を潰された立花兵が馬道に重なった。それでも生き残りが何人も登って来た。塀に手がかかるところまで到達すると側面で待ち構えていた大矢野村の衆が長槍を突き通した。

堂崎対馬は執拗に松倉勢を狙わせた。鉄砲頭の大矢野三左衛門が狙い撃てば、長い銃身の天草筒が距離をもろともせずに松倉勢を次々と倒した。後ろを撃たれた立花勢が浮き足立った。統制が乱れた兵たちはますます格好の標的となった。

討死・手負が五百人を超えたところで大手門口の立花勢と松倉勢が、ついに攻め手を止めた。二ノ丸下で三百人の討死・手負を出していた鍋島勢は、それを見て三の陣を出すことなく手を収めた。幕府旗本陣も大筒を止めて構えていた後詰めを引き上げた。二ノ丸の城壁下と三ノ丸下の大手門口に動けない負傷兵が重なり、仲間が引きずっていった。自分たちが優勢だとわかった百姓たちが「サンチャゴ」の合唱を始めた。監物は、負傷者や救護者を撃たないように急いで規律を周知させた。

前線には諸勢が集めた臨時雇いの牢人たちが残っていた。戦国以来絶えて久しく戦がなく、大阪の陣以降に奉公先を失って牢人となった彼らは、久しぶりに訪れた武功の機会をものにしようと功名心で突き進んでいた。たかが百姓と軽んじていたのかもしれない。退却命令が出て、攻め手の勢いが急速に萎んでも居残って槍を振り回した。しかし統制された百姓たちは堅く、退かない牢人たちの夢は叶うことなく果てた。

辰の刻（午前八時）頃、主だった戦闘が終わった。二度にわたって幕府軍を退けた百姓たちは狂喜乱舞した。大声で城下に毒づき、尻を向けて大笑いした。

監物も快勝を喜んだ。

「忠兵衛、二藩の大軍を待たずに仕掛けた割にはたいした工夫もなかった。これだけ見事に面食らえば松倉家の不調法は間違いなく世の注目を集める」

「はっはっは。しかし公儀にすれば跳ねても黒豆。ご禁制の切支丹が楯突いたと触れ回るだけのこと」

忠兵衛のもっともな指摘に監物は少し興を削がれた。

「ふむ。不調法な人物を領主に寄越したためと思い至らんか。この世の理不尽が野放しになるから誰もが次の世に頼るのだ」

「甘いぞ監物。公儀の政《まつりごと》は所詮出来事の対処。欲をかかず、松倉家を高来から追い出せば十分だろう」

――本陣の上使板倉内膳正重昌は五十一歳、家康の頃より続く徳川家譜代である。今回の島原出征にあたっては、京都所司代を務める兄重宗のもとで軍備や兵を調達し、息子の主水と共に参戦していた。二回目の攻撃は、立花勢が三ノ丸下で注意を引き、鍋島勢が二ノ丸の石壁を攻める陽動作戦だった。ところが功を焦った立花勢が夜明け前に勝手に動き出したために、鍋島勢は暗闇の中をよじ登ることとなった。

こうなると板倉内膳も黙っているわけにいかなかった。立花勢の大将を呼びつけた。柳川藩立花左近将監忠茂。二十六歳の若武者は立花飛騨守宗茂の子である。柳川藩の立花飛騨守宗茂といえば何より戦国を生き抜いて「武将の鑑」と慕われるほどの人物。すでに齢七十を超えて、手柄を立てさせる機会と息子を送り出していた。

「お父上飛騨殿を尊敬申し上げておりますが、この場においては上使の命令に従っていただきたい」

「大変失礼した。以後は手綱を引き締める」

内膳はもう一人の飛騨守を呼んだ。榊原飛騨守職直《もとなお》は徳川秀忠の小姓から仕え、三年前に五十歳で利権の温床である長崎奉行に就いていた。やはり息子職信の戦功を目論んで、「二ノ丸で騒ぎを起こして注意を向けさせ、その隙に二ノ丸から攻め込みましょう」と絵に描いたような陽動作戦を提案していた。

「なかなかご提案の通りに行きませんな」

「左近殿（立花勢）が抜け駆けしたからでしょう」

榊原職直は、自分に責任はない、とばかりにスッと身を翻した。

板倉内膳は江戸を発つにあたって「犠牲を出さないように」と命を受けていた。榊原飛騨守も上様《うえさま》の御意向をわかっていた。その上で、「内膳殿のお役目は上使（将軍の代行）です。目の前で幕府に逆らっている切支丹は百姓です。ぼた餅を食うより簡単です。さっさと片付けてしまえば、きょうび滅多に機会のない武功が手に入ります」と囁いたのだった。

口車に乗って多くの兵を失った内膳は、悔しさを押し殺した。

「切支丹がまとまって籠もった以上は追い込んだも同じ」

干しごろし（兵糧攻め）の方針を打ち出した。城から逃げ出せないように大手門口を完全に封鎖し、城を囲むように築山《つきやま》（大砲を置く小高い土山）と井楼《せいろう》（城を覗く櫓）を建設するように命じた。そして、やる気を見せない鍋島勢に見切りをつけた。

「越中殿（熊本藩細川越中守忠利）に出兵を申しつける」

高来の一揆が起きた当初から派兵を再三打診していた細川家は、府内目付から渡海を止められて待機していた。対岸の騒動ならばいずれ公儀の指示がある。そう見立てて藩内に陣布れを出し、熊本川尻に舟二百艘を並べた。十日ほど前である。その動きを見張っていた大矢野松右衛門の手下が川尻から狼煙を上げた。

しかし今か今かと出陣を待つ細川家にようやく出された命令は、天草の残党捜索だった。既にもぬけの殻となった上津浦を掃討した細川家は、このまま原城に参陣すると改めて打診した。だが原城に来ていた府内目付三人（牧野伝蔵、林丹波、松平甚三郎）がそれを許さず熊本に帰陣させていた。

「原城は鍋島家の受け持ち。鍋島家が攻めてもいないうちに八代（熊本）を空けては心もとない」

目の前の現実とかけ離れた将軍家への忖度の結果、またしても細川家が熊本から出られなかった。

自力@原城

城を取り巻く大軍の動きが止まって土木工事の音だけが響くようになった。海に浮いていた小早船もいつのまにか姿を消していた。

「最初の攻撃が仏滅、二回目が先負。まこと縁起に目をやる余裕もないようだ」

所詮百姓と思って舐めているのだろう、と忠兵衛が幕府軍の拙攻を憐れんだ。

「朝陽を背にする城を朝方に攻めるのでは眩しかろう。こちらからは丸見え。少しは真面目に考えれば良いものを」

「それより松倉だ」

監物は斥候を増やして動きの止まった幕府内を探らせた。

「立花勢も鍋島勢も、鉄砲隊に嗳楯《かいだて》や転楯《まくりだて》（射撃兵を守る移動式の車）ば用意する様子がなかかとです」

「大筒は据えられたまま動かされとらんけん」

「細川藩が本陣に兵糧ば運び込んどー」

次々と寄せられる斥候の報告を聞いて忠兵衛がほくそ笑んだ。

「いよいよ長期戦の構えか。それなら復活節まで耐えられる」

しかし監物は逆にせっついた。

「それで、長門殿（松倉勝家）はいたのか」

「わからんばってん、松倉家ん犠牲がばり多かようばい」

「なにせろ自身ん失態でこがん騒ぎとなったと言うとに悪びれもせんと、松倉家ん態度が不興ば買うとーらしか」

「松倉家ん陣屋で風呂ば用意しようとしとーと聞いた」

風呂と聞いた監物がそれだとばかりに顔を上げた。

「忠兵衛、陣屋にいる。間違いない」

「石火矢は間に合ってない。どうするつもりだ」

落ち着けようとした忠兵衛に構わず、監物が捲し立てた。

「兵糧米の荷駄に紛れて、火薬を詰めた米俵を松倉陣に運び込む。それで火をつけて吹っ飛ばす。敵が動かないうち、正月朔日を狙えば油断している」

忠兵衛があんぐりと口を開けた。

「…お前の執念にはかなわんな」

「もとよりこちらに理があるからここまできたのだ。お天道様は正しき者を見ていらっしゃる」

「力を尽くす者には神の扶けもあろうということか」

「忠兵衛、いざとなると神は気まぐれ。身に染みて知っている」

鉄砲屋大膳の工房に石火矢の製作を中断させ、米俵に火薬を詰めて火をつける細工を命じた。手の空いた弟子たちは弾丸の量産に切り替えた。そして有馬掃部に松倉陣爆破のための十五人を選ばせると、一人一俵、細川藩の荷駄隊に紛れて松倉陣に置く手筈を組み立て始めた。


十二月晦日。本陣の動きを探っていた斥候が駆け込んできた。

「上使殿が評議ば持ったようばい。諸藩がもれのう集められ、そけー松倉家も太々しゅうかたった」

忠兵衛が幕府方の動きを詳しく聞きただした。

「深田と塩浜んぬかるみに土ば入れて固めとる」

「前線に竹束ば置いて仕寄柵ば設置しとる」

「築山ん土木作業ば始めよーと」

「丸太ば集めて井楼ば組もうとしとーと」

忠兵衛は高い鼻先を指で触った。

「うむ。どれも時間がかかる。干しごろしにするつもりと見える」

「ではまだ来ないか」

監物はほくそ笑んだが、いつになく忠兵衛の眉間に皺が寄った。

「いや違う。そもそも元旦を前に評議することなどないはず。それでも集めたとは、何かの理由で方針を変えたと見るべきだろう」

「とはいえ、さすがに元旦は動かんだろう」

「縁起を量る余裕もない上使殿のこと、仕掛けて来てもおかしくない」

「…頼む、忠兵衛。ようやく俵の細工ができたところだ。やらせてくれ」

「監物、余分なことはしていられん。いまは拙者を信じてくれ」

またしても後手か。監物の四角い顎から歯軋りが漏れた。

腹を決めて忠兵衛の見立てを信じることにした監物は、組み立てたばかりの松倉藩爆破の編成を解いた。城内にこれまで同様の持ち口を手配りした。再び三ノ丸下と大手口の上がり口に逆茂木が置かれ、落とし穴が掘られた。いくら兵が増えようとこの場所が隘路になって、その先の馬道に進める数が限られる。最初の勢いさえ耐えきれば城内に敵が溢れることはない。

「三度目となれば総攻撃だ。心して構えよ」

それぞれの持ち口に十分な武器を準備させた。

日付が大晦日から元旦に変わった夜半過ぎ、三ノ丸下に忍び寄った幕府の軍勢から鬨の声があがった。夜明けはまだ遠い。

「忠兵衛、ほんとうに来たな」

「拙者の予想より早かった」

城内が迎撃の声を上げて篝火に一斉に火をつけた。

先手は二回目と同じ有馬玄蕃頭勢だった。堂崎対馬が火矢を射かけて兵の姿を炙り出した。前回の繰り返しを見るようだった。しかし今度は三ノ丸に増員した一揆勢の鉄砲隊が二重に待ち構えていた。有馬勢の先頭がバタバタと倒れた。後続が慌てて足を止めたが、勢い余って倒れた仲間に足を取られた。後ろから詰めてくる者たちと交錯して狭い登口が大混乱となった。堂崎対馬はそこに容赦無く火矢と銃弾を浴びせた。三ノ丸下の大手門口は有馬勢の犠牲者で溢れた。まだ明るくなる前に有馬勢は侍百人が討死し、手負・討死者は千人を超えた。足の踏み場を探して逃げ出す有馬勢に、城内の百姓たちが飛び出して追い討ちをかけた。多大な犠牲を出した有馬勢は命辛々逃げ戻った。

攻撃が止まった。後詰めを待ち構える堂崎対馬の前に夜霧が冷たく漂った。大きく盛り上がっていた合戦の気迫が冷えた。

「忠兵衛、静かになったな。これで終わりか」

「何を言ってる。これからだ」

空に白みがうっすら感じられてきた寅の刻のおわり（午前六時近く）あたり。前線の陣にいた一人の武者が声を張り上げて金の采配を振った。

「刻限である。乗り込めぇ」

腹の据わった号令をかけたその武者が、黒い馬を引いて歩き出した。たくさんの従者が大慌てで後を追いかけた。落ちていた竹束をバサバサとかけて連れ戻した。

その姿に引きずられたように三ノ丸から第二陣が上がってきた。前回は二ノ丸下から城壁を這い上がった鍋島勢だった。今回は大手門口からの集中攻撃である。

「予想通りだ」

監物は、これまでの攻撃でびくともしなかった二ノ丸城壁を後回しにするだろうと読んでいた。

大手口の隘路に動かなくなった有馬家の兵が残っていて大筒を乗せた車がひけない。それでも組頭に煽り立てられた歩兵が、足の踏み場を探りながら上がってきた。狭い上り口に鍋島家の兵が連なった。それを待った堂崎対馬の合図で鉄砲が一斉に火を噴いた。二重の列を組んだ数百丁が、犇く鍋島勢に銃弾を浴びせた。

鍋島藩の兵たちは鼓舞する声に押されながら盾を並べて進んできた。すでに投石機の扱いに慣れていた三ノ丸の守備隊の石が鍋島兵の頭を正確に潰した。それでも怯まずに前進を続けた鍋島勢が、とうとう二ノ丸の塀に到達した。守る布津村の百姓と防御壁を挟んで槍を突っ込みあった。接近戦が拮抗すると堂崎対馬が遊軍を頼んだ。すぐに待機していた千人が加わった。追加された豊富な人数が、塀に登って上から長刀で切りかけた。しかし訓練された武者が百姓相手に怯むわけもない。二波三波と押し寄せた。本丸側からそれを見た監物が、火薬を細工させた米俵を運ばせた。松倉陣を吹き飛ばすために作った俵である。三ノ丸の堂崎対馬が大石落としのように俵を転がした。鍋島勢の大波が俵を受け止めた。鍋島勢の波に七つの俵が埋まった。鉄砲頭の大矢野三左衛門が狙い撃った。火薬の詰まった米俵が大爆発を起こした。鍋島勢が大波のように割れた。乱れたところに対馬がすかさず手元の残り八俵を転がした。波間に撒かれた米俵を次々と撃てば、吹き飛ばされた鍋島兵が馬道を埋めた。流石の鍋島勢もそれ以上の進軍が果たせなかった。この戦いで鍋島の侍はおよそ四百人が討死、手負・討死者が二千五百人に上った。

　その後ろが松倉勢だった。監物は「ついに三番手か」と嘆いた。堂崎対馬は松倉の幟旗を見つけると、まだ遠いうちから投石機を発射させた。大きな石が飛んで、松倉勢の先頭にいた旗奉行中沢源右衛門を直撃した。百姓たちの恨みを込めた石飛礫が雨のように投げ下ろされた。あれよという間に侍十七人が討死し、手負・討死者が四百人を数えた。松倉勢は塀際まで上がることもできずに撤退した。鍋島家・松倉家の両勢は退いたまま、三ノ丸下で動けなくなった者たちを片付けるだけでしばらく近づかなくなった。

――三ノ丸の行き詰まりを見た上使目付の石谷十蔵が本陣から攻撃を促した。しかし犠牲の多さに気迫を欠いた鍋島家・松倉家は、再三の命令を「様子を見て乗り入れる」とかわした。

「のらりくらりと返事ばかりで動きません」

上使の板倉内膳は、前線でその報告を受けた。竹束をかけられて連れ戻された武者だった。大将が前線に出るなどもってのほかである。しかし息子主水のいる前線の陣に行っていた。上使内膳は前線から長門守（松倉勝家）に使い番を送った。

「御領分で起こった一揆ならばとやかく言わず人数を出して働きあるべし」

強く催促を下しても鍋島・松倉勢は動かなかった。内膳は腹を立てた。

「卑怯もの。私について参れっ」

息子主水と短い言葉を交わすと、誰を待つことなく、再び黒馬を引いて城壁に向かった。歩みを止めない内膳を、家臣たちが二重三重に囲んで引き戻そうと試みた。竹束で囲まれてずらずら動く滑稽な人の塊に向けて銃弾が飛んできた。家臣たちは内膳に戻ってくれと懇願した。しかし内膳は聞かず、金の采配を掲げて攻撃を指示し続けた。

本陣から降りてきた目付の石谷十蔵が内膳に追いついた。何も言わず、そのまま池尻口の城壁の下まで一気に進み、二ノ丸出丸にあがる半間もない小さな虎口に小勢で槍を出した。一斉に投じられた石飛礫が十蔵にあたった。よろけた十蔵の腕に鉄砲が穴を開けた。膝をついた十蔵を家来たちが引き起こして陣屋に連れ帰った。

内膳はそれに気づかず前に進んでいた。ついに城壁に手をかけた。上使自ら、まぎれもない城乗りである。塀の上から槍が突かれた。内膳の持つ槍が折れた。槍持が内膳を庇って一揆勢の槍を振り払い、押さえ込むようにして帰陣を求めた。

「目付殿（石谷十蔵）が撃たれて戻りましたっ」

「なにっ」

それまで振り向きもしなかった内膳が身体を返した。びっしりと覆っていた竹束の並びが乱れた。五月雨のように降り注ぐ銃弾の一発が、その隙を抜けて内膳の左肩から右脇腹を貫いた。内膳が仰向けに倒れた。血がみるみる地面に広がった。家臣たちが覆いかぶさったが内膳は既に反応しなかった。三重に取り囲んで連れ帰る荷車の轍に血痕が残った。取り残された指物に「上赤に三つ巴」が並んでいた。それを見た城の一揆勢が、噴き出すような雄叫びを上げた。

「大将ん首ばとったぞぉ。来世はおいたちんもんやぁ」

幕府軍は昼前に総勢とも陣屋に引き揚げた。この日、将軍上使たる大将板倉内膳正が戦死。討死者八百人、手負三千五百人。対して一揆勢の討死・手負は百人に満たず。幕府軍の大敗となった。

――松倉家の陣屋。藩主勝家が重い身体を脇息にもたれかけて茶を啜っていた。

「ウンカも大群で巣を作れば蜂になるものか」

「切支丹は生き返って化けるといいますから」

多賀主水が小さく笑って、「今日も存分のお働きでした」と続けた。

「まあこれで役目は果たした。三番手で助かったわい」

「玄蕃殿の抜け駆けには驚かされました。だいぶ失ったご様子」

「上使殿の催促に従っていたら、わしらも侍がいなくなるところだった。なにせウンカどもに目の敵にされておるからな」

三度の攻撃の結果、松倉家は着陣した侍の八割が討死・手負となっていた。上使内膳の再三の攻撃命令に応える心得のない勝家だったが、実際の余力も持ち合わせていなかった。

「さて、わしは島原城に戻る」

何を言い出すのか。勝家の我儘放題に慣れた多賀主水も驚きを隠せなかった。

「大敗の直後の帰城は、さすがにお許しいただけないのでは…」

「次の上使様をお迎えに戻るのだ。お許しも何もなかろう。明朝の出発だ。今日のうちに本陣にお伝え申し上げてくれ」

主水の怪訝な反応に構わず、勝家は、「小浜《おばま》に寄るから手配しておけ」と念を押し、さっさと行けと手の甲を振った。

　多賀主水は帰城の了解を得るために本陣に出向いた。憤死した上使板倉内膳の子板倉主水がせわしなく指図を出していた。上使目付石谷十蔵は腕の銃槍を手当されて伏っていた。

「これでは取り付く島がない」

　慌ただしい本陣を横目に、主水はすぐ隣にある府内目付衆の陣屋を訪ねた。松平甚三郎が戦闘で手負となっていた。牧野伝蔵と林丹波に目通りを願い、「急ぎの用向きであす島原城に戻る」旨の伺いを立てた。二人は不愉快そうに顔を見合わせて「やむを得まい」と答えた。怒鳴られるものと覚悟していた主水は胸を撫で下ろした。

　牧野伝蔵が「念のため同行いたす」と言い出した。

「いや、なにぶん狭い道を抜けます故、駕籠ではなく小勢で馬になります…」

　それなら行かぬ、と言ってもらいたい。言外にそう仄めかしていた。察しのいい伝蔵は、「なぁに、過分な気遣いは無用。駕籠の通れぬ近道とは面白い」とわざとらしく相好を崩した。主水は目をあわせることなく深く恐縮して見せた。江戸で大名たちと懇談するほどの立場だった牧野伝蔵だが、常に婉曲な言い回しで九州の藩主たちから警戒されていた。

今生@原城

城内に「サンチャゴ」の大合唱が続いていた。勝利を手に入れた百姓たちは、四郎の予言が的中したともてはやした。

「邪悪な大将が死んだ。四郎殿は間違いのう神ん使いだぁ」

「もうおいたちば阻むもんは何もなか」

「きょうはいちばん嬉しか日やぁ」

有家監物は本丸から歓喜に湧く百姓たちを眺めた。死ぬまで虐げられて働くものと疑わなかった百姓たちが、初めて人生を謳歌する喜びを知ったと映った。同時に、空蟬の世の終わりを信じてこそ、やっと自分の人生に到達できた皮肉にむしろ悲しい思いが湧いた。

監物は甚兵衛と連れ立って四郎の別棟に赴いた。床に散らかっていた書物がきれいに片付けられていた。何もない空間で、四郎は白い着物一枚を纏い、壁に背をつけて気配を消すように座っていた。視線が西の小窓に向いていた。

「四郎、公儀の攻撃を撥ねつけた」

父甚兵衛の声に、四郎が顔を向けてにこりと笑った。

「大歓声で分かりました。僕の祈りなど不要でした」

「いよいよ長崎の荒木殿に連絡を出す時が来ました」

監物が頭《こうべ》を垂れた。

「浦上ですか」

「これで兵が送れます。四郎殿も近いうちに荒木殿と再会できるでしょう」

「そうですね。でもその必要はありません」

ひさびさに自信に満ちた美しい声だった。

四郎が悩み続けていると思っていた監物は小さな変化に少し戸惑った。四郎が表情を変えずに立ち上がって西の段に上がった。

「あの方が次の復活節に降り立つとおっしゃいました」

ついにその日が来る！

原城を包囲していた幕府軍の邪悪な敵の大将が死んだ。そしてイエス・キリストがスイソ（最後の審判）に降る。目の前に犇く幕府軍が消えてなくなる時が本当になる。監物は身体の力が抜ける解放感を感じた。これが人の求める神の救いだったのか。

「長崎の兄弟が蜂起する必要はありません。復活節まで敬虔な信心を続けていれば共に神の国にいざなわれることでしょう」

父甚兵衛が目を細めた。

「あの方のお声があったのか」

「はい。はっきり聞こえました」

白い頰に微笑みを浮かべた四郎が、下げた両の掌を少し広げた。

正月二日の朝。有馬湾（有明海）から登った大きな太陽が原城前に散乱する戦闘の痕跡を照らした。幕府の大軍から荒々しい気配が消えて惨敗の静寂に包まれていた。

藩主松倉勝家の姿がついに監物の耳に届いた。本陣の隣にあってどうにも近づけなかった松倉陣に上使内膳の戦死で隙が生まれた。

「監物殿、松倉ん殿様が陣屋ば出た」

「いつだ」

「辰ん刻（午前八時）ばい」

「どこに行った」

「三騎と二十人ん小勢で船着場に向かった。そん先どこに行くんかわからん」

「三騎とは」

「馬ばい」

大敗の翌日に陣を離れるとは想像もしていなかった。しかも駕籠でなく馬となれば島原城に帰るのではない。

監物はすぐに三宅次郎右衛門を訪ねた。三宅は口之津の松倉藩倉庫から鉄砲や火薬を運び込んだ元松倉藩の蔵奉行である。

「松倉家の藩主が馬で移動することがあるのですか」

「この夏、口之津の倉庫に馬で来られました」

斥候の報告は本当だ。藩主が外に出た！

親切な三宅次郎右衛門がさらに説明してくれた。

「そのときはお帰りも小浜に寄ると仰って馬でした」

「小浜に何があるのですか」

「松倉家の湯治場があります。先代の頃から国元においでになると必ず立ち寄られます」

小勢での移動となれば願ってもない。しかも温泉なら無防備になる隙がある。あれほど非道なことをして大騒乱を誘発した松倉勝家は、公儀の上使まで犠牲にした。ここまで事態が大きくなった松倉家は将軍家から裁きを受けるだろう。しかし謀反でない限りいずれ許される。この世の終わりにぜんちょ（非キリスト者）としてインヘルノで焼かれるだけでは飽き足らない。神の裁きを待たずに決着を突きつける。それが与えられた今生の使命。監物は初めて先手をとった。

三宅次郎右衛門への礼もそこそこに、本丸出丸に作られた小浜・千々石《ちじわ》村の小屋に向かった。全員が立ち帰った小浜村と千々石村は、蜂起の際に村代官（高橋武右衛門）を殺して原城に集結していた。千々石村庄屋の五郎左衛門によれば、橘湾（島原半島の西側、原城の反対側）に面した海岸あたりに雲仙岳から流れる水と温泉が湧いている。

「わいらは身体が悪か時は小浜で湯治するとが常ばい」

「湯治場は結構な人が集まりますか」

「立って入ってぶつかるほどん人気ばい」

湯治場のなかでの襲撃は難儀か。

「帰路は海岸に湧いた温泉から船ですか」

「島原ん殿様は馬で戻っとらした。千々石から温泉山（雲仙岳）ん北側ば通って行けばすぐばい」

高低差のある細い山道を六里いけば船より早い。五郎左衛門はそう教えた。

これだ！　運が向いてきた。

監物はこみあげる高揚感を抑えて山間の隘路を聞いた。

「千々石街道ば島原方向に坂ば上ると、いつんまにか川ば見下ろす高さになって仙落《せんおと》しん滝が見える。そこんにきが葛《つづら》折りになって荷駄も通れん細道、いちばんの隘路ばい」

荷駄が使えないようでは殿の駕籠など通れない。だから馬だったのか。先代

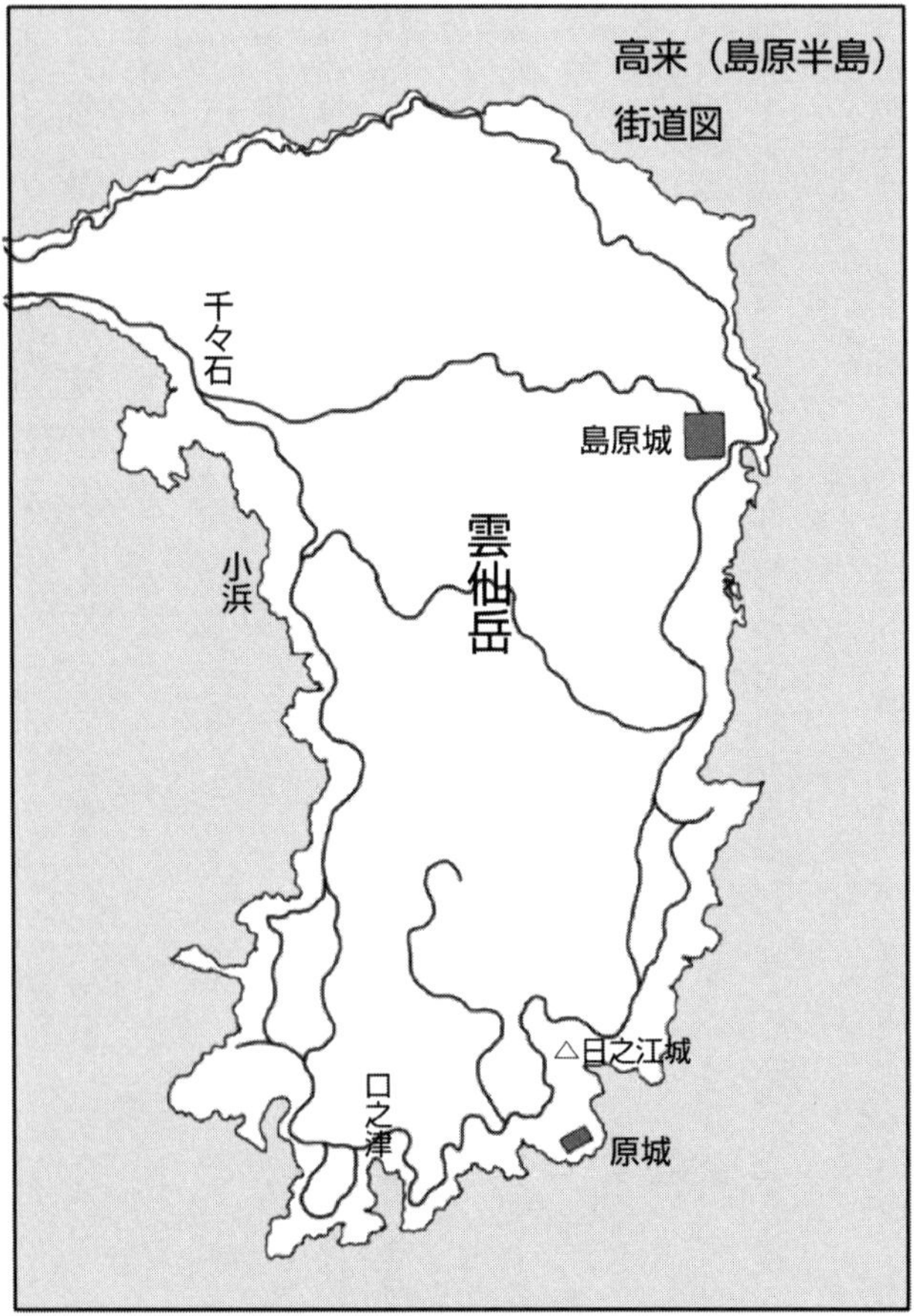
高来（島原半島）
街道図
千々石
島原城
雲仙岳
小浜
△日之江城
口之津
原城

の頃から通っている、と三宅次郎右衛門も言っていた。年に一度、湯治に通う道なら警戒も薄かろう。成功を確信した監物は、その場でたった一人の襲撃を決めた。

誰にも言わずに、一艘だけ残してあった天草衆の舟を引き出した。原城裏手のゴロタ石から海に出ると北に漕ぎ進んだ。有馬川を少し遡ったところ、廃城となっている日之江城に上がった。誰もいない城内を見回せば記憶が昨日のように蘇る。いまは昔の日々に浸って斥候の報告を待った。

続報が届いた。

「原城ば出た殿様は口之津で降った。馬ば休ませとーようばい。これから小浜に向かうらしいばい」

読み通りだ。監物は、松倉勝家の一行と出会わないように、海ではなく山の抜け道を選んだ。およそ四里、上り下りも苦にせず急いだ。小浜の湯治場に寄らずに、千々石に北上する海沿いの一本道に身を潜めた。小高い丘に登った。赤い夕陽が橘湾に沈む。美しい光景にひととき緊張を忘れた。

勝家が湯治場にどのくらい滞在するかわからなかった。何日でも待つつもりで、翌朝も同じ丘に登った。必ずこの道に現れるはず。もはや信念にも似た自信があった。果たして、昼ごろにそれらしき一行が現れた。昨日の今日とは恵まれている。報告の通り、縦に連なった三騎の前後を二十人が固めていた。

遠目ながら三騎の真ん中が藩主勝家に違いない。初めて見る勝家は馬上で太った体を揺すっていた。監物はそのことだけで腹が立った。食うものも取り上げた百姓を働かせて、自分は米をたらふく腹に入れていたのだろう。刺し違えても勝家だけは逃さない。しかしあの巨体、腹に短刀が刺さったくらいでは死なない。襲いかかって手間取るようでは勝ち目が薄くなる。鎌で首を切り裂くか。

隊列が監物の近くを通った。

「たった一晩では疲れがとれんぞぉ」

馬上で不満を漏らす勝家の声が聞こえた。見た目に似合わず甲高い声だった。どうやって近づくか。

前をゆく侍が馬上から振り向いた。反った陣笠の縁からのぞいた尖った顎。

多賀主水だった。

「上使様のご到着が早まったのですから仕方ありません」

「ゆるゆる来ればいいものを。さすれば内膳殿も命を投げ出さずに済んだろうに」

「殿、百姓相手に二戦負けたのです。御家老がご来臨となれば内膳殿も居場所がありますまい」

「だからといって死に急ぐこともなかろう」

三番目の馬上から声がかかった。

「そもそもの発端は長門殿にござろう。少しはお控えになってはいかがか」

勝家が口を尖らせて黙った。

そうだったか。

監物の疑問が氷解した。干しごろしを構えていたにもかかわらず、突然に、しかも元旦に攻撃を始めたこと。それがいかにも準備のない拙速なものだったこと。そして幕府軍の大将が自ら城壁に手をかけたこと。不可思議だったその理由は、江戸から家老が来るためだった。

監物の脳裏に大将の最期が蘇った。仰向けに倒れた武者と踏み躙られた三つ巴の旗印。会ったこともない大将だが、「生きて御家老に目通り叶わぬ」と自ら戦死を決意した姿が目に浮かんだ。まるで死ぬために城に向かってきた大将、それが武家たるを逃れられない彼の人生だったのだろう。かつて仕えた藩主有馬晴信を思った。イエズス会のキリスト教に殉じながらも大御所様（家康）の命によって腹を切った。信仰と藩の統治を一致させた晴信は、いずれ死ぬしか行き場がなかった。西坂の処刑場で信心を棄てることなく穴に吊るされた神父たちも然り。

「誰も彼も、名誉の最期を望んで果てた」

自分は信心薄いと言われ、有馬家を去って百姓になった。息子と妻を殺されていまここにいる。何者にも殉じない。これからの行動は犬死といわれるだろうか。この世に命が残っていたら知りたいものだ。監物は、そう考えながら先回りした。

千々石村の五郎左衛門に教えられたいちばんの隘路は、山に囲まれた斜面に沿った細い踏み分け道だった。隊列を縦一列に伸ばして通るしかない、見上げれば木々が高く空を覆って薄暗い。監物は、ここを襲撃場所に決めた。

道に覆いかぶさった木の枝に縄をかけて、先端に首をかける輪を作った。輪が松倉を吊す高さになるように枝の上を引き回し、縄尻を斜面の奥の三本目の木の根元に括った。首に縄をかけた松倉を身体ごと跳ね上げるために、二本目と三本目の間のしなる木の先端を屈ませて跳ね木を設け、跳ね木の枝に縄を通した。屈ませている固定を外せば跳ね上がって縄が引かれて先端の輪が上に引き上げられる。これで松倉の息の根を止めてやる。そう念じながら監物は慎重で面倒な作業を集中して続けて昼過ぎに出来上がった。それから木によじ登った。

頭の中で飽きるほど襲撃手順を繰り返した。勝家の一行はなかなか現れなかった。木の上で待つ監物の胸に心配が渦巻いた。道を変えてないか、途中で引き返していないか。どこかで馬を降りて茶でも啜っているのか。不安が湧き上がる度に、きょうは先手だと自分に言い聞かせた。陽が傾くに従って不安が大きくなった。その時、細道を登ってくる一隊が見えた。監物は木の上で思わず感謝の十字を切った。

一団は思った通り一列になっていた。列の真ん中に三頭の騎馬、順番も変わっていなかった。先頭の尖った顎が、息子を斬らせ、妻を連れ去った収税役の多賀主水。真ん中の太った男が藩主松倉勝家。後ろはわからない、定めし公儀の付け馬か。二十名あまりの列が、少し早めの歩調で登ってきた。足音が大きくなった。

「暗くなるのが早いな」

馬上で話す勝家の声が聞こえた。湯治場が名残惜しかったのか、それとも夏場と違って日没が早く、時間の感覚を狂わせたのか。明るいうちに着くはずが夜に差し掛ってしまうという口ぶりだった。ましてここは光が届かず薄暗い。太った体をのったりと馬の背に委ねている勝家が近づいた。馬の歩行に合わせて体が揺れていた。こんなブヨブヨした奴だったのか。思ったより首が太い。監物は縄の輪を少し大きく広げて、また心持ち小さくした。

松倉勝家はひとりで口数が多かった。

「気持ちの悪いところだ」

自分で発した言葉にあわせて、なんとなく身を竦《すく》めてみせた。そのとき真下に来た。監物が馬上の松倉勝家めがけて飛び降りた。縄を支える枝が引っ張られてギュンとしなった。勝家のうしろに降りて先端の輪を首にかけ、輪の後ろのもやい結びをグッと引いた。勝家が首の縄を両手で摑んで解こうとした。監物が落下した勢いのままに握っていた縄を手放した。かかっていた体重が、ぶよぶよの松倉に入れ替わって縄がさらに首に食い込んだ。監物は馬を降り際に勝家の脇差を抜き取った。馬が一歩二歩前に進んだ分だけ、勝家の上体がのけぞって浮いた。前の騎馬の多賀主水が何事かと振り返った。監物は迷わず駆け寄って抜身《ぬきみ》の刀身を胸に刺した。何の手応えもなくスッと胸に埋まった。いい刀だ。主水の尖った顎が声もなく馬の上で大きく傾いた。

監物は馬からズリ落ちる主水を観察したかった。しかし勢いのままに山の斜面の跳ね木に駆け寄った。腰に括り付けた鎌を取り出して固定していた縄を切った。屈められていた木は縄の抑力を失った弾力でザザッと跳ね返った。その瞬間、縄が高いところに引き上げられた。松倉勝家の重い身体がガツンと持ち上がった。太い首から、ぐぅっと音が鳴った。勝家の指が首と縄の間に差し入れられずに喉を掻いた。つま先が馬の背を摑まえようと鞍を撫ぜた。監物はよしっと思った。その瞬間、左の腿裏《ももうら》にいきなり熱いものを感じた。振り返ると三頭目の騎馬にいた垢抜けた侍が監物の股間（股の腱）を突いていた。急所は外れたが刀が抜かれると腿裏がカッと熱くなった。監物は手をついて山の斜面を駆け上った。垢抜け侍は着物が汚れるのを嫌がるように縄に吊るされた松倉勝家に駆け戻っていった。監物は木の影に逃げ込んで息を潜めて見守った。左太腿がずきんずきんと波打った。掌を当てるとぬるっとした手応えが返って来た。

松倉勝家は首を強く引き上げられた勢いで気を失っていた。吊されたまま足のつま先が力なく鞍を撫ぜていた。駆け寄った侍たちがその足を支えて持ち上げ、首の縄を緩めようとしていた。右往左往する彼らの頭の高さで勝家の力の抜けた膝がグラグラと揺れていた。勝家の首はすでに長く伸びていた。だらしない口から舌が出て、唾液がダラーと滴れていた。随行してきた二十人が首の縄を切ろうと刀を上に伸ばした。若い侍が飛び上がって縄を切った。吊り下がった身体がずるりと傾いた。抱えた侍たちが髷が大きく乱れた勝家の身体を地面に下ろした。

二つの身体が馬の足元に仰向きに並べられた。多賀主水は目を見開いたまま、遠目にも明らかに息絶えていた。何人か寄って覗き込んでいた勝家の太った身体はピクリとも動かなかった。二人は間違いなく死んだ。

「これは原城から放された切支丹の仕業に違いない」

垢抜け侍の声が聞こえた。こんなことをする奴がこの辺りにいるのか、と身震いしていた。

「ここで起こったことは口外無用である」

怯える人夫たちを呼び寄せて厳しく口止めした。

「御目付殿、口外無用と言っても、この亡骸をどうすれば…」

おや、あの垢抜け侍は目付なのか。

「城に持ち込むわけにいかない。ここに埋めろ」

人夫たちが道沿いの斜面に穴を掘って二人の死体を埋めた。

「城主様が消えたことをどう説明すればいいでしょう」

「私が手配して江戸に連れ帰ったと答えておけ」

「上使の御家老様がすぐいらっしゃいます」

「伊豆様には私が説明する」

「ご家老（多賀主水）はどうしましょうか」

「うむ、ほかの家老から誘われて逃げたと言え」

　重苦しい空気になって誰も口を開かなくなった。乗り手を失った二頭の馬は鞍を外されて放たれ、一行が静かに島原に向かっていった。

　政道の乱れた藩主とはいえ、暗殺されたとあっては徳川家の沽券に関わる。幕府の無能を曝け出す醜態、目付ならそんな事態は絶対認めない。徳川家のために事実は事実ではない。息を潜めて一部始終を観察した監物は公儀の姿勢を見てとった。まして見えない真実に目を向けるわけがない。滑稽なことだ。緊張していたはずの監物の口元がつい緩んだ。

　一行の気配が消えて森に静寂が戻った。監物が斜面を降りた。そして先ほど埋められたばかりの勝家の死体を掘り出した。手の指先を真っ黒にして、まだ柔らかい土を掻き出した。散々キリシタンを痛めつけていたこいつが土に還る資格はない。形が保てなくなった首に再び縄をかけ、その縄を背負って山の斜面をズルズルと引摺りあげた。ひと息ごとに左足の痛みが波打った。

斜面を登った小高いところに身体一つ置けるほどの岩を見つけた。勝家のまだ柔らかい死体を持ち上げて仰向けに横たえた。松倉の口を開け、懐から息子内蔵丞の形見の白い砂利石を取り出して押し込んだ。溢れた長い舌が邪魔だったので腰の鎌で切り取った。狭い口の中で石が歯に当たってガリガリと音を立てた。

いつの間にか薄暗い木々の先端にカラスが集まっていた。監物は後退《あとずさ》りで石から離れた。足を下ろすと、一羽がバサバサと音を立てて死体の頭上に降り立った。カラスは監物との距離を見計らいながら、泥にまみれた勝家の顔を上から覗き込んだ。足踏みした黒い爪の先がカリカリと石を掻き、勝家の乱れた髻《もとどり》にかかって血の気が失せた頭が動いた。監物がもう一歩斜面を降りたとき、カラスが太い嘴を目玉に突き立てた。それが合図だったかのように木の上から一斉に黒い影が降りてきた。松倉勝家のブヨブヨした身体があっという間に真っ黒に覆われた。

監物は足を引き摺りながら山を降りた。痛みに堪えて少し歩いた。放された馬が細道に留まって路端を嗅いでいた。天の恵みか。監物は無意識に十字を切って手綱を取った。ゆっくりと一晩かけて有家村の社のある高台に戻ってきた。

息子の墓に跪いて懐に残った白砂利を取り出した。ちょうどなくなった。監物は並べ終わった白い十字に手を合わせた。

「この世の仕事がすべて終わった」

朝日に光る有明海、そこに突き出した原城が白く見えた。強烈な眠気に襲われた監物はそのまま深い眠りに落ちた。

終章

新しい日@原城

正月二日（一六三八年一月二日）の朝。有馬湾（有明海）から登った大きな太陽が原城前に散乱する戦闘の痕跡を照らした。幕府の大軍の荒々しい気配が消えて惨敗の余韻が静寂に包まれていた。

本丸を降りて別棟に戻った。

「四郎、どこに行っていた」

「新しい日に恵みがありますよう願っておりました」

「大将たちが集まって来るまで、あと半刻（一時間）ほどだ」

西の窓の下に父が本を運んできた竹行李が置かれていた。

「監物殿はお見えになりませんか」

畳まれた白い晒しを広げて箱の上に掛けた。

「今朝になってから姿が見当たらない」

父甚兵衛が手伝って角を揃えた。

「勝利の喜びをご一緒できないとは残念です」

「それより、お前を悩ませていたものを聞かせてもらえるか」

白い晒しの端を持ったまま手を止めた。

「父様は、僕が有家村の皆さんと上津浦に上陸した時を褒めてくださいました」

「うむ、わずか数日見ないうちに大きくなったと思った。快進撃の始まりにふさわしかったぞ」

「あの時は、荒木殿に教団についてお聞きして、固い決心で臨んでいました」

「教団…何のことだ。いや、待て。いつ荒木殿に会ったのだ」

「実は、監物殿に援軍をご用意いただいている間に、もう一度長崎を訪ねました」

「何だと。有家村からか。何しに行ったのだ」

「神父だった荒木殿がなぜ棄教したのか。どうして同胞を迫害したのか。それをお聞きしたくて、監物殿に無理を頼みました」

――長崎古町でトマス荒木神父に再会し、単刀直入に疑問をぶつけました。

「ローマに行ってまで神父になられたのに。なぜ棄教したのですか」

「もともと神父になって日本の人々を導きたいと思っていました。ところがローマでイエズス会と悶着を起こしました。それで神父としての後ろ盾を失ったのです。ばかみたいでしょ、はっはっは」

荒木殿は変わらず堂々としていました。

「イエズス会…ですか」

「我々にキリスト教を教えてくれた教団です。皆さんにはおくびにも出しませんが、実は日本をぶん取ろうとしていたのです。ローマでその本音を見聞きしました。それが許せなくて触れ回ったところ、嫌われて居場所を失くしました」

「それが神を棄てた理由ですか」

「神ではありません。教団を棄てたのです」

意味が通じていないと感じたのか、荒木殿は「もう少し具体的にお話しした方がよさそうですね」と言って、違う説明をしてくれました。

「この九月に琉球から回ってきた宣教師たちが処刑されました。マニラ人がひとり、スペイン人がふたりとフランス人でした。彼らは、琉球は日本でないと言って潜入してきました。まったく油断もスキもありません」

「新しい神父様が来ていたとは知りませんでした」

「ちょくちょく来ています。彼らが長い日々を貿易船に乗って、わざわざキリスト教を禁じている日本に来る目的がわかりますか」

「…日本人の魂を救いにくるのですね」

荒木殿が、あっはっはと声を上げて笑いました。

「彼らは沢野忠庵（フェレイラ神父）を改心させようとして来るのです。高い地位にあった神父が遠い日本で異教徒になったなど、ローマの教会として認められないのです。だから命懸けで連れ戻したいのです」

「そんな…」

「考えてみてください。長い航海で日本まで来て、無事に戻れる船は半分もありません。それでも来るからには思惑があります。信義だけでなく政治的な動機もあります」

「よく解りません」

「ご存じないようですが、教団はイエズス会の他にいくつもあります。スペインの托鉢修道会はフェレイラ神父の救出を機会に、イエズス会が独占している日本に割り込もうとしています。教団どもは、そうやって利権を争っているのです。日本人の信者は二の次です。おいは大いに腹を立てました」

「それを触れ回ったのですか」

「そうです。おいのほうが真っ当な神の僕《しもべ》なのです。でも教団から見放されてしまうと司牧もできない。公儀にも追われて拷問にかけられる。いくら何でも割に合いません」

「それで信心を犠牲にして教団を棄てたのですか」

「なぜこんな目に遭うのか。神に問うて自問を繰り返しました。それで教団は命を捧げるものではないとわかったのです。信心とは別のことです」

「だからと言って神父を死ぬまで追い詰められるものですか」

「おいは切支丹が憎いのではなく、日本人の純粋な信仰心を道具にする教団への嫌悪が拭いきれないのです」

知らなかったことばかりで、何が正しいのかわからないと言いました。荒木殿は目を三日月に丸めて笑いました。

「ははは。こんなこと知る必要ないです。おいだって知りたかったわけではありません。嫌な経験をたくさんしただけです。聞かれなければ答えなかったでしょう」

「でもイエズス会が来てくれなければ僕たちがデウスの存在を知ることはありませんでした。感謝している僕は間違っていますか」

　荒木殿が真顔に戻りました。

「ローマの教会は多くの人に福音を与えました。なかでもイエズス会は率先してアジアに福音を届けてくれました。かつて自分も、昇る太陽の摂理を司る神の存在に衝撃を受けました。山海に宿る日本の神々を凌駕するデウスの存在。考えも及ばなかった真実。それがもたらす知識や技術がこの国を豊かにしてくれると思いました。純粋なあなたが感謝して当然です」

「僕たちが福音を賜ったことに感謝できるなら、いくつかの教団が競って日本に来たとして何が問題なのでしょう」

「競うことが問題なのではありません。打算のためであっても目を瞑ります。

教団や神父が『現世の神の代理人』と称したときが問題なのです。神の言葉を伝えるとしながら代理人を名乗る。その欺瞞は人々を支配しようとするものです」

「神のもたらす福音は人々を幸せに導くものです」

「もちろんです。それが欺瞞によって支配にすり替わってしまうのです」

「教会や神父が少々強引な振る舞いをしたとしても、唯一絶対の神ならば掌の上のこととお赦しになるのではないですか」

「神は人が悔い改めればお赦しになります。しかし人は神に赦されると思えば現世の欲が顔を出します。それを知っていて欲を隠さない神父もいます。もういちど考えてみてください。なぜ神父は『父』と名乗るのですか。おいは神の子ですが神父は父ではありません。不遜な自称です。時に神父自身が混同しています。信者は神の御言葉と教会の欺瞞を見分けなければなりません」

荒木殿の話は想像を超えていて真偽すら判断できませんでした。

「そもそも公儀がなぜ耶蘇教を締め出しているのと思いますか」

「仏道の敵だから、と思います」

「おや、少しご存じでしたね。でも信義の敵ではなく、教団の身勝手な争いがこの国を災いに巻き込むと警戒したのです。大御所様（徳川家康）も、その前の太閤様（豊臣秀吉）も」

思いもよらないことを聞きました。すごい人がいるものだと感心しました。

「奉行所もそういうことがわからんのです。何ヶ月も船に乗って死ぬために遥々《はるばる》日本に来る。そんな馬鹿げた行いは耶蘇教の信心がさせていると思っています。全然違います。外国人の事情は日本人が日本で想像できるものではありません」

「はあ…」

「お若い方、欲を避けて神を慕う心に純粋でいてください。いずれ経験を重ねたとき、浅はかな欲が出たら自分の限界と思ってください。もしそのとき人を指導する立場にいたら、その立場を離れてください。悪魔に囁かれて神を利用することなく」――

「…それで荒木殿への違和感は解消できたのか」

「はい。荒木殿の造詣は深く、僕など及びもつかないキリスト者でした。おかげで信心に疑いを持ってはならないと学びました。教団の都合に目を奪われないように強く信心しようと心に誓いました」

「それが上津浦に成長して現れたお前か。頼もしかったぞ」

「そう見えたでしょう。しかし行きすぎていました。強く信じるべきと心したことが間違った行動に繋がっていたのです」

「そんなことがあるのか。どこが間違っているのだ」

「怯える村人に、強引に吉利支丹と言わせました」

父が驚いた顔で見返した。

「…そうか、思ってもいなかった」

「父様にも心当たりがあると思います」

「たしかに蜂起した勢いで出会う村人たちを強引に仲間にしてきた。厭だという者たちまで少なからず連れてきて働かせた。信者として当たり前と思っていたが、大きな間違いを犯していたのか」

「それだけではありません。足手まといになる人たちを殺させました」

島原でも天草でも、足手まといになる年寄りや子供を連れて来ないように指示を出した。後世を信じた村人たちは、子供が救われるならと従った。父様が返事に詰まった。知らないと思っていたのかもしれない。

「そして、信じる心に乗じた指示をしておきながら、死んでいった同胞たちを弔っていないのです。人々がアニマ（霊魂）の助かりを求めた心からの希望に、僕は逆の仕打ちをしたのです。あの方はそれを僕に気づかせようと背を向けた。それがわかったのです」

父が黙って頷いた。

「僕は、監物殿から預かった島原衆に、束縛とは自分自身に囚われることだと説きました。御大切を持ち出して、自分と他人の間に溝を掘るな、ほろしも（隣人）を忘れるなと言って天草に率いたのです。まさに自分自身が不遜になっていたのです」

「…父もその一端であったが疑ったことなどなかった。四郎、よく発見した」

「耶蘇教を掲げ、強い信心に執着したために『悪魔に囁かれた』のです。僕はそれを確かめたいと思いました」

「どうしたのだ」

「父様に持って来ていただいた書物に縋りました。ドチリイナ・キリシタン（キリスト教の要理）を引いてモルタルの科《とが》（神の恩寵を失う罪）を犯していないか必死に考えました」

「それで発見したのか」

「自信がありませんでした。そこで告白し、悔い改め、あの方に赦免を願いたいと思いました」

「監物殿に『荒木殿に聞いてもらいたい』と言ったときか」

「はい。叶いませんでしたが、天地《てんち》始《はじまり》之事（宣教師が残した告解の心得）が助けになりました。長崎で学んだように、神父様なしにコンチリサン（告解）が行えました。まさに父様《ととさま》のお話の通り、新しい知識の理解がまったく不十分でした」

「新しい知識が間違った行動を生んでいたのか…」

「はい。信心に強いも弱いもなかったのです。神社仏閣を燃やせなど勝手な都合でしかありません。神の言葉でないものを、あたかもそのようにこじつけていたのです」

「われわれは神を掲げながらモルタルの科を犯していたのか…」

白い布を掛けた台の上に盆を置いて、椿油を少し入れた。

それぞれの持ち場を預かる大将たちが入ってきた。二ノ丸、三ノ丸、出丸の大将たち。侍大将、足軽大将、鉄砲奉行、普請奉行を務めている二十一人と忠兵衛、伝兵衛。父甚兵衛も加わって西の窓に向かって立ち並んだ。監物殿だけがいなかった。

白い単衣に質素な十字を持って壇に上がった。

「ご活躍によって主の御心が遣わされました。祝福を分かち合いましょう。そして、お集まりいただいた皆さんにお伝え申し上げます。イエス・キリストが復活節にお降《くだ》りになってスイソ（最後の審判）を行います。あの方の御声によるものです。信心を欠かさず、苦行を怠らず、それぞれの持ち場をまっとうして最後の時間を過ごしてください」

右手の十字を白い台に置いて椿油の盆をとると、黙って跪いた大将たち一人ひとりの前に回って額に十字を描いた。二十五人の額の油跡が西の窓の光を受けて光った。椿油の香りが漂う静かで落ち着いた時間が過ぎた。教会の手順が大将たちの心が晴れやかに軽くした。

一月三日の夕方。これから始まる四旬節の祈りを捧げるため本丸に登った。

「四郎、監物殿は昨日の朝、城を抜け出たらしい」

「…そうでしたか。どこに行かれたのでしょう」

「忠兵衛殿が言うには、松倉家の藩主を狙って出たのだろうと」

懐から黒塗りの小箱を差し出した。

「これをお返ししたいと思っています」

父は信じられないと言わんばかりに目を丸くした。

「何を言い出すのだ。これは監物殿から譲られた黄金の十字架だろう」

「本当に息が止まるほどの聖遺物でした。千六百年前のイエス様の衣服が残っている奇跡です。教会の権威として心から尊重します。でも僕には必要なくなりました」

「ローマのものなれば、望んで手に入るものではないぞ」

「遠い憧れの地…よく存じています。五年前、まだ長崎で耶蘇教を学んでいたとき、なぜか吸い寄せられたように初めて西坂に行きました。そこで痩せ衰えた神父様が処刑されました。『ローマを見たジュリアン神父』と名乗っていました。それを聞いて、ローマは夢の地ではなくこの世のものと知りました」

「尚更この十字架を手放せないだろう」

「穴に吊るされた神父様はイエス・キリストの追従に命を捧げました。誇らしげな、至高の瞬間だったと思います。でも追従は神の言葉ではありません」

「四郎。マルチル（殉教）はイエス・キリストの究極の追体験。そう教えられたではないか」

「その通りです。だから荒木殿に、それすら厭わない神父様を身勝手と呼ぶのはいくらなんでも失敬ではないか、とお聞きしました」

「それで荒木殿は何と言った」

『日本に潜入すればいずれ捕まる、捕まれば棄教しない限り処刑される。教団はそれをマルチルと呼んで、聖なる行為と言い換えて奨励しています。身勝手だと思いませんか。神がそのようなことをすすめると思いますか』

「信じていると考えないのです。ローマや十字架に殉死するなど、神は望まれていないのです」

「…うむ、そうは考えなかった」

父は不満そうに黙った。

「実は、富岡城攻撃を前にした勇気づけで言葉に詰まりました」

「ああ、あのとき何か変だった。何を言おうとしたのだ」

『私は黒崎（聖地）への道筋をつける役割を命じられた。恐れず富岡城を私たちの黒崎に為せ。そのために天草の兄弟が犯した罪は私が背負って裁きを受ける。命を失う者があればその運命も引き受ける…』

父は今更ながらに驚いたようだった。

「お前は、マルチルを考えていたのか…」

「しかし突然に喉が詰まって声が出なくなりました。彼の方に、信じたままを口に出すなと止められた。そう理解しています」

「そのようなことが…」

「望むものではない、とはっきりお声が聞こえました」

父様が満足そうに頷いた。何に満足したのか解らなかった。

「それでドチリナ・キリシタンにも限界があると気づきました。使徒イエス・キリストといえど、この世とあの世を作った神のすべてを知り得ません。ましてイエスの追体験を至上とする教会や神父様は、未熟な思慮を回してかえって神の御大切を邪魔してしまいます。ですからあの方に直接願わなければならないのです。そうしたときにあの方がお声をくださるのです。僕はドチリナに書かれた言葉を御心に遡って受け止めていきます。それが正しい道だと思うのです」

夜の帷が降りた。教会の手順に従って灰の水曜日（四旬節の始まり）を祈るため重層の回廊に進み出た。これで城内の信者たちを幸せにできる。新月。冷たく澄んだ冬空に、星が大きく広がっていた。ドチリナに従って枝を焼いた灰を取り出して、満天の星の元で両手を上げて灰を撒いた。

「僕たちは等しく御大切を賜わりました。御導きのもとで生きるこれからの日々を、僕たち自身で実のあるものにしていきます」

暗い夜空に白い煙が浮かび上がった。灰にまみれた掌が黄色く煌めいて温かみを感じた。

——城内の者たち、戦って人生を手にした者たちが、星空に輝く四郎の神々しさに思考を奪われた。そして神の国にいる幸福に浸った。

有家村の高台で眠っていた監物が目をあけた。遠い原城の頂《いただき》に黄色い光を見た。夜空に火球が落ちてきた。長い時間かけてゆっくり落下した大きな光が、北の島原城の上でひときわ大きく広がり、星空を照らして消えた。監物の周囲の冷えた灌木から微かな煙が上がった。石の上に横たわった監物は、空気ごと吸い上げられる風を感じながら、再び意識が遠のいた。

〈了〉

あとがき

この物語は、一六三七年に起こった「島原の乱（島原・天草一揆）」の考証をもとにしたフィクションです。百姓たちが神の国を手に入れた「新しい日」に至るまでの経緯と成功を、百姓側たちの行動を推し量って小説に書き下ろしました。登場人物・事件・日付（旧暦）はすべて記録に準拠しています。

「新しい日」の二日後に老中松平伊豆守信綱が江戸から南島原に到着しました。戦後処理のための派遣でしたが、直前に上使板倉内膳正重昌が戦死したため代わって幕府軍の指揮を執りました。九州の藩主をすべて参戦させ、西日本の各藩も加わった十二万を超える軍勢で三万の百姓が籠る原城を取り囲みました。それでも将軍家光の指示に従い、兵の損失を避けて砲撃のみに終止しました。さしたる攻撃が行われない城内で、四旬節の苦行に耐えたキリシタンたちは、およそ二ヶ月後の二月二十一日、復活節（イースター）を期して夜襲に打って出ました。そして二月二十九日の幕府軍総攻撃によって、天草四郎はじめ登場人物たちは殲滅されました。

日付を遡れば、天草大矢野島が蜂起した十一月十日は生誕節（クリスマス）に相当します。離れた二藩（島原藩と唐津藩）の百姓たちが、キリスト教の暦《こよみ》に準じて行動したことはキリシタンであることを自負した結果と見られます。そうであればこれは突発的に発生した一揆ではなく、示し合わせた準備があったものと窺えます。

この時代の日本、理不尽な圧政に苦しんだ百姓たちは彼らだけではありません。キリスト教にしても畿内、四国、広島、仙台などで普及した過去があります。しかし両者が重なった島原の乱は、この時、この地域だけの複雑な関係によって発生したものだったと思います。

キリシタン時代前半の五十年、イエズス会を中心とした宣教師たちが島原・天草地域を拠点にして活動していました。深い関係が地元の各階層に数多くのキリシタンを生み出していました。この乱の首謀者たちはみな当時を知る年寄りたちです。戦国の終了によってキリスト教と自分たち自身が衰退してゆく後半の五十年に、複数の不満が重なってキリシタン一揆が誘発されたと思います。そして扇動された百姓たち。キリスト教は貧者の宗教であるゆえに百姓たちの共感を得ていました。日本神話に「世界の誕生」はありません。寺院の教えに「絶対神」はありません。論理の視点で説かれた「万物の理《ことわり》」は、百姓たちにとってもそれなりに強烈だったと思います。幕府が信仰を絶った三十年の間、武士と違って政治的抑制の少ない百姓たちの記憶にキリスト教の論理が残っていたことでしょう。そうであれば圧政・不遇な扱い・天災・凶作に痛めつけられて困窮した人々が、「この世の見えない理《ことわり》」に立ち帰って「次の世」を信じたことも想像できます。

とはいえ百姓たちが論理によって一揆を起こしたとも思えません。総大将の天草四郎はセミナリオ（神学校）も潰された後の世代です。「この世の真実（万物の創造主の存在、および神によって現世と来世に生かされる人間）」を説く論法など身につけていない、他所者《よそもの》（熊本藩）の十五歳です。感情的に論理に縋ったところに、社会（大衆が好む現象）と宗教（大衆を引っ張る現象）の関係が埋めこまれていたと興味を惹かれました。

この小説の主題は、これらの仮説を百姓たちの側からストーリーに噛み砕くことでした。断片的事象はまるで浮かぶ氷山、その海面下をフィクションで繋いで百姓たちが神の国に至る経緯の再現を試みました。地域を跨って多くの人物が登場する事件を紐解くために、できるだけ時系列に、複数視点の記述をしました。そして後半に社会と宗教の関係を織り交ぜました。

著作にあたっては、研究者の皆様が書かれた記録と論説を拝見しました。併せてネットから閲覧可能な資料、研究論文、ブログ、記事などを多く参考にいたしました。訪問した各地の遺跡や史跡、展示館が当時を想像する基礎となりました。ウィキペディアに寄稿された皆様の深い知見を関連情報の確認等に活用しました。長崎弁・熊本弁はBEPPERちゃんねるを利用しました。

私の身近にキリスト教のある生活があったこと、および過去にビジネス講座で考察した「社会構造としての宗教」が創作の動機でありました。手がけてみれば長い時間に亘る不器用な作業でした。「最初の作品にそれまでの人生が詰まっている」。どこかの音楽家が発言されていたこの言葉に支えられました。そして幼馴染みの友人たちが私の著作を完成に導いてくれました。感謝して記します。

天草四郎生誕四百年に捧げる
二〇二二年十月　タケチオサム

参考文献（順不同）

『原城と島原の乱』　長崎県南島原市監修　新人物往来社
『天草島原の乱とその前後』　鶴田倉造　熊本県上天草市
『西海の乱と天草四郎』　鶴田文史　葦書房
『百姓たちの戦争』　吉村豊雄　清文堂出版
『原城の戦争と松平信綱』　吉村豊雄　清文堂出版
『検証島原天草一揆』　大橋幸泰　吉川弘文館
『天草・島原の乱』　戸田敏夫　新人物往来社
『島原の乱』　神田千里　講談社学術文庫
『戦国と宗教』　神田千里　岩波新書
『土地所有史』　渡辺尚史　五味文彦　山川出版社
『長崎奉行』　鈴木康子　筑摩選書
『長崎県の歴史』　山川出版社
『熊本県の歴史』　山川出版社
『大分県の歴史』　山川出版社

『人身売買・奴隷・拉致の日本史』　渡邊大門　柏書房
『大航海時代の日本人奴隷』　ルシオ・デ・ソウザ　岡美穂子　中公選書
『中世の村のかたちと暮らし』　原田信夫　角川選書４２５
『中世の九州』　外山幹雄　教育社歴史新書
『日本の中世12　村の戦争と平和』　中央公論新社
『雑兵たちの戦場』　藤木久志　朝日新聞社
『飢餓と戦争の戦国を行く』　藤木久志　吉川弘文館
『刀狩り』　藤木久志　岩波新書
『村と領主の戦国世界』　藤木久志　東京大学出版会
『徳政令』　早島大祐　講談社現代新書
『幕藩体制下の被差別部落～肥前唐津藩を中心に』　松下志朗　明石書店
『切支丹信仰と佐賀藩武士道』　伊藤和雅　清文堂出版
『潜伏キリシタン』　大橋幸泰　講談社選書　メチエ
『かくれキリシタンの起源』　中園成生　弦書房
『キリシタンの海の道紀行』　森禮子　教文館

『煤の中のマリア』　石牟田道子　平凡社
『踏み絵とガリバー』　松尾龍之介　弦書房
『貿易商人王列伝』　スティーブン・ボウン　荒木正純　石木利明　田口孝夫
『バテレンの世紀』　渡辺京二　新潮社
『胡椒　暴虐の世界史』　マージョリー・シェファー　栗原泉　白水社
『ポルトガルの植民地形成と日本人奴隷』　北原惇　花伝社
『ポルトガルがマカオに残した記憶と遺産』　内藤里佳　上智大学出版
『イギリス東インド会社』　浜渦哲雄　中央公論新社
『東インド会社とアジアの海賊』　東洋文庫編　勉誠出版
『東インド巡察記』　アレッサンドロ・ヴァリニャーノ　高橋裕史　平凡社
『南蛮医アルメイダ』　東野利夫　柏書房
『ドン・ジョアン有馬晴信』　宮本次人　海鳥社
『西海の聖者　小説・中浦ジュリアン』　濱口賢治　葦書房
『戦国の少年外交団秘話』　ティアゴ・サルゲイロ　南島原市　長崎文献社
『ペトロ岐部と１８７殉教者』　ドン・ボスコ社

『イエズス会』　フィリップ・レクリヴァン、鈴木宣明　創元社「知の発見」双書53
『イエズス会宣教師が見た日本の神々』　ゲオルク・シュールハンマー、安田一郎　青土社
『宣教師ザビエルと被差別民』　沖浦和光　筑摩選書
『日本キリスト教史』　五野井隆史　吉川弘文館
『仏教とキリスト教の中の「人間」』　谷口正子　国文社
『イエスとマリア』　ヘンリ・ナウウェン　女子パウロ会
『モーセの生涯』　トーマス・レーメル　矢島文夫　遠藤ゆかり　創元社
『「弱い父」ヨセフ』　竹下節子　講談社選書メチエ
『『歎異抄』を読む』　田村実造　ＮＨＫブックス５１６
『親鸞聖人を学ぶ』　伊藤健太郎　仙波芳一　1万年堂出版
『戦国武将を育てた禅僧たち』　小和田哲男　新潮選書
『加持祈祷の本』　藤巻一保　学研ブックスエソテリカ35
『九州真宗の源流と水脈』　筑紫女学園人間文化研究所　法蔵館

『戦国の合戦と武将の絵事典』　小和田哲男　高橋伸幸　成美堂出版
『日本の城84　富岡城』　デアゴスティーニ・ジャパン
『日本の歴史』　ネリ・ドゥレ、山折哲雄、遠藤ゆかり、藤丘樹実　創元社
「知の発見双書90」
『自由論』　ジョン・スチュアート・ミル　斉藤悦則　光文社古典新訳文庫

ネットから閲覧した研究論文等

「近世日本におけるキリスト教伝道の一様相」　狭間芳樹　京都大学　２００4年
「近世日本におけるキリスト教の土着化とキリシタンの殉教」　狭間芳樹　京都大学　２００７年
「キリシタン神学の可能性」　長谷川（間瀬）恵美
「キリシタン考古学の世界」　西南学院大学博物館秋季特別展
「潜伏から「カクレ」へ」　高崎恵　国際基督教大学院比較文化研究科
「天草キリシタンの成立と展開」　平岡隆二

「『どちりいな・きりしたん』とその展景」　橋本典子
「キリシタン問答書の表現と思想」　飯峯明　京都・基督教研究会　１９８７年
「埋もれた十字架」　小西瑞恵　大阪樟蔭女子大学論集第44号（２００７年）
「中浦ジュリアン神父の生涯について」　高田重孝
「転び伴天連トマス・アラキについて」　高瀬弘一郎　慶應義塾大学　１９７８年
「長崎のイエズス会本部とその影響」　日本イエズス会管区長デ・ルカ・レンゾ　長崎平和文化研究所
「近世長崎町におけるイエズス会と托鉢修道会の対立について」　トロヌ・カルラ　京都大学　２０１８年
「教皇フランシスコ一般謁見演説　十戒に関する連続講話」　２０１８年6月
「教皇フランシスコ一般謁見演説　主の祈りに関する連続講話」　２０１８年12月
「天草・島原の乱にみる幕藩間の意思伝達について」　花岡興史　九州大学大

学院地球社会統合科学府　２０１４年
「寛永十四年・十五年（島原の乱）当時の藩と島原の乱出兵状況」　武田昌憲　尚絅学園研究紀要
「寛永十七年（１６４０）ポルトガル使節団長崎受難事件」（１）（２）　松竹秀雄　長崎大学　１９８８年
「島原の乱：宗教一揆的要素の再評価」　田中久美子　関西大学　２００９年
「長崎警備初期の体制と佐賀藩」　長野進　佐賀大学経済論集第35巻第４号
「森岳城跡発掘調査報告」　長崎県教育委員会　２００２年
「肥前浜城と島原城下町の復元的考察」　西田博　２０１７年　九州大学
「歴史を読み解く（原城の戦いを考え直す）」　服部英雄　九州大学大学院比較文化研究院
「キアラ神父の墓碑」　サレジオ学園チマッティ資料館
「ペドロ・キベ・カスイの生涯」　ファン・カトレットＳＪ
「ポルトガル人イエズス会士アントニオ・カルディンの修史活動」　阿久根晋　京都大学　２０１５年

「十六世紀から十七世紀迄のイエズス会の日本の仏陀観」　GIRARD Frederic　２００９年
「キリスト教他界観とその日本における意義」　青山玄　１９９４年
「仏教における女性観の変遷」　伊藤美妙　日蓮宗現代宗教研修所
「江戸時代における琉球王国の信仰とキリスト教禁止について」　三島祐華

訪問した博物館・記念館・史跡等

天草四郎ミュージアム
天草市本渡歴史民俗資料館
天草市立天草キリシタン館
天草コレジヨ館
富岡城跡
南島原市口之津歴史民俗資料館
南島原市有馬キリシタン遺産記念館
原城跡

島原城
熊本城
八代城跡
唐津城
名護屋城跡
小倉城
中津城
豊後府内城跡
熊本市立田記念公園泰勝寺跡
平戸城
平戸オランダ商館
平戸松浦史料博物館
平戸春日集落
平戸市生月町博物館
大浦天主堂

日本二十六聖人記念館
長崎歴史文化博物館
長崎サント・ドミンゴ教会跡資料館
長崎市遠藤周作文学館
長崎市外海歴史民俗資料館
中浦ジュリアン記念公園・資料館
ペドロ・カスイ記念公園・国見ふるさと展示館

著者プロフィール

タケチ オサム

1956年、東京都出身、慶應義塾大学工学部卒。

電機メーカーでオーディオ・ビデオ製品のモノづくり・事業運営・経営企画・マーケティングに従事する中で組織や国・地域の構造問題に関心を持ち、世界の課題が宗教に起因する、との観点から本書を執筆した。

島原リバティ

2024年7月15日　初版第1刷発行

著　者　タケチ オサム
発行者　瓜谷 綱延
発行所　株式会社文芸社
〒160-0022　東京都新宿区新宿1－10－1
電話　03-5369-3060（代表）
03-5369-2299（販売）

印刷所　株式会社暁印刷

ISBN978-4-286-25415-9